大群

Le Grand Troupeau

ジャン・ジオノ［著］
山本省［訳］

彩流社

死んでしまった男と、
生きている女に、
この書を捧げる。

目次

第一部　5
第二部　81
第三部　205
訳者解説　347

第一部

一　彼女はあなたたちの雄羊と雌羊とあなたたちが収穫した小麦を食べるだろう

昨夜、すべての男たちの物々しい出発騒ぎがあった。濃厚な夏の夜で、小麦と馬の汗の匂いが漂っていた。馬たちは駅前の広場につながれていた。いつもは犂を引いている大きな馬たちは、荷車の轅《ながえ》につながれていた。馬たちは、女や子供たちを乗せた荷車を腰を踏ん張って持ちこたえていた。列車は夜の闇のなかを静かに遠ざかっていった。列車は柳の茂みのなかに火花を吐き出し、スピードを増していった。そうすると、馬たちがみな一斉に呻きはじめた。

その朝、肉屋の女将《おかみ》さんは、いつものように戸口に姿を見せて、小川を掃除した。すでに外に出ていた靴職人は腹のところについているポケットに両手を入れて、彼女の様子を眺め、匂いを嗅いでいた。まるで蠅を追い払うときのように、彼はときどき頭を動かしていた。

「ローズ」彼は彼女に話しかけた。「例のことは知っているかい？」

「例のことって？」ローズはこう答えた。箒を空中にあげたまま、彼女は動きを止めた。

靴職人の仕事場と肉屋の店は、通りの同じ側で隣りあっていた。靴職人はまるでダンスを始めるかと思わせるような身体のこなしで小さく横に踏み出した。それだけで、彼はローズのすぐそばに立っていた。

「ボロメは見たかい？」彼は言った。

「どのボロメのことなの？」

「どのボロメだって？　若いボロメじゃないのは当たり前じゃないか。あいつが他の連中たちといっしょに出かけていったことくらい、あんたも知っているだろう。年寄りのボロメ、俺の相棒のボロメのことだよ」

「見ないわよ」

「奴は俺のところにやって来たんだ。だから、俺は外に出てきているわけだ。奴はわが家のドアを押し開いて、『おおい！』と声をかけた。『ああ、ボロメかい』と俺は答えた。『あんたはこのコーヒーを沸かしたんだな』彼はこう言った。そこで奴は俺といっしょにコーヒーを飲んだのさ。ル・プラン・デ・ウーグの方では（ボロメは息子が出発したので、眠れなくて、一晩中丘を歩きまわっていた）、地面すれすれのところで岩が石目に沿って新たに割れていたということだ。『割れたばかりのようなんだ』奴は俺にこう言った。『その岩の上の土が削られたような様子なんだ。誰かがわざとやったというのじゃなくて、大勢がそこを通ったもんだから、土が崩れたらしい。人間ではなくて、動物の仕業だ。硬い足を持っている羊の大群だったかもしれない。土がすりへってしまったので、石が見えてきたんだ』奴は俺にこんなことを言った。そしてその石の上には、何か先が尖っているものを使って三角形が彫られているのが見えるし、矢をこすりつけたようにして円が描かれているということなんだ。

ローズは足を動かさなかった。彼女は上半身を後退させ、いくらか遠いところから雌鶏のような目で靴職人の顔を見つめている。

「そんな話を聞くと怖くなってきたわ!」彼女は言った。

教会の鐘が八時を告げ知らせた。日差しの具合は変わらなかった。太陽の光線は、いつもの朝のように、アリックの家の屋根の傾斜に沿って下りてきていた。

真向かいの食料品店では、女将さんが、外に出る前に、缶詰の入った箱と椅子を倒した。それは彼女が急いでいたからである。というのも、彼女は太っているものだから……。

そして息をする間もなく、まるで溺れかかっているように、彼女は呼びかけた。

「ローズ! ジャンさん! あんたたちは匂わないの!」

彼らは答える前に二、三度鼻で息を大きく吸いこんでみた。

「何が？」

「よく嗅いでみてよ」こう言ってから、彼女は通りを横切った。

「つまり、あんたたちは鼻が詰まっているんだわ！　私は、三階にあがって砂糖がどれくらい残っているか見ていたのよ。窓を開けたとたんに、あの匂いがまるで猫のように顔に飛びかかってきた。頬が熱くなってしまったし、そのため今でも頬がまっ赤なのよ」

「やっと俺にも匂ってきた」靴職人は言った。

「私にも」ローズはこう言った。そして彼女は上半身を後退させて、高い位置から食料品店の女将さんと靴職人を見つめる。

匂っているのは、羊毛と汗と押しつぶされた土の匂いだった。その匂いが空に充満していた。

「いったい何が匂っているのかしら？」

「俺も不思議に思っているところだ」靴職人は言う。

彼らは三人とも一斉に視線を空に向けた。どこからか陰が現れて、日の光を遮《さえぎ》ったような気がしたからである。家々の屋根の上方には埃でできた大きな旗が太陽の前を通過していた。

そしてそのとき、彼らにはその音が聞こえた。

それは美しい水が流れているような音だった。それは川床から溢れでてきた濃密な水である。その水は大地や空のあちこちに穿たれているでこぼこのなかで鐘のように低く鳴り響いているように感じられた。鐘の低音と水の音は前進してきた。そして時おり埃が雲の塊のようになって上空を通過すると、通りに差していた日の光はミュスカ［葡萄の品種、マスカット］のような赤茶色になった。つまり葡萄ジュースのような赤茶色だ。そしてついに、呻き声と嘆き声の群れが、空の煙のなかで羽根を広げて、たどり着いた。それは前夜の馬たちの呻き声のようだった。

ジャン親父はローズと食料品店の女将さんを見つめた。彼は白くなった口髭の大きな房を噛んでいたが、噛み切った毛を吐き出した。

「ああ！　俺は、見にいってみよう」彼は言った。

「待ってよ。私たちも行くから」

ローズは箒を手放した。食料品店の女将さんは上着のボタンをかけた。彼らは三人とも通りを下っていった。

年金生活者のマランもまた通りを走りおりてきていた。彼は上着は着ておらず、髭は片側だけしか剃っていなかったので一方の頬はきれいでもう一方には石鹸の泡がついていた。走りながら頭を振りまわし、雷雨の前兆となる群雲が湧き出てきたので避難しようとする人間のように、彼は空中を見つめていた。

山に通じている街道は村の前を通っている。街道はそこで折れ曲がる。泉水の周囲を巡る美しい曲がり角だ。そのあと街道は、今の時期だと熱気が震えているのが見えている平原に向かって延びていく。

その曲がり角に、〈労働者クラブ〉の年配者たちのすべてがすでに集まっていた。血走った目の煙草屋の女将さんやその他の女性たちや、女性たちのスカートにしがみついている子供たちもいた。ビュルル老人は部屋の窓を開いた。病気の彼はパジャマを着ており、胸には灰色の紙の湿布を貼りつけていた。しかし彼は窓を大きく開け放ち、大気を吸いこみ、窓辺にとどまっていた。

物音から判断すると、それは山の方からやって来ていた。それはすでに村まで、向こうのサン＝ラザール界隈までたどり着いていた。家々は砂塵で煙っていた。まるで家々が崩れ落ち残骸の山と化しているようだった。

「あまりにも美しいと俺は言っているんだ」と靴職人は言った。「腐敗の時期が到来したのだ　葡萄は腐っている。葉についている斑点はまるで汚れた指のようだ。そしてすべてが乾燥していく」

もっと他の言葉を探している彼の口は、髭の奥で開いたままだった。今では鐘や鈴の音が聞こえるようになってきた。地面から足音が、腹の高さからは羊たちの物音や子羊たちの鳴き声が聞こえてきた。

「ビュルル、これはいったいどういうことだろうか？」マランが呼びかけた。

「羊だよ」ビュルルは言った。古びた歯のあいだで話すと、胸の痛みが押しつぶされるようになるので、彼はめったに話さない。「羊の群れだが、これまでこんな物音を耳にしたことは一度もないなあ……」

大きな蝿たちの群れが楡《にれ》の葉叢のなかに飛びこんできて、まるで雹が降っているような音をたてた。迷子になった鳩たちを引き連れた雲のような燕たちが、空中で白い腹の向きをひるがえしながら、フライパンのなかで油がはじけるようなぱちぱちという音をたてて飛んでいった。

「腐っている」と靴職人は言った。「デュランス河でも死んだ魚が積み重なって島のようになっている。死んだ魚をつまみあげると、泥のように腐った魚のうろこが指のあいだから流れ落ちていくんだ」

靴職人の前でみんなと同じく待ち構えていた牛乳屋の女将さんのバボーが、少し横に振り向いた。

「空気のなかだわ」彼女は言う。「それに昨日の夜だったけど、あんたにも見えたかしら？」

「もちろんだよ！　それで、お前さんは？」

「もちろんよ！　駅から帰って、私は家の戸口で涼んでいた。いろんなことがあって皮膚が焼けそうだったわ。そうすると、あそこからあの向こうまで、大きな光るものが何か見えたのよ。鴨の足のようだったわ」

「金色に光るヨモギの大きな葉のようだったな」靴職人はこう言った。

しかし、大気の全体が振動している今となっては、誰ももう話すことさえできなかった。

それから、ひとりの老人がやって来るのが見えた。彼の後ろには群れの先頭を歩く羊がつき従っていた。

「おやまあ！」牛乳屋の女将さんが言った。

「あいつは狂っているぜ！」ビュルルが叫んだ。

大きな太陽がきらめき、土埃がたちこめていた。街道の上には濃密な熱気が漂っていた。その熱気に、人間や動物の足で穴をあけるのはとてもむずかしい。それにその太陽はまるで死神のようだった……！

靴職人は髭のなかでもぐもぐと口ごもった。

「戦争だ！　この戦争のせいで、みんな下りてきたんだよ」

この言葉を聞いて、まわりの者はみんな口を閉じてしまった。ビュルルまでそのことが理解できた。他の者たちもひとりでに分かってしまった。

みんなの心臓はそれまでよりいくらか速く内にこもった動悸を打ちはじめた。小麦の匂いがあまりにも強く漂っていた前夜のことをみんなは考えていた。そう、小麦の匂いが強すぎた。あの小麦の匂いを感じ、女たちの腕のなかに抱かれている子供たちを見たり、相変わらず喜びで満ちあふれている若い女たちが自分の二本の脚で立っているのを見たり、馬たちの呻きが聞こえているところで立派な若者たちが戦争に出発していくのと同時に、このようなことすべてを理解したりしていると、どれほど大きな不快感の波が「みんなの心のなかで」広がっていったことであろうか。

羊たちの先頭に立っている男は、ひとりきりだった。

彼はひとりだった。それに年寄りだった。疲労のあまり死にそうだった。引きずっている足や、手が持ち運んでいる重そうな杖を見るだけで、そのことは充分に想像できる。しかし、その老人は頭のなかではいろいろと計算しており、強固な意思が満ちあふれているにちがいなかった。

街道を移動して歩いている羊のように、頭の先から足の先まで彼は埃でまっ白だった。全身がまっ白になっていた。

彼は手で帽子をうしろに押しやり、重い拳で目を拭った。そうすると、まっ白な身体のなかに、二つの大きな赤い穴が現れた。それは汗が流れこみ充血している目だった。彼は毅然とした目つきでそこにいる人々のすべてを見つめた。ひと言も言わず、口笛も吹かず、何の身振りもせずに、彼は街道の曲がり角を曲がった。そうすると、彼の視線が街道の右側の端に沿って奥まで延びていっているということがみんなには分かった。そして彼は万事を読み取っていたのであった。苦悩と太陽を。彼は腕を振るって帽子を顔のところまで下げ、両足を引きずりながら通り過ぎた。

彼の後ろには、荷鞍を乗せた小ラバも、大かごを背負ったロバもいなかった。そういうものは何もいないのだった。ただ、羊たちより三歩前を、男のすぐあとに続いてまっ黒の動物が歩いていた。腹の下から血を滴らせていた。

その動物は曲がり角を曲がった。クレリスタンは眼鏡をかけた。彼は鼻に皺を寄せて、その動物を見つめた。

「だけど、あれは雄羊だぜ」彼は言った。「羊の親分だ。雄羊だよ！」

彼の周りにいた者たちはすべて、頭を振って「そうだ」という合図をした。雄羊が砂埃の上にぽとぽとと血を垂らしている様子がうかがえたし、街道で生じた不幸を踏み越えて一歩また一歩と前進していく男の強固な意志も理解できた。

クレリスタンは帽子を脱ぎ、すべての指を使って頭を掻いた。ビュルルは窓から身を乗り出して、可能な限り遠くまで血を流しているその雄羊の姿を目で追った。彼はかつて羊飼いの親方をやっていたのだった。彼はもっと身体を乗り出したので、湿布が胸毛からはがれてしまった。

「命の無駄使いだ」彼はこう言った。「命の無駄使いだよ……」

ついに、彼は湿布を貼りつけ、後ろに下がり、錠をがちゃりと掛けて窓を閉じた。

年老いた羊飼いは、すでに遠く向こうの方で道が傾斜しているところまで進んでいた。羊たちはじつにゆっくりと彼の後をついていっていた。ほとんど同じ体つきの羊たちが、泥の波のように、押し合いへし合いしていた。そして、羊たちの毛のなかには山の大きな蜜蜂たちが、死んでいるのか生きているのか判然としないが、閉じこめられていた。花や棘なども毛についていた。まだ緑色の草が羊たちの脚にからみついていたりした。羊たちの背の上をよろけながら歩いている大きなネズミもいた。一頭の青い雌ロバが群れのなかから外に出て、両脚を拡げて立ち止まった。ロバの子が、大きな頭を揺り動かしながら前に進み、乳房を探し、首を伸ばして口いっぱいに乳を吸いはじめた。尻尾が震えている。雌ロバは、森のなかの石のように苔むした美しい目で、男たちを見つめていた。時おり雌ロバは鳴いている。ロバの子があまりにもせかせかと乳を吸ったからである。

羊たちは健康でおとなしかった。足を引きずって歩くような羊は今のところいなかった。ずんぐりと大きな頭は、目はどんよりしてはいるが、今でもなお山の映像と匂いを満載していた。前方には、群れを率いる雄羊の匂いや、浮かれた雌羊たちの恋の匂いが、さらに山の映像が流れていた。生気のない目をつけた頭は、上から下へと踊り、山の映像のなかを漂い、昔の牧草の味をゆっくりと噛みしめていた。耳の羊毛のなかにねぐらを求めてやってきた夜の風、新鮮な草のなかでミルクのように横たわっている子羊たち、そして雨！……

羊の群れは水のような音をたてて流れる。道いっぱいになって流れていく。群れは道の両側で家や庭の壁にこすれる。ロバの子供は乳を吸うのをやめる。そして陶酔状態になった。四足で地面を踏ん張って震えている。鼻面から乳が一筋流れ落ちている。雌ロバは子どもの目を舐め、向きを変え、立ち去る。そうすると子供のロバは母親のあとにつき従う。

別の雄羊がやって来た［ことがその鈴の音で分かった］。私たちは雄羊がどこにいるのか探してみたが、見つからなかった。鈴の音は聞こえるのだが、羊たちの背の上に突き抜けているものが何も見当たらなかった。私たちは群れの端から端まで探しまわった。そしてついにそれは見つかった。それは黒い玉房をつけた雄だった。渦巻きのような形の二本の大きな角は、楢の枝のように広がっていた。両脇にいる二頭の羊の背の上に角を載せていたので、その雄羊は重い頭が持ち運ばれるままにしていた。立派に枝分かれした角を持つその頭は、雨嵐のときのデュランス河に漂う楢の切り株のように、羊たちの流れの上を漂っていた。歯の上と口のなかに血がこびりついていた。

街道の曲がり角で雄羊は道端に放り出された。雄羊は自分で何とか頭を持ち上げようとしたが、頭が雄羊を地面に引き下ろしてしまった。前脚の膝で格闘したが、ひざまずいてしまった。頭は、まるで生命のない物体のように、地面に放り出されていた。雄羊は後ろの脚でも格闘したが、ついに、羊毛の塊が切り離されるような具合に、砂埃のなかに転がってしまった。痛々しい小刻みな動きで太腿を開いた。血の泥のような股間には、蝿や蜜蜂がうごめいていた。紐のような細い神経だけで腹と繋がっている赤い睾丸が見えていた。

ビュルルが窓辺のガラスの向こうに戻ってきた。彼が唇を動かしているのが見えていた。

「命の無駄使いだ！　まったく命の無駄使いだよ！」

そしてクレリスタンは大声で自分に向かって話していた。彼は誰かに何かを言っているわけではなく、そういう風に、前に向かって、何を求めるということもなく、息子たちが街道の彼方のどこかへ出発してしまって以来彼のなかに居坐っているその大きな不幸を吐き出すために話しているのだった。

「いったい何をすればいいんだろう？」彼は言った。「俺たちは兵士の家系じゃないぞ！　それに俺の次男は青白くて弱々しい男だ。長男の足も軟弱なんだ！　身体のなかのどこかが悪いからだろう。どこがよくないのか分からないが……。何という不当な仕打ちなんだ！……」

彼は帽子を手で持っていた。うるんでいる緑色の目は私たちにはよく見えていた。群れのなかに入っていった雌ロバの目のように、彼の目にも苔が生えていた。

時おり、大きな鐘が鳴り響いたり、明るい音のする房状の鈴が鳴ったりした。それは雌ラバであったり、ロバであったり、雄ラバであったりした。あるいはおいぼれ馬のこともあった。それは元気のいい動物の踊るような歩き方ではなかった。足はよれよれで、毛には草や土がこびりついており、太腿には泥のかたまりが貼りついていた。

羊飼いが消えていった道の向こうの方で、羊たちの群れはしばしば立ち止まる必要があったようだ……。停止の合図は群れの後方まで伝わってきた。そして群れは羊たちの最初の一歩で歩きはじめるのだが、歩こうとするとすべての羊たちが苦痛のあまり呻いていた。

雄ラバやロバたちの鐘の音は街道の向こうで弱まっていった。動物たちの流れの単調な物音と苦痛の呻き声の他には聞こえてくるものはもう何もなかった……。

その時、誰かが言った。

「耳をすましてみろ！」

みんなは聞き耳をたてた。向こうの空の奥底から、砂埃でかき消されそうになった鐘の音が、正午を告げ知らせようとしているのが聞こえてきた。

肉屋の女将さんは食器類を並べている。彼女はとり皿を適当にテーブルの上に投げている。彼女の唇には少女のような仏頂面が浮かんでいる。そして時どき彼女は匂いを嗅いでいる。

小さな男の子が自分の椅子の上にあがる。

「こちらに来なさい」女将さんは言う。

何も置いていなかった場所を水の入った壺とワインの壜で覆い隠そうと彼女はすでに試みていた。

「こちらに来なさい。だめ、だめ。そこは開けておきなさい。だめったら。こちらに来て。何でもいいから好きなことをしていなさい」

彼女はグラスをとりに流し場に行き、壁に向かったまままかなりのあいだ身動きもせずに、そこにじっとしている……。

「食べなさいよ、母さん」ローズは言う。

しかし、母親は頭の動きで「いや」という合図をして、言う。

「あの子たちは今どこにいるんだろう?」

外では、羊たちの大きな群れが流れている。

「そんなに遠くまで行っているはずがないわよ」ローズは言う。「軍隊の服を着なければならないし、いろんなものも受け取る必要がある。銃や薬莢などよ。銃を撃つのに慣れないといけないし。あの子がそんなことを心得ているなどと思ったりしてはいけないことよ」

「あの子は何も知らないと言いさえすればいいのよ」

「もちろん、そうだけど」とローズは言う。「簡単なことじゃないのよ。すべてがここの村役場に書いてあるのよ。あの子が狩猟免許を取り、それからどうしたなどといったことが。あの子は何も言わない方がいいのよ。それとも、みんなと同じように言えばいいわ。それに一家の父親たる者を、急に連れていったりされると困ってしまうわよ。まず結婚していない男、つぎに子供のない男、さらに仕事をしていない男というような順序にすればいいのよ。わが家だと、あの子は結婚しているし、子供があるし、それに仕事もしているのだからねえ……。それに、これからは……。薬剤師が言うには、遅くてもトゥッサンのところが、遅くてもねえ……。私の思うには、もっと前なら、何とかなったのに……。母さん、食べたら！」

「いらないわ」母親は言う。「喉につまりそうなのよ。成り行きに任せるしかないわ。だけど、そのうちに終わるわ！」

クレリスタンは羊の群れの端にたたずみ、苦痛でふくれあがっていた。食いしん坊のように苦痛を腹いっぱい飲みこんでいたのである。

「家でいったい何をすればいいんだろうか？　俺はもうひとりきりになってしまった」

先ほどパン屋の女将さんにこう叫んだところだった。

「アメリー、パンをひと切れくれよ。通帳につけておいておくれ」

彼は食べようとしなかった。手でパンを握ったままじっとしていた。

羊たちは依然として前を通りすぎていた。しかしその動きは緩慢だった。

羊たちは今では病気だった。この延々と続く大群、羊たちのこの病気、街道で濫費されていくこの命、こうしたものに人々はもう耐えられなかった。

すべての羊たちの腹には血がこびりついていた。くしゃみをして頭を振った羊は、もうろうとしていた。

「倒れるのか、倒れないのか?」こう言う者もいた。

倒れなかった。その羊は木のように硬直した脚で歩きはじめた。

雄羊はまだ脚を拡げたまま地面に倒れていた。すでに身体から血が流れはじめている。べっとりと血がついている下腹の毛のすべてが、泉の下の苔のようにだらりと重々しく垂れ下がっている。もう呻き声ももらしていない。雄羊は全力で呼吸していた。鼻孔から出る息のために、砂埃のなかに二本の小さな溝がうがたれていた。

さて、もうひとり別の羊飼いが現れた。街道の曲がり角で立ち止まり、彼は羊たちが通り過ぎていくのを見つめていた。その前に、自分が飲みこまれていた羊たちの流れから外に出るために彼は羊たちを膝で押したにちがいなかった。彼は顔を拭った。まるで聖人のように、彼の顔は汗で輝いていた。杖にもたれて、彼は向こうの方を眺めていた。

ビュルルのベッドは窓の近くにある。ビュルルが立ち上がるのが外から見えている。ビュルルはビロードのズボンをはき、湿布を整え、その上にシャツのボタンをかける。

しばらくすると廊下のドアが開く。ビュルルが出てくる。彼は裸足のままである。左手を開いて胸を押さえている。右手で彼は椅子を運ぶ。羊飼いに近づき、その肩に手を触れる。

「さあ」彼は言う。「お前さん、いつまでも棒立ちのままでいるわけにもいかないだろう。椅子を使っていいよ」

羊飼いの心は彼方にある。彼は坐る。杖を身体の前の両膝のあいだに立て、両方の手のひらを取っ手の上に重ね、顎を手の甲に乗せ、日の光を浴びて頭を下げる。


「大きさから判断すると」靴職人が戻ってきてこう言った。「密度から判断すると、小川の流れあるいはむしろ大河の流れのようなので、この群れはまだかろうじて半ばのあたりだろう。それに、今朝の八時から群れはずっと流れているということも少し考えてみろよ。椅子に坐って眠っているあの羊飼いと先頭を歩いていった例の羊飼いの二人だけだぜ。こんなに大きな群れなのに。犬はいなかったし、ロバも一頭も見なかった。ということは、俺たちが何か不吉な時代に入りこんでしまったということの印ではないだろうか？」

そしてクレリスタンもまた羊たちの向こうに書かれている何かを見つめていた。羊の大群が血と苦悩の文字で、彼らの前方の道路の白いところに書いているものを。

「俺は樹木がなくなるところまで行ってきた。アッス川の谷間が見えるところまでだよ。大群はあそこから出てきているんだ。山全体が、まるで火を放ったように煙っている。それに雷鳴が聞こえるだろう？」

山の方では、金槌で叩くような具合に、雨嵐が空を切り裂いていた。

今では、通り過ぎる雌羊たちが雨のなかから姿を現すということがほとんどなくなった。雌羊たちは雨に打たれて動きが鈍くなっていた。雌羊たちは大気のなかに自分たちが進む場所を頭で押し開きながら小股で歩いていた。雌羊たちの中央をひとりの男が歩いている。彼は雨でびしょぬれだった。彼は上着の下に子羊を保護して運んでいる。そして坐っている男に語りかける。

「アントワーヌ！　アントワーヌ！」

名前を呼ばれた男は頭をあげない。大きな帽子に覆い隠された男はじっとしている。右手をかすかに動かして合図する。

「行ってくれ、先に行ってくれ……」

そして雄羊はつい先ほど死んだばかりだった。雄羊は角が生えている重い頭を一挙に持ち上げた。まるで何かの命令に従うかのように。角に生えた枝のあいだから空を見つめた。それは果てのない長い視線であった。首を伸ばして、雄羊は子羊のように小さな呻き声をあげた。両膝を開いて、両脚を伸ばした。風船が破裂するような音をたてて、雄羊は黒い血と内臓の塊を吐き出した。

ランプを灯すときになって、肉屋の女将さんは言った。

「母さん、今夜は、あたしと一緒に寝る方がいいよ……。ひとりだと……」

彼女は自分の考えを終わりまで言う必要はなかった。湿った大きな唇で「ひとりだと……」という言葉をいくらか長めに強調した。

そこで、母親は、息子の妻のかたわらの、いつもは息子が寝ているところに横たわった。出かけてしまった息子の形がマットレスにうがたれていた。母親はその穴のなかにぴったりと身体を横たえた。そして二人の女は、ならんで何も言わずに、夜の闇のなかに響いている羊の群れの物音に聞き入っていた。ずっとそういう状態が続いていた。まるで山が生きている羊たちに水を提供して自分は干上がってしまいたいようであった。

しばらくのあいだ静寂の時が続いた。その静寂はどこから訪れてくるのか誰にも分からなかった。そして、二人の女たちはすっかり灰色の息苦しい眠りを飲みこんだ。それから母親が目を覚まして飛び上がった。

「耳をすまして」彼女は言った。

「どうしたの？」ローズは言う。

「誰かが呻いているわ」

羊たちの物音はもう聞こえなかったが、子供の呻き声に似ている、母親を呼ぶような声を、二人の女は心のまんなかで受け止めた。彼女たちはベッドから飛び下りた。

「ろうそくを取って。火をつけるのよ」

「母さん、聞いてよ。あれはお腹に虫のいる子じゃないかしら?」

「そうじゃないわ、ローズ。通りの下の方から聞こえてくるわ」

「こんな時間に?」

やはり母親を呼ぶ声だった。

「ママ……」

「ここにいるよ!」と二人の女は答える。そして彼女たちの裸足の足音が階段に鳴り響く。

「待っていてね!」

錠はかたくしまっている。ローズはぽっちゃりした手のひらを痛めてしまう。彼女の乳房がシャツのなかで飛び跳ねる。

「さあ、ろうそくの火を消さないように」

夜は羊の匂いがする。

「雨が降っているの、母さん?」

「雨じゃなくて、土よ。羊の群れが跳ね上げた砂埃が落ちてきているんだわ」

泣いているもの、母親を呼んでいるものは、そのかたわらの敷石の上で白くて小さな斑点になっていた。ローズはその横にひざまずいた。それは子羊だった。震えている泥だらけの子羊だった。世のなかをさまよっているその子羊は、重い頭を垂れていた。

「母さん、これは群れから外れてしまった子羊よ」

ローズはその子羊をむきだしの腕で抱えあげる。子羊は濡れた小さな鼻面を彼女の肘のくぼみに置いた。

「動物よ、動物だよ」肉屋の女将さんはそっと歌う。そして彼女は唇を尖らして軽いキスの音をたてる。「動物だよ……！　ほら、この子を見てごらん、かわいそうに！」

「まだ乳離れしていない子羊だわ」母親は言う。

ローズは、その小さな動物の吐く息を肘のくぼみのところで受けて身震いする。

「こういう子羊は、赤ちゃん用のほ乳びんで育てたらいいと思うわ」彼女はこう言う。

子羊はもう呼びかけることはない。腕の温かさを求めている。ローズの暖かい腕に身体を押しつけてくる。子羊は目を閉じ、腕がまだそこにあるかどうかを確かめるためにふたたび目を開く。そして背骨のところで長くて幸せな身震いをして見せる。子羊はローズの乳房まで首を伸ばす。

「お乳は出ないわ」と彼女は言う。「ああ！　お乳が出るのなら、お前に飲ませてあげるのにね。

もう出ないのよ。母さん、明日は、一リットル余計にミルクを絞る必要があるようだわ」

「さあ、もう帰ろう」母親は言う。「私たちは二人ともパジャマのままなのよ」

「そうだけど」肉屋の女将さんは言う。「廊下のドアを開けてよ。この子羊を店のなかに置いておくわけにはいかないわ。肉がいっぱいあるからね。血の匂いがするので、怖がるわ」

夜が明けたので、クララは道路の曲がり角に面している自分の小さなカフェのドアを開いた。誰もいない四つ辻のまんなかに椅子がひとつだけ置かれていた。羊の群れの流れはもう涸れていた。羊飼いは出発してしまった。犬が一匹、雄羊の血をべろべろとなめていた。

朝の五時頃になると、サン＝パトリス農場の老牧童ソテロンが現れた。彼は徴発用の馬を引き連れていた。

「クララ！」と彼は叫んだ。「強い飲み物を何か出してくれ」

彼女は、グラス一杯の蒸留酒を持って戸口まで出てきた。

「何と青白いこと……」と彼女は言った。

「何か訳がありそうだ」老人は言った。「道は死んだ羊でいっぱいだ」

馬は緑色の夜明けを見つめていた。虻を追い払うように、馬は頭を揺すっていた。そして、くつわを噛んで小さく呻いていた。

二　羊飼いたちの休止

ヴァランソルで時を知らせる鐘が鳴り響いた。低い鐘の音が十一回鳴った。夜の風が麦打ち場の塵を吹き払うと、小麦の籾殻が煙になって月に向かって舞い上がっていった。

高原の向こうの方にあるショラーヌ農場では、屋根裏部屋の滑車だけが歌っている。車輪の溝のなかにロープが取り付けられたままになっていた。老人のジェロームはその滑車の歌を耳にした。彼はロープのことを考えた。

「あの女たちは！……」

それから、彼は左に寝返りを打った。自分の耳のなかで鳴り響いている心臓の鼓動に耳を傾けた。それは鋳物の突き棒で家の奥にある地下室を突き固めているような音だった。彼は雌犬のディアーヌのことを考えた。その夜、雌犬はまだ帰ってきていなかった。

「言ったとおりだ。注意が必要なんだ！　あいつはひとりで走りまわるだろう。それとも雄犬といっしょだろうか？　おそらくあいつはひとりで狩をするだろう」

彼はクッションから頭を持ち上げる。そして耳をすます。丘から鈴の音が聞こえてくるような気がする。

「ジョゼフの奴が出かけていったとき、『あいつの面倒を見てくれ。俺のためにあの雌犬の面倒を見てやってくれ！』と言ったものだ。これで二晩めだ。もう自由に放してやっている」

彼は右に寝返りを打った。眠れないのだ。だが、彼にはもう心臓の鼓動は聞こえてこない。風がかすかに吹いている音がかろうじて聞こえるだけである。納屋の角にあたった風は、そこで引き裂かれる。さらに、高原にあるすべてのアーモンドの木の音が聞こえる。見渡すかぎりの高原の広がりの全体から物音が聞こえてくるのであった。

今となっては、ショラーヌ農場で彼がたったひとりの男である。ちょうど十八歳になったばかりの娘のマドレーヌと、息子の妻のジュリア、そして彼の三人だけである。ジュリアも十八歳になるかならぬかであった。ジョゼフが出ていってしまったあとに残っているのは、この三人だけだった。

犂の長柄を誰が押すことになるのだろうか？　鎌で小麦を刈り取りにでかけるために、誰が雄山羊の角［飲み物用の容器］をベルトに吊るすだろうか？

木のように硬直したまま、彼はベッドの上で寝そべっている。犂の柄を握るような具合に、彼は両手を空中で握りしめた。彼の目には、彼が掘り起こした大きな土くれが回転するのが見えた。土くれは彼の周りに、アーモンドの木や小麦とともに崩れ落ちていった。二頭の馬のうしろを、土を踏みしめて歩いていったときのように。

急に彼はシーツを払いのけ、立ち上がり、ズボンのなかを探り、マッチをつけた。指の先にマッチを持ち、廊下に出た彼は、嫁の部屋のドアを叩く。

「ジュリア！　ジュリア！」

彼は手のひらでそっと叩く。

「はい」

ベッドがきしり、裸足の足がタイルの上を歩く柔らかな音が聞こえる。

ジェロームはドアの取っ手をおさえる。

「駄目だよ！　開けるな。私はパジャマのままだから。いいかい、訊きたいことがあるんだ。馬に餌をやったかい？」

マッチが消える。

「ああ！　やらなかったわ」ジュリアは言う。

「やりに行ってくれるかい？」

「もちろん、行くわ」彼女は言う。「今でもそうするのが習慣だから」

家畜小屋から戻ってくると、ジュリアはマドレーヌの部屋にやってきて、ドアの継ぎ目に小声で話しかけた。

「マドロン、眠っているの？」

「眠っていないわ」

「聞いてよ、マドロン。私は馬に餌をやってきたところよ。下の谷間がどうなっているか、あんたに分かったらねえ。行ったり来たりする角灯で一杯なのよ。羊たちの物音があちこちから聞こえ、デュランス川の土手で大がかりな焚き火がたかれ、炎がいよいよ高くまで舞い上がっていってるわよ」

「そう」マドレーヌは言う。「分かっているわ。羊の群れがやってくるのを見たから。怖くなるほど大きな群れだった。羊の群れがやってくるのを見たのは、夕闇が押し寄せる頃だった。レ・ガルデットの地面にうずくまっていたわ」

ジュリアは廊下の暗闇のなかでしばらく考えこんでいた。

「ね、マドロン、なかに入っていいかしら。ちょっと話したいことがあるのよ」

「入ってきて。明かりをつける方がいいかしら？」マドレーヌは訊ねる。

「いいえ、見る必要はないのよ。ただ、あんたのそばに少し寝かせてほしいのよ。石を踏みしめたので、足の下が冷たいの。マドロン、あんたは私のことを恨んでいる？」

「誰も恨んでなんかいないわよ」歯を噛みしめてマドレーヌは言う。

手探りでジュリアは娘の身体を愛撫する。

「ドロン、そのとおりだわ。やはりそのとおりだわ。私は何も言わなかったわね。ひと言も言わなかった。信じてちょうだい。いつも手と手を取り合っていたし、ブラ「ブラ＝ダッス」でのダンスパーティのことは覚えているかしら？　林檎の木の下で髪の毛につけるリボンを交換しあったわね。何も言わなかった。ひと言も言う必要がなかった。あんたが結婚するのが分かったら、私は幸せを感じるわ。『あんたの兄さんと結婚するわ』と私があんたに言ったとき、あんたが幸せだったのと同じことよ。あのときは、ふたりで秣のなかでじっと抱き合っていたものね。あんた、聞いているの？　あんたを見張っていたのは、あの人で、私じゃないわよ。あの人があんたの姿を見たのよ。あの人が出発する二日前のことだった。寝ようというときになって、あの人はこう言ったのよ。『俺がここにいないあいだ、あいつを見張っていてくれ』聞こえているの？『お前たち二人「マドレーヌとジュリアのこと」の首をねじってやる。俺はあいつがレ・ガルデットのオリヴィエといっしょにいるのをまた見たんだ。互いに身体をぴったりくっつけ合っていたんだ』あの人は私にこう言ったのよ」

「そうじゃないわ」マドレーヌは言う。「私たちは悪いことなんか何もしていないわ」

「どういうことか私には分かっているわよ、ドロン。悪いことなんか何もしていないって、よく分かっているわよ。それは悪いことじゃないけど、血筋なのよ。あんたはジョゼフの妹なのよ。あんたが彼の奥さんだというほど、あの人はあんたのことを嫉妬しているんだわ。意地が悪いわけではなくて、ただ嫉妬深いだけなのよ！　だけど怖がる必要などない。あの人はあんたを殺したりしないわ。出発しなければならないといった狂気のなかで、あの人はあんなことを言っただけなのよ。それに、出発しなければならないという悲嘆のせいで飲んでいたし、苦痛に向かってすべてを投げ捨てざるをえなかったので、もうあの人ではなくなり、人間が変わってしまっていたからなのよ。それに……」

「それに、もしも彼が私を殺すなら、それはそれで仕方がないわ！」闇の奥底からマドレーヌが言った。


谷間の向こう側のレ・ガルデットでは、角灯がつねに無花果の枝のなかで燃えていた。つまりデルフィーヌにはもう経済観念がなくなっていた。真夜中がまもなく過ぎようとしているではないか！　そして彼女の父親、こぎれいな口元のかくしゃくとした老人は……。

夜が更けてきているにもかかわらず、彼らは無花果のそばの角灯の下で、片付けられたテーブルを取り囲んでいた。それはデルフィーヌ、爺ちゃん、そして若いオリヴィエだった。彼らは話していなかった。羊たちの先頭を歩いていた例の羊飼いが彼らとともにいた。その羊飼いは、陰のなかから出てきた。つまり、つい先ほど暗闇のなかから出てきたばかりであった。羊飼いは、街道から出てきた蝉のように、砂埃でまっ白だった。

夜の闇は星々で擦り切れていたので、空の横糸が見えている。

「これで四十時間だ」羊飼いは言った。「連続して四十時間、まるでサーベルの刃の上を歩くような厳しい時間が続いている」

「それは大変だったな」爺ちゃんは言った。

「誰の過ちでもない。しいて言えば運命の過ちだな」羊飼いは言った。

「過ちであろうとなかろうと、ともかく羊たちにとってはものすごい苦しみだったな」爺ちゃんは言った。

そして今、彼らはそれぞれパイプをふかしている。

「そういう風に最初の日が過ぎていったのさ」夜の闇に視線を投げかけて羊飼いは言った。「それまで経験したことのないような素晴らしい天気に恵まれて、俺たちは高地の牧草地にいた。牧草は、まるで新婦のようで、一面に白い花が咲いていた。何キロにもわたって牧草の笑いが光り輝いていた。山の斜面が階段状になったところにいた俺たちより下の方で、牧草がたっぷり生えているところを二人の青い男が歩いているのが見えた。最高に肥沃な牧草地のまん中を、まるで牧草には関心がないとでもいうように歩いていたんだ。サン゠タンドレの憲兵隊の新入りだなと俺は考えた。アルフォンスがラ・パスレルの女とまた何か馬鹿なことをしでかしたにちがいない。そして、事実、奴らはアルフォンスのところに向かっていた。そう、奴らはアルフォンスの家に行き、そこには近づかずに、声をかけて接触している。そしてアルフォンスの方が奴らに近づいている。そのあと、奴らは谷間をくだり、ブスケの小屋に向かって登っていく。『あいつは』と俺は考える。『あいつは、やはり、静かな男だな。』そこから、奴らはダントンの方に行き、さらにアルセーヌに向かう。それから、山を迂回して、別の斜面の牧草地の方に進んでいった。彼らが歩んでいく道の蛇行が牧草地にくっきりと描かれているのが俺には見えていた。アルフォンスは自分の羊たちを囲っていた。アルフォンスはヒマラヤスギの下に行った。そこで、頭をうしろに反らせて、ワインをラッパ飲みしているような姿勢で立っている彼の姿が俺には見えていた。彼はラッパを鳴らしていた。その音が俺の牧草のところまで届いてきた。ブスケ、ダントン、さらにアルセーヌのラッパの音が聞こえてきた。向こうの斜面でも、ありとあらゆるラッパが鳴り響いた。

そこで、これという理由もなく、俺も力いっぱいに吹きはじめた。いい天気で、すべての草原の女王［シモツケソウ］が笑っているのに、犬の死を悼んで吹いているようなラッパの音を俺は響かせてしまった。

午後になった。一九三四年に植樹した樅の木の下に男たちが集まっているのが見えていた。『なぜ今日お前はこんなところまで登ってきているのだろう。下におりて、みんなが何を話しているのか聞いてみる方がいいのではないだろうか……』俺はこう考えた。

しかし、下にいるひとりは、アルルのジュリユスだということが分かったが、木陰から出てきて、美しい空き地で両足を踏んばり、俺に向かって長い三連音で呼びかけてきた。それは『すぐにやってきてくれ！』という意味だった。

そこで、ラッパを鳴らして俺は羊たちのすべてを斜面に追いやった。

木の下には包みがすでに用意されていた。仲間たちは俺に『出発するんだ！』と言った。『ここの牧草は立派だよ』と俺は言った。『それはそうだが、戦争に出かけるんだ！』と彼らは答えた」

彼は自分の心を眠らせるために、また大地が振動しはじめたあの時の思い出をいくらか追いやろうとするために、パイプを吸う。

「……残ったのは俺たち二人だけだった。ペルチュイのアントワーヌ、先ほど話した例のジュリユス、それに俺だ。三人とも兵士になるには歳をとりすぎていた。俺たちのところに集まっている羊の群れのすべてをしっかり連れ歩くのにも歳をとりすぎている、とアントワーヌが言った。そして、夜になると、若者たちは袋を肩に背負った。彼らは出発してしまった。残ったのは老人だけだ。山にはあまりにもたくさんの羊がいたので、牧草が見えないほどだった。そこで三人寄り集まって相談した。そうした状況は俺たちの心に重くのしかかってきた。利点と欠点を検討した。夜のあいだずっと相談した。残っていた煙草はすっかり吸いつくしてしまった。ともかくやってみようということになり、俺が先頭に立って出発した。俺たちの前には、間もなく沢山の羊の群れが通過していくという噂が流れていたにちがいない。村を通りすぎていると、女たちや老人たちが道端に並んで、俺たちが通過するのを見つめていた。そして平原にたどり着いた。その平原で、ひとりの女が子羊を両腕で抱きかかえて五キロ以上歩いてきた。女は俺のところまでやってきた。そして言った。『あんた、あたしが歩けるのはここまでよ。これ以上は一メートルだって歩けない。あんたの群れのなかから拾いあげてきたこの子羊は、ここで地面におろせば、死ぬでしょうよ。だから、立ち止まってよ！』俺は『それはできない』と言った。さらに『子羊をそこに置いてくれ』とも言った。しばらくして振り向くと、子羊は斜面に横たわっていた。女は耕作地のなかを全速力で走っていった。そこで俺は『おーい、おーい……』と叫んでみたが、女はすでにあまりにも遠ざかっていた。俺の声はもう女には聞こえなかった。

そのときから俺には物事がはっきり見えるようになった。押し寄せてくる苦痛のすべてについて考えた。苦痛のことを考えたと言っているのだよ、親方。とても真剣に考えたので、胸がひりひりと痛んだ。炭のように干からびてしまったので、『世界のお慈悲をいただきますように！』とまで言ったほどだ」

プラタナスの葉のように大きく広げた手を、彼は夜の闇のなかに突き上げた。

谷底から犬の吠える声と人間の声が昇ってきた。

「あいつが探しているのはこの俺だよ」と羊飼いは言った。そして彼は自分の名前を叫んでから、「ここだ！」と言った。

「どこだって？」という声がした。

「ランプを灯して登ってこいよ」羊飼いは叫ぶ。

しばらくすると、男がランプの光輪のなかに進み出た。近づいてくると、それは小柄な老人だということが分かった。彼は粘りのある土と草にまみれていた。一息入れるために所構わず寝ころんだにちがいなかった。青ざめた犬があとについていた。

「やあ、ジュリユス」羊飼いは言った。

相手は「ああ！」と言い、ベンチに坐りこんだ。爺ちゃんはデルフィーヌに目配せした。彼女は家に入り、パンと一リットルのワインとグラスを持って戻ってきた。

「スープは冷めてしまっているんだ。分かるだろう」爺ちゃんは言う。「だから、相棒よ、あんたのために温めるから、そのあいだこれを食べていてくれ」

ジュリユスはグラスを持ち上げるために両手を使った。赤茶けた二つの大きな手のなかにグラスは隠れてしまった。泉の水を飲むような具合に、彼はワインを飲んだ。

「もう一杯どうだい？」

「注いでくれ。いいのかい？」

彼は取っ手が角製のナイフを取り出した。パンを腕ほどの厚さに切り取り、それをワインに浸し、犬に与える。

爺ちゃんは矢継ぎ早にタバコを吸い大量の煙を吐き出した。

「煙草はどうだい？」

ジュリユスは自分のパイプを取り出す。それから、それを使わずに、ぽんとテーブルの上に置く。彼は羊飼いの肩に手をかける。

「あんたに会いにきたのだ、トマ。あんたのためにやってきたのだよ。俺は腹のなかに死を抱えている。これは狂気だ。これ以上のことはもうできない。もっとゆっくり進まねばならない。動物たちのことを考えてくれ。前にいるあんたは、健全な動物たちを引き連れている。前には、明るい道が開けている。後ろにいる俺たちは不幸で満ちあふれている。羊たちは次から次へと死んでいく。一頭も連れて帰れないかもしれない。羊たちの身体にあまりにも無理なことを要求しすぎてきた。羊たちはそんな風にはできていないのだ。ああ！　トマよ、日陰になれば、涼しくなる。そうしたら、みんなが休める。そうしたら以前の日々のように生命が戻ってくる……」

コオロギたちが鳴いている。動くものはもう何もない。星で満ちている夜は、大いなる平和をもたらしてくれる。

「過ぎ去った日々のことはもう考えてはいけない」とトマは言う。「俺たちはひどい状態に入りこんでしまっている。あんたは俺が石でできていると思っているのかい？　俺たちが村を通りすぎたとき、俺たちを見ていた人たちの目が俺には見えなかったとでも言うのかい？　たしかに俺は帽子の下に入りこんでしまっていた。俺には何も分かっていないとでもあんたは思っているのかい？　俺の耳はよく聞こえるぜ。耳をすますんだよ」

彼は沈黙する。はじめのうちはコオロギしか聞こえてこなかったが、夜の闇の奥底から、羊たちの唸るような低い嘆き声が聞こえてきた。

ジュリユスは大きくため息をつく。

「出発できそうだ」と彼は言う。「羊たちが出発するという意志を持っているかどうかを知ることがまず大切だ」

「ここまで来ているのだから」とトマは言う。「ポンプにたまっている水と同じだよ。一頭が起きあがると他の羊たちも起きあがるだろう。一頭が歩くと、他の羊たちもそのあとについて歩いていくだろう」

白日のもと、朝のさかりの頃、その羊の群れがすっかり延びていくのがよく見えた。群れは、谷間のなかにあって、まるでクリームのようだった。さらに群れは丘の上を進んでいた。また群れはデュランス河の砂利の上を歩いていた。「夜の間羊たちを」見張っている男が燃やしている焚火から一筋の青い煙があがっていた。

小さな丘の斜面で立ち止まり、三人の男は見つめていた。ジュリユスは自分の部署につこうというところだった。爺ちゃんはその動物たちの流れに沿って視線を動かしていた。自分の前方にまっすぐ視線を向けているトマは、羊の群れの魂を見つめていた。空の奥底にその魂が見えていた。

「それじゃあ！」ジュリユスは言った。

「じゃあな！」トマは言った。

それから、爺ちゃんとトマは谷間におりていった。身体の大きな大将の雄羊は、みんなから離れてヒイラギガシの下に横たわっていた。雄羊は、タイムと丈の低い柔らかなサリエットの上に血を流していた。二本の角には草がからまっている。雄羊は苦痛を訴えていた。石のように乾燥してしまったその舌は、地上に垂れていた。雄羊は蠅や蜜蜂で覆われていた。

帽子を振って蠅を追い散らしてから、トマは動物の腰に触れた。雄羊の脚の原動力が動きはじめるよう刺激した。股間の傷に優しく触れた。動物はもう呻いていなかった。目を大きく見開いて男を見つめていた。

「親方」トマは言った。「ちょっと頼みたいことがあるんだ。あの雄羊を助けてやってくれないか。自分の勇気を振り絞って、あいつは立ち上がり、おそらく百メートルあるいは千メートルくらいは歩くだろう。（つまり俺にはあの動物の勇気がどんなものかよく分からないのだよ。）それから奴は倒れて、道路わきの斜面で死ぬまでじっとしているだろう。あいつを救ってやってくれ。今ならまだ大丈夫なはずだ。あいつをあんたの農場に連れていって、介抱してやってくれ。そして、時間がたち、俺がまだ生きているようなら、引き取りにやってくることにしよう」

「そういうことならお役にたてるぜ」爺ちゃんは言った。「出発の前にあんたの情けを見せてもらったよ。羊飼いよ、ありがとうよ」

トマは帽子を目の上まで引っ張った。

「こんなことを言ったのは、世界のお慈悲の他に頼りにするものがもう何もないからだよ」

「待ってくれ」爺ちゃんは言った。「手押し車を探してくる。その方が雄羊を運びやすいだろう」

羊飼いは手押し車の底にまぐさを入れ、さらに古くなった袋を置いた。そのあと二人がかりでその上に雄羊を乗せた。

「キンミズヒキを煮沸するんだ」トマは言った。「そして、それでこいつの内股を洗ってやってくれ。そして、血が出ている傷には、硫黄とヴァージン・オイルのペーストを作って塗ってやってほしい。一日に二回塗ってもらえればありがたい。だけど俺はあいつのことはよく知っている。薬と同じほどの友情を必要とするような奴なんだ。あんたに引き取ってもらえたら、すぐに自分で立ち上がれるようになるはずだ」

彼は動物の額に手を当てて、友情のこもった軽やかな動きで、毛の奥を優しくひっかいた。雄羊はトマを見つめた。そして、唇を震わせて、雄羊の言葉で大きな愛情をあらわす唸り声をたてた。

「怖がることはない」と羊飼いは言う。「お前は優しい人物にあずけるからな。ああ！　アルル生まれの雄羊よ、俺は立ち去っていくが、運命が俺の上着を向こうに引っ張っているからだよ。そういうことがなければ、俺たちは命が果てるまで一緒にいるのになあ。ひとつだけ頼んでおくことがある。この人物のそばでまじめにやるのだよ。彼の家畜小屋に無秩序を持ちこむなよ。牧草の好き嫌いを言うな。雌鶏の巣のなかに横たわったりするな。雌羊の相棒ができても、馬鹿なまねはするなよ。自分の塩を静かに食べるのだ。もう、お前はこの家の羊だ。女の人たちが言うことにはよく従うのだ。敬意を払うに足る雄羊だと思われるようになってくれ」

それから、腕の先で彼は爺ちゃんの手を求めた。

「俺はあんたにありがとうと言えるだけだが、何かしないといけないのであれば……」

「あんたには何の負い目もないのだよ」爺ちゃんは言う。「しなければならないことがあるとすれば……、それはあんたのお屋敷まで無事にたどり着くということだろう。それだけのことだ。それに、もしもあんたの羊の持ち主があんたのやったことを認めないのなら、正面玄関の前を通りかかるようなことがあれば、俺に代わってそんな親方は腐りきっていると言ってやるんだよ。じゃあな！」


手押し車に雄羊を乗せているので、押してあがるのがきつい斜面のなかほどで、爺ちゃんは立ち止まった。下では羊の群れが出発していた。大きな生地を捏ねるように、トマは両腕を前後に動かしていた。羊の群れという生地のすべては、草の中からゆっくりと身体を起こしていた。それから、トマは爺ちゃんの方を見つめた。彼はさようならの挨拶をするために手を高く挙げ、片腕を空中に挙げたまま、八月の強い風のなかを、羊たちの前に立って出発していった。その風は、まるで河のように、平坦に流れていた。

三　鴉

「鴉だ！」男は叫ぶ。

ジョゼフは草地から立ち上がる。彼は手に銃を持っている。

「あいつは遠すぎる」彼は言う。「俺には撃てない」

鴉はゆっくりと翼を羽ばたいて立ち去る。鴉が飛翔していく物音が聞こえる。大地には広大な沈黙が居坐っている。ただ、畑のへりで、山積みになった堆肥が、何かが煮えているような物音を出して、低く呻いている。

「これが狩猟用の銃だったらな」ジョゼフは言う。「だけど、これではね。こんどはこの銃でも何とか一発で仕留めてみせよう！」

「俺は怖いんだ」草のなかに横たわっている男は小さな声で言う。

「男のくせに鴉が怖いなどと言うなよ」ジョゼフは言う。「俺が鴉にふたたびお前の上にやってこさせるとでも言うのかい？　いいかい、今度は俺のこの銃で……。怖いかもしれないが、俺たちは大丈夫だよ」

男が横たわっている草の上にジョゼフはかがみこんで、動かなくなっている肩に手を当てる。仰向けに倒れている男の両肩は地面にぴったり接していた。そして、男の恐怖を紛らせるために、ジョゼフは子供の頃に話していたような優しくて穏やかな声で話しかける。

「俺が君を守っている。俺がここにいるじゃないか」

そして、目でジョゼフは言う。

「俺は君の友だちなのだから。この俺が君を鴉から守れないようなら、もう友だちなんて誰もいなくなってしまうぞ」

「分かった」万事を理解した男はこう言った。

ジョゼフは銃を手放す。ひざまずいて、草のなかに横たわる。沈黙が下りてきて、全重量で地面にのしかかってくる。

「コートは脱いだかい？」男は訊ねる。

ジョゼフは答えない。

「コートは脱いだかい？」男は叫ぶ。

「何だって？」ジョゼフは言う。

彼は飛び上がって、すぐさま四つんばいになる。周囲を見渡す。右手が銃に触れているために、右肩が少し低い。

「何だって？　誰かがいるのか？　誰だ？　俺は眠っていた。おい、痛むのかい？」

「痛くない。コートを脱いだかどうか訊ねただけだよ」

「俺はけっこう疲れているんだ。分かるだろう」ジョゼフは言った。「まるで目を抉《えぐ》り取られたような感じだ。俺はここにいて、君に話しかけている。君を見つめているからな。まるで大樽に穴があいたような感じなんだ。自分が空《から》になっていくようで、眠ってしまう」

「コートは脱いだのかい？」男はまた同じことを訊ねる。

「脱いだよ。君も知っているように、脱いだよ。君はほとんど見えないのだな。一昨日、グレヴィルにあるガマンの森にコートは置いてきた。橋の近くで奴らが発砲してきたときのことだよ。君は電柱のうしろで横たわっていた。コートのせいで脚を動かせなかったので、走りながら投げ捨てたんだ。ねえ、君、眠らせてくれないかな？」

「俺のコートも脱いでくれよ」男は言う。「風が吹いているのなら、脱いだ方がいいように思う。それに、この毛布も取ってくれ」

「毛布はこのままにしておけよ」ジョゼフは言う。「まず、毛布はかぶっておくがいい。覆いになっているから、このままがいいよ。それとも、痛むのかい？」

「そうじゃなくて、暑くて重いんだよ。泥のなかにいるようだ。いや、痛くはないんだ。水のなかに入っていけたらいいんだが」

「おとなしくしていろよ」ジョゼフは言う。「眠ろうと努力してくれたらいいんだがな……」

「いや、眠りたくないんだ」男は言う。「それに、手を握らせてくれ。こういう風に手を握っていてくれ。君がいてくれるのが感じられて、安心なんだ」

男は毛布の下から手を出す。その手は、小さな動物のように、草の上をすべり、ジョゼフの手に触れるところまでひとりでに動く。互いに手と手を取りあったまま彼らはじっとしている。

人影のない街道は坂をくだり、さらに丘を迂回する。そのあと、やはり人影のない街道は上り坂になり、そして森のなかに入っていく。

「みんなが出かけてからどれくらいの時間がたったのかな？」男は訊ねる。

「だいたい五時間くらいだよ」

「中尉は何時と言ったんだい？　いつになったら俺たちを迎えにきてくれると？」

「夕方だよ」

「俺たちがどこにいるか分かるだろうか？」

「俺たちはちょうど街道の斜面にいる。『車をよこす。そこにじっとしていてくれ』と中尉は俺に言った」

「ところで！」

「何だい？」

「これはひどいかな？　この太腿の傷は？」

「大したことはないさ！」

「軍医はどう言っていた？」

「軍医ではなくて、ちびだったよ。軍医は馬に乗ってすでに前線に出かけてしまっていた。ちびと、それに砲兵と、それに俺だよ。『ジュールだよ』と俺は言った。そこで、『どこが悪いんだろう？』と俺は訊ねた。『太腿だ』という答えが返ってきた。『彼のことは知っている』と俺は言った。上からしっかりと締めつけた。砲兵は包帯の包みを二つ持っていた。配給袋を開いて、新品の人きなシャツを着せて、包帯をきつく巻きつけた。『どうやって彼を運べばいいだろうか？』と俺は言った。俺たちは君を運ぼうとした。そのとき、君は目を覚まして、わめいた。ちょうどそのときに、中隊が、さらに炊事係が通りかかった。中尉がいた。君も知っている、例の赤毛の中尉だよ。『負傷しているのはジュールです』と俺は中尉に言った。『車には彼を乗せる余裕がもうない。彼といっしょに君もここに残ってくれ。この道端にいてほしい。君たちを引き取りにやってくるから』中尉はこう言った。そのとき、砲兵は次のように言った。『私の仲間も負傷しています。さあ、仲間の砲兵を道端に運ぼう。君は、こうやって、二人を見守ってくれ、ひとりを見守るような具合に。あの砲兵も君のジュールといっしょに車に乗せてやってほしい』」

「砲兵はどこにいるのだ？」

「この向こうだよ。君は横たわっているので、見えないのだ。だけど、俺には君が見えているし、あの男も見えている」

「彼は眠っているのかい？」

「痛みのすべてをうまく眠らせている！」

ジョゼフは自分の胸に触れる。

「あいつはここだよ。胸のどまんなかに砲弾を受けたのだ」

「近くに来てくれ」男は言う。

ジョゼフは接近する。

「かがんでくれ」

ジョゼフはかがみこむ。

「聞いてくれ」男は言う。「もしも抜け出すことができたら、君と俺がここからうまく抜け出すことができたら、俺の家にやってきてほしい。君は南仏出身だ。だから、それほど遠いわけではない。汽車に乗ればディジョンまで行ける。そこなのだ。母親は君を喜んで迎えるだろう。家は中央市場の近くの小さな広場に面している。母親はアイロンかけの仕事をしている。三人の女の子がいっしょに働いているので、彼女たちと楽しく話すことができるだろう。君は階下のソファーで寝るといいだろう。君がブルジョワ風にやりたいのなら、それも可能だ。家のなかは融通がきくので、調整できる。郵便物の仕分けをやっている郵便局員が三階に住んでいるんだが、この人物が自分の部屋を貸してくれるだろう。俺は印刷屋で働いており、朝は五時に家を出る。家の者には『今日はジョゼフが来るよ！』と言っておこう。アドルフの店に行こうぜ。火の燠でエスカルゴの料理をしてくれと頼むことにしよう……」

「分かった」とジョゼフは言う。「よく分かったよ、君」

まっ白い蒸気が木々の茂みから立ちのぼっている。まるでそこが燃えているようだ。太陽がその上を、その霧の上を、旅していく。うだるような灰色の暑さがすべてを窒息させている。

向こうでは、砲兵が口を開いたので、その口はしばらくのあいだ開いたままになっている。それから彼は口を閉じる。そうすると血が大きな泡になり、顎に流れる。頑固な意志力を発揮して、彼はその動作を二度、そして三度と繰り返す。そうすると、半ば閉じている目の周辺の白い部分にいくらか色彩が戻ってきた。血の下から声が外に出ようと試みる。ついに声が抜け出る。彼は言う。

「飲みたい！」

「手を放してくれ」ジョゼフは言う。「聞こえただろう。向こうの砲兵は飲みたいのだ」

ジョゼフは砲兵の頭を腕で支え、頭をゆっくり持ち上げ、水がいっぱい入っている鉄製のコップを唇の近くまで持っていく。血まみれの口はまるで動物のようだ。口は噛んだり揺すぶったりして水をこぼしてしまう。口は鉄のコップにがぶりと噛みつく。ついに、むさぼるように口はがぶがぶと水を飲みはじめる。

「ありがとう、テレーズ！」

小さなばら色のよだれが唇のあいだで泡をたてはじめる。ジョゼフは水筒を動かしてみる。

「もっと水を入れてこよう」と彼は言う。

彼はジュールを見つめる。

「聞こえるかい。水を入れてくるからな。じっとしていてくれ。すぐに戻ってくる。叫ぶなよ」

「鴉だ！」

「ところで、君は男だろうが？　鴉が怖いのか？　たかが鳥じゃないか！　元気をだせよ。いいかい、叫んだりするなよ。水は向こうの砲兵のためなんだから。奴は静かだな。まったく静かだ。うまく苦痛を眠らせたらしい。静かにするために全力を尽くした。奴はもううんざりしているよ。すぐに戻ってくるから。もしも車がやってきたら、待たせておいてくれ」

小さな丘の向こうの斜面をくだった突き当たりには、三つの建物が沈黙して見つめあっていた。納屋と、農場と、家畜小屋だ。道の上で、破れたマットレスが羊毛の内臓をむき出しにしていた。納屋はからっぽだった。中央に、馬の小便の水たまり、古くなった革帯があった。

ジョゼフはそっと入っていった。陰になっている隅っこを長く見つめた。革帯を取り上げ、自分のベルトの留め金の上にかなりきつく巻きはじめた。

家畜小屋には三頭の馬がいたにちがいない。なかに入ると、匂いがまだ強く漂っていた。

「女が馬を世話していたに違いない。馬の前髪を少しこするだけで、女を信用している馬は女の言いなりになるんだ」と彼は言う。

農家の建物では、蝶番《ちょうつがい》のはずれたドアは炉床のなかで半分燃えてしまっていた。取っ手は灰のなかに落ちていた。彼は犬の死体のようなぐにゃりとしたものの上を歩いた。それは丸められたビロードの上着だった。枕として使われていたにちがいない。

納屋の方から水の流れる音が聞こえてきた。それは木の幹を穿って作られた水のみ場だった。

まわりの泥には、動物たちを思わせるような人間たちの足跡が、羊たちや雌牛たちの足跡を消し去ってしまっていた。動物たちの足跡はわずかしか残っていなかったが、それらは牧草地の方、乾いている場所に向かっていた。

彼は貯水槽のなかにむきだしの両腕を入れた。

夕闇が押し寄せていた。灰色の大気のなかに夜の闇が濃厚な煙のように流れこんでくるのが見てとれた。

彼は水筒に水を満たした。

「こういう天気のときは物事の実質が感じられない」彼は言う。「まるで窓ガラスを通して見ているようだ」

彼は斜面に坐り、両脚のあいだで水の詰まった水筒を揺すっていた。

その農場の匂いはショラーヌと、麦打ち場で穀粒が詰まったまま自分で束ねた小麦のことを彼に思い起こさせた。

「ジュリアは……、あいつには気丈夫なところがある」と彼は言う。「妹もそうだ。ただし、あの男が妹にまとわりつきすぎなければいいのだが」

水の音が彼の頭のなかで流れた。その音を聞いていると、彼の目の前に、兵士たちや、シートをかぶせた荷車や大砲などの群れの大がかりな影像が浮かんできた。荷車や大砲の群れは、まるで羊たちの群れのように、道幅いっぱいになって波打つように進んでいった。そして男たちは羊のようにそれぞれの部隊に編成されていた。あちこちに放置されている死人たちは、街道の斜面で処刑されたのも同然のありさまだった。

「考えられないことだ……！」

紐にぶら下がっている水筒を彼は揺すった。そしてその紐は弛緩した彼の指から滑り落ちた。猛烈な睡魔が、まるで動物を撲殺するように、彼を草の上に打ち倒した。

四　ジュリアは横になる

「今夜は澄み切った素晴らしい天気になるでしょう」ジュリアは言った。「大気に強い意志が感じられるわ。サント＝ヴィクトワール山が見えるんだもの」

アルプスから吹いてくる風が、群雲を満載した黄昏の表面を吹き飛ばしたばかりであった。そして今、空の縁は大鎌の刃のように薄く鋭利であった。沈んでいった太陽の方角では、リュール山の背が、炭焼き人たちの煙とともに、牧草地の流れのように美しい緑色の空のなかに昇ってきていた。

「どこに行くんだい？」父は訊ねる。

「動物たちに餌を与えるのよ」

風がある日はいつもそうなのだが、急にまっ暗な夜が訪れた。星たちは輝き、乳色の天の河が長く横たわっていた。

ジュリアは家畜小屋の壁に沿って歩いてドアを探した。

「この前のときのようにうまくいくかしら」彼女は考えた。そう考えただけで、彼女は燠のように熱くなってしまった。ドアの木製の掛け金を持ち上げた。そう、この前のようにうまくいった。感覚が戻ってきた。これからは、いつでもこんな風になるだろう。彼女がこまでやってきてドアを開けるたびに、新鮮なまぐさが燃えるのが彼女には感じられるし、その匂いは彼女のこめかみを、まるで泉の水盤のように、鳴り響かせるであろう。まぐさと馬のこの匂い、この濃密な生命の匂いは、まるで砥石のように彼女の皮膚にやすりをかけるだろう。

ああ！　この前、彼女は草刈り用の三股《みつまた》を手放してしまった。そこで、それを拾いあげようとかがんだときに、彼女は身体の隅々までその匂いに満たされた。その動作は、下着の奥底で彼女の肉体を旋回させた。鶏の皮膚のようにざらざらした彼女の皮膚は、すぐさま花開き、そのあと沈静した。それは彼女にとっては、まるで葉叢と風のなかで気を失うような体験だった。目を閉じ、足の踵から首のところまで身体を硬直させるのが、何の役にたつというのだろうか？　それはまぶたを貫通し、身体を折り曲げるという蝶番の働きを心得ていたのである。つまるところ、それは心地よい経験であった。何と言っても、禁じられた行為ではなかったからである。ワインを飲んだせいで世界がぐらぐらと揺れ動いていた結婚式の夜のことを彼女は思った。さらに、彼女の肌がまとっていたあの新しい下着や、必要なところはどこもしっかりと締め付けていたコルセットや、唇を押し開いて、まるでメロンのひと切れを噛んでいるような具合に、口いっぱいに愛撫してきたジョゼフのことを。

　ジュリアは梯子に登り、まぐさの堆積からまぐさを取り出し、動物に与えようとした。まぐさは濃厚に匂う。まぐさは舌の下と鼻の奥で、安物のワインのように、濃厚に感じられる。ジュリアが三股をふるうたびに大きな花が開くようだった。彼女が三股を動かすたびに、角灯の光を受けてまぐさは煙っていた。

　彼女は台所に戻った。戸口で、彼女は両脚を振り動かした。彼女の身体や衣服のなかまで、まぐさの埃が大量についていた。マドレーヌは編物をしていた。あるいはシャツをつくろっていたのかもしれなかった。彼女はほとんどすっぽりと暗闇のなかに入っていたので、よく分からなかった。父親は眠っていた。眠りながらも口はかたく締めつけていた。柱時計は順調に時を刻み続けていた。そういう光景からは、あまり活気が感じられなかった。もっと必要なものが時にはあるのに……。ああ！　男たちから離れて暮らすのは辛いものがある。ジュリアは、両手に残っているあの大きな頑丈な馬の強烈な匂いを嗅いだ。

「お休み、マドレーヌ」と彼女は言った。

　寝室にあがり、彼女は蝋燭に火をつけた。そしてその蝋燭を押しやった。蝋燭の熱が振り子時計の覆いを傷つけてしまうかもしれないので。

　ちょうどその覆いの下に、オレンジの花束がひとつ置かれている。蝋でできた造花だ。それに白いモスリンの切れ端がある。さらにジョゼフの写真と、結婚式当日の彼女の写真がある。その白い麻糸でできた手袋、それは使い勝手がうまくいかなかった！　ジョゼフはボタン穴にオレンジの花を挿したものだ。ああ！　何と馬鹿なことを……。

彼女はブラウスを脱ぎ、シャツの肩紐をぴんと張った。彼女の大きな靴を移動させようとして、かがみこんだ。乳房が垂れる。革紐は結ばれている。坐る方がよさそうだ。むき出しの腕がむきだしの乳房をこすりつけている。乳房の方が腕より熱い。兎の皮をはぐときのように、彼女は靴下を引っ張った。靴下と踵が汗のせいでくっついてしまっているので、彼女は仰向けになって靴下を引っ張った。そうやって脱いだ靴下を彼女は椅子の背に拡げた。靴下は乾くだろう。彼女は自分の足を見つめた。むきだしの足指を動かすのは気持がいい。あのまぐさの埃はどこにでも入りこんでくる。靴下の網目や、靴の継ぎ目など、ありとあらゆるところに入りこむ。その結果、全身がねばねばになってしまう。彼女は両足を拭った。足の甲に浮き出ている太い静脈に触れた。皮膚の下で小さなミミズのように膨れ上がっているその静脈は、彼女が親指を動かすと、震えている。

彼女は立ち上がり、小さな四角形の鏡の前で髪を整えた。彼女の裸足の足が踏みしめているタイルは、水で潤された牧草地の冷たい水のなかを難儀して歩くときの感触を思い起こさせた。彼女の両手には依然としてあの馬の匂いが残っている。彼女は濡れた羊毛のように重くて黒い髪の毛を広げた。櫛でとかす必要があったのだろう。彼女は髪の毛を拳でよじるにとどめた。

彼女の乳房は、どのような動きをしても、その存在が感じられる。彼女がかがめば、乳房は垂れ下がる。両腕を持ち上げれば、乳房は、紐を引っ張るような具合に、皮膚のなかではちきれる。

ジョゼフはいつもこの生き生きした匂いを身体につけていた。馬の匂いのようであり、労働と力の匂いでもある。ジョゼフが服を脱ぐと、彼女の鼻は膨らんだものだ。それは革と、汗をかいている毛の匂いだ。夏のサラダを大量に作るために、サラダ皿の底でビネガーと大蒜と粉末のマスタードをつぶすときの匂いである。

彼女はスカートとペチコートの紐を解き、それらを下におろし、布地のなかからむきだしの脚を抜き取った。腰を力の限りにこすった。まぐさの埃はいたるところにまとわりついていた。蚤がくっついて身体が黒くなっているような感じだった。彼女はしばらくすっぱだかになりたいという欲求を強く感じた。自分の身体の周囲に広がっている、星が無数に輝いているこの酸味を帯びた美しい夜をじかに肌で感じたかった。はだかになって、アルプスから吹いてくる風の冷たい腕に抱かれてみたかった。洗い清めてくれるその美しい風は、彼女の脳髄のなかにかすかな乳白色の彩を添えてくれるであろう。

彼女はシャツを脱ぎ、身体を拭うためのごわごわしたきれいな布切れを手にとり、蝋燭の火を吹き消し、窓辺に近づいた。星がきらめき風が吹いているのが感じられた。彼女は厚手の布切れで乳房の下やまわりを拭い、丸い手で乳房を撫でた。水をかけて泥をつけてしまった小さなメロンの泥を拭いとるような具合に手を動かした。これらの静脈の浮き出ている乳房と、茎の先のようなこの固い乳首はたしかに小さなメロンのようだった。指の愛撫を受け、その小さなメロンは軋み、こわばった。そういう風に乳房を愛撫するのは彼女には気持のいいことだった。それから、彼女はわき腹をこすり、脂肪の襞の奥底までこするために皮膚をこわばらせた。まるで溝のなかを拭うような具合に、指先で持った布切れでこすった。さらに赤茶色の太腿もこすった。

風は、まるで大きな鳥のように、闇夜の上空を飛翔していた。八月の終わりのこの季節には、小麦の切り株や、麦打ち場に放置され日焼けしている小麦の束の堆積から立ちのぼる小麦の匂いが漂っていた。夜は静けさを取り戻し、暑くなっていた。

ジュリアは全身で呼吸していた。自分が自由になり、埃を厄介払いし、熱くなった彼女の血が夜の生温かさのなかまで入りこんでいくのが感じられて、彼女は喜びを全身で感じていた。闇のなかで彼女は輝いていた。彼女は自分の身体を見つめた。夜の闇という浴槽のなかにいる自分の身体が見えた。乳房から、下方の闇の底に伸びている足まで見ることができた。

腰には、腹の下まで下降していく皺が二本あった。彼女の腹は平らで、研ぎ師が使う砥石のように艶やかだった。彼女は踵を踏んばって少し飛び上がってみた。置時計の覆いがちりんという音をたてた。乳房は動かない。乳房は、丘にある石を使って組み立てられたようにどっしりとそこに植わっている。ジョゼフは言ったものだ。

「これはまるで冬の蕪のようだ。君の冬の蕪を見せてよ。冬の蕪に触らせてくれよ……」

「ジョゼフったら！」

乳房の先が、無花果の芽のように膨らむ。ああ！　男や労働のかつての匂いと同じく、彼女は自分の心が酸っぱく感じられた。

彼女は大きなベッドのところにやってきた。ジョゼフはそのベッドに寝る習慣がついていたので、今でも、彼の場所にはまだその形が残っている。白いシーツのなかで、そこには陰の男が横たわっているように思われる。彼女はシーツを引っ張り、ぴんと張ってその陰を消そうとする……。しかし、ジョゼフの場所は相変わらずそのままである。

彼女はネグリジェをしっかりと身にまとった。自分のかたわらに陰の男の場所をあけて、ベッドのいつもの場所に長々と横たわった。

睡魔はすぐに訪れた。そして、まさに眠りこもうとするときに、ジュリアは手についている馬の匂いを嗅ぎ、手を太腿のあいだに入れ、眠りこんだ。

五　世界の慈悲

彼の脚はすでに車輪で踏みつぶされた。さらに、縦列につながれている馬が後足で仁王立ちに立ち上がり、彼の腹の上に落ちてきて、前足の蹄で思いきり彼を踏みつける……。

ジョゼフは目覚める。叫んだために、口が開いている。彼の周囲に広がる漆黒の闇夜は、叫び声が響いたために、まだ震えている。

「夜なのか？　何だって？　俺は置いてきぼりにされてしまったのだろうか？」

彼は草のなかの水筒を探す。彼にはまだ叫び声が聞こえる。それは向こうの果樹園から聞こえてくる。

「ジュール！　ああ！　俺は眠りこんでしまっていた」

彼は肥沃な土の上を走る。

そして、林檎の木の下を探す。

「ジュール！　ジュール！」

「ばかやろう」歯を噛みしめて向こうの男は言う。「ばかやろう！　くそやろう！　お前は行ってしまった。俺を置き去りにしようとしたんだ。げすやろう！　これでお前の正体がよく分かったぜ！」

ジョゼフは震える手で草のなかを探る。横たわり捩れている身体に彼は触れる。息を切らせている長身の男は、怒りと恐怖で煮えくりかえっている。

「ジュール！　おい、ジュール！　勘違いするなよ。いいかい、おい……。俺はここにいるじゃないか。水だよ。分かってくれよ、君と向こうの砲兵のために水を探しにいっていたんだよ。そこで眠くなってしまったのだ、ジュールよ。あいつはもう人間じゃないぜ。これ以上何ができると言うのだ？」

「ばかやろう、ばかやろう」相手は静かに言う。

「そんな状態の膝で身体をひきずってきたのか？　だめじゃないか！　正気なのかい？　分別はあるのかい？　もう俺は信用できないと言うのか、それじゃあ？　それなら、俺は……」

「痛いんだ！」

「ああ！　君にだって分かるだろうが！　草で作ったベッドにいるのがいいんだよ。万事を整えたところで、俺は眠ってしまったのだ。そして、君は地面をはいずりまわった！　どうしてほしいと言うのかね？　助けてくれよ。俺だってひとりきりなんだぜ、ジュールよ！……」

草のベッドは、それほど離れているわけでもなく、ついその向こうにある。そして毛布は丸められている。そうした無益な動きをしていると、灼熱の夜は、まるで壁のように、厳しく前に立ちはだかる。

「行こう」ジョゼフは言う。「行こうぜ。俺の腕のなかで身体を柔らかくしてくれ。ああ！　俺だって辛抱しているんだぜ」

「痛いんだよ！」

「何も言うな。いいかい。もう話さないでくれよ。いいかい、君の脚はいいところに置いた。さあ、これじゃ、またやり直しだ。しかも暗闇のなかなんだ！」

彼は自分のごわごわした手をやわらかくしようと努め、ブーダン［豚の血と脂身で作る腸詰］のような指でジュールに優しく触れていた。彼はジュールの首の下に手を伸ばす。もう一方の手は、傷の周りの熱くて泥のような皮膚に触れる。そして、用意ができると彼は全力を振り絞ってジュールをのろのろと草のベッドの方に引っぱっていく。苦痛の唸り声がジュールから溢れでてくる。ジョゼフは彼に対する憐憫の情であまりにも重苦しくなっているので、その憐憫の情を何とか吐き出そうとした。その気持を厄介払いして、それを道端に吐き出してしまいたい。憐憫の情をそこに置き去りにして、立ち去ってしまいたい。しかし今まで耐えてきているものにもっと耐える必要がある。失われていくわずかばかりの水にも比べられるこのジョゼフの乏しい力は、他の男たちの痛みに対して必死に闘っている。

「そっとやるんだ、君、そっとやれよ。これで終わりだ。そうだ！　これでうまくいく。さほどみたいに、眠れるさ。泣くなよ。君の痛みは俺の手で取り除いてやるから」

夜の闇はセメントのように厳しい。地面すれすれのところから出てくる呻き声の他に聞こえるものは何もない。

「ここに、俺のそばにいてくれ。もう勝手に出かけたりするなよ。俺の手を握ってくれ。手を離すなよ。ここにいてくれ。ひとりだと怖いんだ。それに、話してくれ。何でもいいから話をしてくれよ。しゃべるんだ。君の話したいことを。どんなことでもいいから、ともかく話してくれ。死んでしまいそうだ。こんなところでひとりで死ぬなんて、どんな悪いことを俺がしたというんだ？　獣のように。ひとりっきりで。しかも土の上で！　話してくれよ。誰も俺を迎えに来ない。来ると言ったくせに。だけど、みんなは行ってしまったんだ。俺をここに放り出して。俺は置き去りにされたわけだ。ひとりっきりだ。話してくれよ。死にそうなんだ」とジュールは言った。

「おい、君。しっかりしてくれ。おい、俺が話しているんだぞ。そんなことはありえないさ。俺はちゃんとここにいるじゃないか。いいかげんなことはしないって、そうじゃない、ジュール、俺たちは置き去りにされたわけじゃない。あの車は、あまりにもいっぱいだった。いっぱいだったんだよ。中尉は迎えにくると言った。しっかりしてくれよ、君！」

そうしていることに気づくことなく、剥がれそうな皮膚や亀裂が無数にあるごわごわした手で、彼はジュールの顔を撫でている。彼の手はジュールの頬髯にやすりをかけている。

「俺は君にぴったりと寄り添っているからな。いいかい、君から離れたりしないから」

彼は少し笑うふりをしてみる。

「君の腕をしっかりつかんでいるよ。感じられるかい？　君を締めつけるぜ。分かるかい？　俺たちは仲良しだよ。じっとここにいよう。もう動くなよ。万事が以前のように眠りこむだろう。静かにしているんだよ。ところで、覚えているかい。俺はディジョンまで君に会いに行くよ。心配無用だ。君はひとりじゃないから。俺たちは二人だよ。二人で頑張ろう」

周囲の沈黙のなかには何もない。もう何もない。大地も、樹木も、草も、もう何も見えない。空にはいっぱい沈黙が詰まっており、その空からもすっかり見放されている。

「俺はここにいるからな」ジョゼフは言う。「怖がるな！」

「分かった」ジュールは答える。

北の方にあるいくつかの丘の向こうで、大きな火事の炎が燃えあがった。火は遠い。周囲の沈黙に変わりはない。ただ閃光がはじけているのが見えているだけだ。火事の火は長いあいだ暗闇のなかで踊っていた。やがて動きを止め、赤い棒になってしまった。闇の奥底でそれは熾のようなものになった。

砲兵が呼びかける。

「テレーズ！」

「いるよ。俺はずっとここにいるから」ジョゼフは答える。

向こうの男は話しはじめた。その声は喘ぎや、空気をいっぱい飲みこむ呼吸音にかき消されてしまう。ジョゼフには「ちびさん」、ついで「ひとりだけ」、さらにもう一度「ひとりだけだ！」という声が聞こえた。ついで「ちびさん、ちびさん！」という声が。

「分かったよ、ちびさんだな」ジョゼフは言った。「分かった。心配はいらないぜ！」

そのあとごぼごぼいう音がした。砲兵は何か柔らかなものを毛布の上に吐き出した。呼吸が楽になった。固まった血の小さなかたまりにちがいない。

ジュールは眠る。

「正確には、あの中尉は何と言ったのだろうか？」ジョゼフは考える。「あいつは『彼らと残っていてくれ。用意ができしだいすぐに車を寄こすから』と言ったのだ。これは本当だろうか？　用意ができしだいすぐに、というのはただちにということではない。そうではない。つまり……。つまり、そうだ。ただし救急車が向こうにあればという話だ。そのときは、救急車は乗っている兵士たちを下ろし、新たな兵士たちを積みこむためにやってくる。救急車がもっと遠ければ、その場合にはもう少し時間がかかるだろう。この地方はいったい何という名前の土地なのだろうか？　ブゾンクール？　ブゾンクールだって？　それでは、救急車はブゾンクールに行き、そこで兵士たちを下ろす。そして新たな乗客を探しに戻ってくる。ここからあそこまでのあいだに、俺たち以外にも兵士を道端に置いてきぼりにしているのでないかぎり。片側に四人、もう片側にも四人で、合計八人の場所がある。ジュールにすぐ何か手当てをしてやれば、大丈夫だろうと思う。うまく行くと思う」

夜明けはやって来たが、煮え切らない天候である。向こうの砲兵は死んだ。彼は長いため息を何とか続けようとしていたが、その途中で命が尽きてしまった……。

ジュールはまだ眠っている。彼の頬の丸いところは赤く、顎鬚の奥の周辺は青白い。

「様子がよくないぞ」ジョゼフは考える。

まずその通りだ。砲兵は静かになってしまった。まだわずかばかり残っている命が胸を丸く膨らませていたのだが、今ではその胸は、壊れた屋根のように、へこんでしまっている。

「あいつをどこかに運ぶ必要がある」ジョゼフは言う。「俺たちのすぐそばに置いておくわけにはいかない。まず蝿のことがあるし、その他いろんなことも考えられる」

彼は考えた。

「硬直している方がいいだろうか、それとも硬直していない方がいいのだろうか？　どうしたらいいのだろう？　待つべきだろうか？　これ以上待っていると、ジュールが目を覚ましてしまうだろう。硬直している方がやりやすいということにはならない。頭を後ろにして俺の肩でかついで、彼の身体を折り曲げるしかないだろう」

ジョゼフは死者の腰をつかんで死体の重さをはかってみた。

「さあ、行こうぜ」

さらに、

「待ってくれ、お前さん！」

彼の身体をすっかり持ち上げるのは大変なことだった。

「さあ、これでどうだろうか……」

そして彼は少しずつ小刻みに自分の肩のところまで死体を持ち上げた。

「それ！」

そして彼は歩きはじめ、原っぱを横切っていった。

向こうの垣根の後ろに死体を寝かせた。彼は徽章を手にとってみた。彼の名前はセレスタン・ブルジュだった。


その日はずっと霧がたちこめていた。木も見えないし、丘も見えない。何も見えなかった。すべてが白い壁の向こうにある。ジョゼフが坐っているところとジュールが横たわっているところに、わずかばかりの草が残されているだけだった。さらに黒い染みが見えるが、あれは林檎の木だ。その下には砲兵の死体がある。

何も変わったことはない。ジュールは目を覚まし、目を開き、ジョゼフを見つめ、一面の霧を見つめはじめた。そして彼はじっとそうしている。周囲は灰色である。ずっとそのままだった。しかしジュールには何かが見えている様子である。霧の奥底に何かが見えているようだ。

それからジュールは目を閉じた。

「あれはやってくるだろうか、車は？」

霧は砂糖のように輝いている。

「来るだろうな、もちろん？」ジュールはふたたび言う。

あたり一帯に腐敗の匂いが漂ってくる。ジョゼフは立ち上がる。ジュールが目覚めているかどうかを確認するために彼はしばらくのあいだ立ち止まっている。いや、ジュールは眠りのかなり深くまで入りこんでいる。それでは、この匂いは？　ジョゼフは砲兵のところまで行ってみる。相変わらず同じ姿勢で横たわっている。顔が土に触れている。その下の土は湿っている。しかし匂っているのはそこではない。まだそこから匂いは出てきてはいない。反対だ。匂いが感じられたのは、ここにやってくる途中のことだった。ジュールの近くに戻ってくるとともに、匂いも戻ってくる。今度はその匂いが濃厚だ。ということは？

彼はジュールの肩に手を当てる。そしてジュールのかたわらで両膝をつく。

「ジュール」彼は言う。「ジュール、おい君！　目を覚ますんだ。ゆっくりでいいから。目を覚ましてくれよ、ジュール！」

「どうした？」ジュールは叫ぶ。「どうした。車が来たのか？」

「そうじゃない！　少し気になることが……」

そしてジョゼフは決心した。彼の声はすっかり震えている。

「ちょっと君の傷を見てみる必要があるんだよ、いいかい！」

彼は毛布を取り除く。

やはり、そこだった！　擦り切れたズボンのラシャ、巻きつけられた包帯の束、傷の穴のなかに詰めこまれている布切れ、こうしたものを彼は次々と取り除いていった。そこに間違いない。傷口が開いている。ああ！　匂いがする！

だけど、いったいどういう治療を施したというのだろうか？

そこには一面ワインの澱のようなものが詰まっている。沸騰まぎわの濃厚なミルクのように動き、泡立っている。

「おお！」ジョゼフは思わず叫んでしまう。それは霧の向こう側にいる男たち全員に呼びかけるほどの大きな声だった。

「どうした？」ジュールはおとなしく答える
「何でもないよ、君。何でもないんだよ！　ただ……。車の来るのがあまりにも遅くなると困るな。痛いかい？」

「いや。身体がこわばってしまっている」

「喉は渇いているかい？」

「いろんなことを考えさせないでくれ」

「水を飲めよ。少し水を飲めばいい。喉に水分を入れるんだ。そうだ。それから、毛布をかけておくよ。さあ、これでいい。痛くないかい？　よかった！　こうして待っていることにしよう。さあ、これは捨てておくから」

そして、彼は腐った包帯を霧の向こう側に投げ捨てた。


まるで棒杭のように身体が硬直してしまっているジュールは、頭を後ろにのけぞらせた。彼の視線は目の上の方に向いており、まるで自分の髪の毛を見つめているようだ。目を開いたまま彼は眠りこんだ。眠ったまま、彼は長いあいだ空気を咀嚼していた。大気を噛んでいた。大気を味わっていたのだ。唇のあいだから、分厚くて白い舌がゆっくりと動いているのが見えていた。ついに彼は自分の頭のなかに広がっている広大な世界へと旅立っていった。彼はこんな風に話しはじめた。

「……君の姿が下から見えたよ。君はランプで合図したね。そして階段を覗きこんでいた。欄干に載っている君の手が俺には見えた。何も言うな。俺には君が見えた。俺は分かったのだ。わざとドアを強く押してみた。ああ！　聞いてくれ。踊り場ではだめだよ。そっと歩くんだ。下ではみんな眠っているから……。俺たちはアドルフの家にいるんだよ。君は気が気ではなかった。だけど何故そうなのだ？　君にきいてみたいよ。何故？　とたずねているのだよ。いったいどうしたというんだい。君には分かっている。少し考えてみてくれ。何を考えればいいのかな？　それはもう言ったはずだ。踊り場じゃ、君は凍えてしまう。そんなことをして、何の役に立つんだい？　俺は頑張るよ。上にあがって、ドアを開き、寝るよ。君も知っているように、俺が飲んだときはどうなるか。黒いワインがあるんだよ。ローズが君にやったことは大丈夫かい？　あのことは何度も気がかりになるさ。ああ！　母さん、あんたの身体は普通ではない。考えてくれよ。俺はもう運動シャツは着ていないよ。さあ、分かるだろう。どこに行くかくらいは。ローズはもう子供じゃない。だけど、あれは仕事だよ、母さん！　指の先に鉛が入っているのだ。あんたは普通じゃないよ。なめているね。唇でなめているじゃないか。ときおりがぶ飲みできるようなきつい蒸留酒用のグラスがあればいいのに。そのとおりだよ。あんたは息子が気にいっているのかい？　腹が痛くて死にそうだ。大いに心配するがいいさ！　俺のやりたいようにさせてくれ、さあ！　ああ！　もうたくさんだ。仕方がない。俺はもう動かない。村は遠いのかい？」

「ジョゼフ！　ジョゼフ！」

「やあ、君か！　俺はここだよ。聞いているよ」

「……聞いているって？　俺は何も言っていないよ」

「いや。ともかく、俺は君の言うことを聞いているのさ」

「それで？」

「何だって？」

「少し話してくれ、君が……。話してくれ……。ああ！　辛いんだよ！」

彼は腕でジュールの頭の下を支えた。しかし、ジュールの頭はもう持ち上がらない。生命であり熱でもある人間の柔らかな身体を持った彼を、しっかりと抱きかかえるというわけにはいかない。命を具えている肉体の真実、それは切り取られた木のように硬くて硬直してしまっているということなのだ。ジョゼフはジュールのかたわらに長々と寝そべって、はじめてジョゼフの身体をしっかり抱きしめることができる。

「聞いてくれ……」

彼はジュールを抱き寄せることはできる。ジュールは彼と同じく大地の上に横たわっている。抱き寄せられるが、それは、こんな状況で何かができるような健全な脚ではないし……、健全な腕でもない。ジュールには健全なものはもう何もない。

「聞いてくれ」ジョゼフは言う。「いいかい、君に言っておきたいことが……」

「聞いているよ！」

何かできるとすれば、もう心のまんなかに持っているものを使うしかない。そして、できるだけ長くなって横たわり、ジュールに俺の身体が感じられるほどぴったりと寄り添うことだ。

「聞いてほしい。君に、言っておきたいのだ！　君には分かるだろう。ここで俺たちは二人だ。

たがいに愛し合っている。そこで、俺の農場はレ・ショラーヌという。ヴァランソルの高原にある。アーモンドの果樹園のまんなかだ。聞いているかい、おい君。分かるだろう！　道を少しおりていく。夜でまっくらだ。こうして胡桃《くるみ》の果樹園に入りこんでいく。美しい樹木が茂っている。膝まで湿った空気がたちのぼってくる。ともかく、暗闇なのだ。足元の砂利はすっかり苔むしている。そこからわずか二歩のところだ。君は台所でコーヒーを飲む。ガラス板のついたドアのところまで行けば、君はすべてを見渡すことができる。そうすると、『緑の胡桃を摘んできてちょうだい。胡桃のワインを作るから』とジュリアが言う。そして、緑の胡桃を蒸留酒とともに広口瓶のなかに入れる。それは緑色の液体になる。さらに胡桃でジャムも作る。それを作るのに腕をふるうのは母親だよ」

ジュールはすっかり眠りこんでいる様子だ。しかし、

「もっと話してくれ」と彼は言う。「そこで、胡桃は……」

「そこで胡桃のことだが、寒い朝に荷車で、しかもコーヒーを飲む前にやむなく出かける場合には、そういうことが高原ではしきたりになっているのだが、胡桃のジャムを口いっぱい詰めこみ、まず時間をかけてじっくりと噛みしめる。そうすると、その糖分は喉の奥に注油することになるので、気分が楽になる。スカーフより効果的だ。やってみれば分かるはずだよ！」

「葡萄畑があるのか？」

「古い畑だ。習慣で作っているだけだよ。家畜小屋のドアのすぐ前にある葡萄の木などは、親父

が引き抜こうとしたくらいだ。『牧草を屋根裏部屋にあげるには……』と親父は俺に言った。『駄目だよ。注意してやればいいんだから』と俺は言った。結局、その株は残すことになった。たしかにその葡萄の木は古いよ！　だけど、先のことなど分かるものか。立派な房が実るので、三房もあればかごが一杯になる。だけど、それ以外の株も古いものばっかりだ。俺たちのところは葡萄の産地ではない。それに俺たちの土地は痩せている。君のところとは違うよ。君のところはいいけど、俺たちの高原は駄目だよ。おい、君？」

「聞いているよ」

「痛いのかい？」

「何だって？　痛くないよ。話してくれ……」

霧のなかには何もない。天候は回転している。

「小麦が生えている下の土地と、畑になっているところでは、樹木があればその下に小麦が植わっている。そういう風に遠くまで続いている。時として何も聞こえないようなこともある。そしてそのあとには、小麦の物音が聞こえるようになってくる。俺たちは四頭の雌山羊を飼っている。大きな馬も一頭いる。名前はバチスタンで愛称はチタンだ。名前を呼べば、馬は歩く。頭の上にちょっとした前髪がある。そこをひっかいたり、やりたいことは何でもやったらいい。女でも大丈夫だ。俺が馬鍬を使うときには『チタン、行くんだ！』と呼びかける。そして俺は馬鍬の上にまっすぐ乗る。そうすればチタンがすべてを引っ張ってくれるというわけだ。畑のなかではどこでもこういう風にやる。土がいくらか湿っており、土塊があるような場合には、俺は馬鍬の上に乗ったり、そこからおりたりする。舟を操るときの要領だよ。さあ、行くぞ！　さあ、行くぞ……」

ジュールは声と同じ弾みで呼吸している。彼を持ち上げ、彼を運び、彼を案内していくその声の後ろにジュールはいる……。父の頬に顔をこすりつける子供のような猫なで声で彼は話したばかりだ。

「そしてジュリアは衣服を着る……。俺たちはブラに行く。ブラはアッス川の谷間にある村だ。そこは川だけど、夏になると水が干上がってしまうので、石ころの上を歩いて渡ることができる。彼女と俺がはじめて手を握りあったのはその場所なんだ。そこにある楢の木、すっかり緑色に茂っている小さな楢の木の下で俺たちはじっとしていた。他愛もないことを言ったり、たがいの目を見つめあったりしながら。俺は、君も知っているように、あまり大胆ではないんだよ。痛いのかい？」

「痛いんだ。もっと話してくれ」

「そこで、さてそこでだ。君。さてそこで！　どんな話がいいのかな？　こういう感じなんだ……。無理をしなくていいんだよ……。ああ！　それじゃあ、聞いてくれ。あれは日曜のことだった。あちこちからラッパの音が聞こえてきた。上の方からも聞こえていた。そこでジュリアはドレスを着る。俺も準備完了。俺たちは出かける。車の後ろに板を乗せて、ブラに行く。ダンスパーティだ。さあ、俺も参加するんだ！　前進あるのみ。うんと旋回しよう！……」

「駄目だ」ジュールは言う。「駄目だよ。俺には分かっている。法螺吹きめ！　そっと話してくれ」

ジョゼフがこの硬直して冷たい死んでしまった肉体を抱きかかえていることに疲れ果ててしまったのは、やっと夕闇が押し寄せたときのことであった。彼は立ち上がった。横たわっているジュールを見つめた。

「なるほど！　彼はいろいろとしゃべったものだ……」

それから、ジョゼフはジュールの徽章をもぎ取った。二つの徽章をポケットのなかに持っていることを確かめてから、彼は街道を歩きはじめた……。大いなる沈黙のなかで彼の足音だけが響いていた。

六　肉に群がる蠅

「マドレーヌ」ジュリアは言う。「今やっていることが片付いたら、覆いのついたバスケットを取り出して、デルフィーヌさんのお宅まで兎を持っていってちょうだいな。彼女は、一昨日《おととい》父さんに会ったとき、パリに住んでいる姉さんがすでに到着したと言ったのよ」

そしてジュリアは美しい午後に向かって悪ふざけの混じったウインクをして見せた。父親は新聞を読んでいた。

　ヴァランソルに通じている道は、アーモンドの木々の下を平坦に進んでいき、下り坂に差しかかると折れ曲がり、楢の林を通り抜けて高原の縁をくだっていく。

　秋は収束に向かってゆっくり流れていた。葡萄の木はもう葉を落としてしまっており、風は正午の時報が鳴っても止むということはなかった。正午などまるで存在しないかのように無視して、正午を通り越して夕方まで風は吹き止まない。その風はありとあらゆる色彩の雲を連れ去っていった。ときとして、真夜中になってもまだ風が吹いているというようなこともあった。

　マドレーヌはアーモンドの林が尽きようとする手前で立ち止まった。そこはレ・ガルデットのちょうど正面で、豚小屋がよく見えるところだった。オリヴィエはそこで豚たちをきれいにしてやっていた。彼が三股でまぐさを放り投げる様子が見えていた。地面に落ちたまぐさは湯気を吐き出していた。

　彼女は唇を湿らせ、はっきりした口笛を吹き鳴らした。間隔をあけた四つの明瞭な口笛の音が響いたが、それは彼女が四時にその場所に戻ってくる予定だということを知らせるためであった。

　オリヴィエは家畜小屋から出てきた。彼は周囲をうかがった。彼女は自分の位置を知らせるためにもう一度口笛を吹いた。そうすると、オリヴィエは腕を挙げてから、了解したと伝えるために、彼もまた口笛を響かせた。その口笛が鳴り響いているあいだに、彼は頭のなかに浮かんできたことのすべてを表現した。そしてそれはうまく伝わった。声で言うのと同じだった。

「分かった、美しい娘よ！　それでは四時に！」

楢の林は、神経質な冬のあいだに風がよく吹いたので、けっこう疲れていた。新鮮な落ち葉の匂いが漂っていたが、足元で道が快適に語りかけてくるというようなことはもうなかった。

四時頃に日が沈んでいく瞬間は美しい時刻だ。夜のとばりがこれから押し寄せてくるのだが、日の光もまだ残っているので、お互いの姿が見える頃合である。あの人が左側に位置するようにしよう、と彼女は考えた。そうしたら、日の光が残っているのは右側だから、彼の目がよく見えるでしょう。彼が楢の林を通って、礼拝堂の前まで私に会いにきてくれたら、あそこで抱き合うことができる。彼女は、マドレーヌがこんな風に考えているという事情をすっかり心得ていた、ジュリアは。それに、一週間もたつと、あの人も出発していくのだ。

彼女はその教会の前を通っていく道を下っていった。ドアの前には誰もいなかった。窓から、炉床のなかの赤い燠が見えていた。広場では、泉の他に動きがあるのは女の子ひとりだけだった。彼女は山羊小屋の小窓のなかにオリーヴの大きな枝を押しこんでいた。


「こんにちは、兎を持ってきました」

「あがってちょうだい、娘さん」

「ほら、クレマンス」デルフィーヌ嬢は言う。「ジェロームの娘さんよ。美しい娘さんでしょう。この兎はどこに置いたらいいかしら？　この前は……。マドレーヌ、あんたに元気があるなら、私がどうしてほしいのか分かるでしょうが？　今日は金曜なので、この天気だから、ビネガーに漬けておけば、日曜までは大丈夫でしょう。あんたが兎を殺してくれたら、ありがたいのだけど」

「私の前では駄目よ」クレマンスは言う。「私の前ではやめてね。私には刺激が強すぎて、耐えられないのよ。ああ！　駄目、駄目だわ、あんた」すでに後ろ脚をつかんで兎を持ち上げているマドレーヌに向かって、クレマンスはこう言う。

「台所に行ってね」デルフィーヌは言う。

彼女は肘掛け椅子に坐りこむ。そして太っている膝を撫でて艶やかにする。

「あんた、あんなことに我慢できるの？」クレマンスは言う。

「そんなに好きでやっているわけじゃないけど、やらなければならないので、やるだけだわ」

マドレーヌは兎の耳の上をしっかりと拳で叩いた。兎は鼻面から椀のなかにたっぷりと血を流した。彼女が拳の一撃を加える音が、こちらにいても聞こえてきた。

「皮をはいで、内臓を出してくれない、マドレーヌ」デルフィーヌ嬢は言う。エプロンはドアの向こうに掛かっているし、肉切り包丁とまな板もあるでしょう。あんたは頼りになる娘だから、お願いね」

「さて」彼女はクレマンスに言う。「話を続けてよ」

「どこまで話したかしら？」

「トラックの運転手にガルガンでおろしてもらい、シャツ姿の男に出会ったところまでよ。その男は帳簿を腕で抱えて立ち去っていったのだけど、少女が後ろから『パパ、パパ！』と叫んだ。そのあとは例のアフリカ兵士たちのことだったわ……」

「アフリカの兵士たちはたくさんいたのよ。十人が一組になって野原を歩いていったのよ。それからみんなは駆け足で戻ってきた。自分のサーベルで葡萄棚から葡萄を切り取っている者もひとりいたわ」

「そう、そこまで聞いたのだった。彼のサーベルで……」

「その前に、デルフィーヌ」クレマンスは言った。彼女はぽっちゃりしたバラ色の手で妹の腕に触れる。「兎のことは何か言ったかもしれないけど、赤ワイン煮込みにはしないでちょうだい。血が煮詰まりすぎるのよ。味がなくなってしまうわ。私ならこうするわ。肉に玉葱とトマトを加えて、片手鍋で炒めて色づけする。煮えてくると、給仕する直前に、新鮮な血を注ぐのよ。食卓に出す直前よ。新鮮な血はとても美味しいのよ！」

「タイムを加えるのでしょう、だけど」

「もちろん、タイムも入れるし、いつものように、何でも入れていいのよ。言っていることは分かるでしょう」

「ところで、私はヴィルパリジスまで行ったのよ。通りには誰もいなかった。アネに通じる道の十字路には、かつて石灰窯《いしばいがま》があったところに、移動野戦病院が止まっていた。軍医さんのところに行き、『私の書類に署名してください』と言うと、署名してくれた。彼は不安そうだった。彼は外を見ており、ペンを止めては聞き耳をたてていた。署名が終わってから、『どうなっているのでしょう？　ジャブリーヌのことは？』私が彼にこう言うと、『橋は爆破されてしまった』と彼は言った。『そうなの！』と私。彼は包帯を巻いていた。『兵士がひとりやってくるだろう』こう言った彼は、さらに付け加えた。『すぐ逃げてください。いつ負傷兵が到着するか分かりません。さあ、奥さん、ぐずぐずしている場合じゃありませんよ』

　そう言った軍医は無愛想な表情になった。彼が言ったとおりで、兵士がひとり通りかかった。頭に包帯をしていたわ。『十スーもらえないかい？』と彼は私に言った。こう言われれば、のがれられないからね。十スーあげたわよ。『家に帰ってしまえば……』と私は考えた。

だけど、家に戻ってからも、いろんなことがあったのよ。ああ、大変だった！　何しろ、女ひとりっきりだからね！　まず、住民たちはみんないなくなってしまった。そのあと、道は一日中端から端まで一杯の人が通行するようになった。それから男の子がひとりでやって来た。手に卵をひとつ持っていたわ。そのあと、ガチョウが通りかかった。ガチョウは男の子のうしろで鳴いていた。男の子は前を行く大人たちに叫んでいた。みんな頭がおかしくなっているようだったわ。

　真夜中に、家ががたがたと音をたてはじめた。さらに、鎧戸を叩く音も聞こえてきた。私は毛布のなかにもぐりこんでいたわ。翌日になって事情が分かった。犯人は蔦《つた》だったのよ。蔦って分かるかしら。太い蔦のことを、あんた、覚えている。ともかく、蔦だったのよ、デルフィーヌ。腕を鎧戸に投げかけ、それを引きちぎろうとしていたわけ。『待って』と言ったけど、私は外には出ていかなかった。棒を構えて窓の近くに陣取り、一日中、蔦の様子をうかがっていたわ。蔦があまりにも近くまで攻めてくると、力まかせに叩いてやった。『もういいかげんにしてよ』と言って。蔦の腕が折れてしまったので、蔦の方も諦めたようだった。

そのあいだもずっと、舗装された道を大勢の人がものすごい勢いで走っていったのよ。何人も、また何人もが通っていったわ！　マルヌ川の向こう側ではずっとラッパの音が響いていた。もっと向こうから銃の音が聞こえてきた。さらに大砲もとどろいていたわよ。『もうたくさんよ、いいかげんにしてよ』耳を塞いで、私はこう言っていたのよ。

あるとき、向こうから軽騎兵たちがマルヌ川を渡ってきたのよ。それから彼らはギャロップで走っていた。さらに彼らが積み藁のまわりに集まっているのが見えた。彼らはサーベルを使って攻撃していた。何を攻撃していたのかということは、そのうちに分かるでしょうよ。

その翌日になり、私は時計を取り出して、考えたわ。『パリに行ったら、デルフィーヌに手紙を書き、ヴァランソルに行くことにしよう』

アネに到着すると、別荘〈ラ・コケット〉の前の格子にシューマケールがくくりつけられていた。『何故だろう？』と考えたわ。あんた、覚えているかしら、とても素晴らしい靴を作っていた靴職人よ。『どうしたのだろう？』と思いながら、前に進んだところ、彼は死んでいるということが分かったのよ。そんなところで死んでいたのよ、デルフィーヌ。哀れな男はあまりにもたくさんの蝿に覆われていたので、死体が動いていたわ」

「用意ができました」台所のドアを開きながらマドレーヌは言った。「皮は窓辺に吊るしておきました。肝臓はお椀のなかに入っています。胆嚢は捨てておきました。脚は切り分けてあります。おっしゃった通り、腹にはビネガーを振りかけておきました。内臓は桶のなかに入っています。万事が整いました。だけど、早く仕舞う方がいいですよ。台所には大きな蝿が一匹いますから」

第二部

一　高原の春

マドレーヌは流しの布巾で素早く両手を拭った。彼女の身体はすでに口笛の呼びかけに向かって跳躍していた。父親が入ってきたとき、彼女はまさに飛び出そうというところだった。

「こっちへ来てくれ」彼は言った。「手紙を読んでほしい。そしてジュリアを呼ぶのだ」

春に向かって開かれた窓から、アーモンドの花が咲いているのが見えるのだが、そのずっと向こうの奥底にある青い山々まで見渡すことができる。そして、あの向こうの楢の林でオリヴィエが口笛を吹いている。

「また、いつもこんな風だわ……」マドレーヌは言いはじめる。

「またとは何だね？」父は言う。

「何でもないわ。見せて」

そして、彼女は父から兄の手紙を受け取り、窓を閉める。

「ジュリア!」父は呼ぶ。

彼女は入ってくる。彼女は健康で素晴らしい肉体で戸口を塞いでしまう。彼女の身体は頭から首のまんなかを通過して、美しい足にいたるまで、細やかな彫刻刀で細工されていた。長い太腿はスカートを膨らませている。壺の底に入っている油のように黒くて艶やかな髪の毛を彼女は梳かしつける。

「手紙が届いたんだ」父は言う。「大きな声で読んでおくれ、マドレーヌ」

彼は杖にもたれかかり、立派な耳を緊張させる。ジュリアは窓ガラスの外を眺める。外は春であり、花が咲いているアーモンドの木々やかなたの山が見えている。

親愛なる妻よ、親愛なる父よ、

「日付はいつになっている?」

「三月二十二日よ」

親愛なる妻よ、親愛なる父よ、

俺の情報をいくらかお伝えいたします。今のところ、万事がひじょうにうまくいっている。荷物を受け取ったとき、俺たちは行軍の最中だった。みなさん知っているように、俺には道を歩いても足によい効果があるというようなことがまったくない。そこで俺は待つことにした。アンドゥイエット［豚や牛の内臓などを詰めたソーセージ］をありがとう。家でやっていたように、いつでも同じ状態を保つためには、ラードの脂を足に塗る必要がありそうだ。一時間も歩けば、すぐに足に傷がついてしまうのだ。さらに、休憩用の靴が手に入ったので、予定地に到着したらそれをはくことにしている。ただ、その靴をはくと水が染みこんでくる。最近、従妹のマリアから絵葉書が届いた。とりわけ彼女が人生を楽しくとらえていることをうれしく思ったよ。彼女に返事を書きたいのだが、彼女の住所がとてもぞんざいに書かれているので、読み取れない。名前もまるでなぐり書きのようなものなんだ。彼女が農場を変えるというようなことになったら、彼女はきっとレ・ショラーヌにやってくるだろう。俺は彼女のことは理解している。俺の双方犂は彼女に貸さないように注意してほしい。彼女が狙っているのはあれなんだ。ご存知のように、彼女は……

「待ってくれ」父は言う。彼はジュリアの方に身体を向ける。「こんなことが話題になっているが、お前は例の車輪犂のことは考えたことがあるかい？」

「犂は鉤に柄をひっかけて吊るしてあるわ」彼女は言う。「よく見ているけど、取っ手はまっすぐで、犂はまったく動いていないわ。ほぼ一か月ほど前に、油差しの底に残っている油を刃に垂らしておいたわ」

「それは結構だ！　あれを使うことを考えてみる必要がありそうだからな。マリアが住んでいるのは、サン＝フィルマンだったかな？」

「そう。サン＝フィルマンのレ・ショヴィニエールよ」

「そうなのだ！……」


こちらは、それほど楽しいところではないが、何もすることがないのだ！　ついに、元のところに戻ることになるが、それだけがやるべきことなのだ……。先ほどまで雪が少しだけ降っていた。今は雨に変わっている。ラードを忘れないでほしい。親愛なる妻よ、以前に俺がいたのは農場だったんだ。豚の厩肥の扱い方をみんなは考案した。俺が見ていたところでは、彼らは丈の低い植物のところにその厩肥を置いた。俺は燃えるんじゃないかと言ったのだが、彼らはそうじゃないと言った。燃えるのは尿だったのだ。彼らが溝を掘ったところ、尿は厩肥の下を流れていったので、扱いが楽になった。この場所はまずいところではない。交代に送られてきたのは国土防衛軍兵士たちだった。馬鹿げたことをするしかやることがないんだ。そうしたらみんな安心なのだ。君たちにペルピニャン出身の仲間がいることは話したと思うが、サンダルの工場で働いていたという奴は、昨日、殺された。奴の間違いからそんなことになってしまったのだ。俺はそんな間抜けなことをやる人間ではない。これから激しい戦いになるだろうということだ。奴の名前は言えない。またあとで新聞にはどう書いてあるか確かめてほしい。心配いらないよ。時には、先のことがどうなるか分からないんだ。つまり、言われるとおりにやるしかない。ひとつ言っておきたいことがある。連隊長とつながりのあるヴァランソルからやって来ている人物から聞いたんだが、ボネの息子は殺されたということだ。これは確かなことだと母親に伝えてやってくれ。みんながカジミールの農場を手に入れるチャンスを逃してしまったとは、馬鹿なことをしてしまったものだよ。売りに出ていたのなら、たとえ草を生やしてしまうようなことになるにしても、買うべきだったんだよ。俺が帰れば、万事うまくいくんだから。ところで、例のカジミールはどうなっている？　息子のオリヴィエが前線に行くと言っていたけど、その時はチャンスを逃がしては駄目だよ。若い者たちはいつでも馬鹿げたことをやりたがるから。殺されてしまうかもしれないし、そうでなくても、爺さんと母親しか残っていないのだから、斜面の下の畑を売ろうというような気を起こしたりするもんだよ。そうすれば、俺たちにはありがたい話なんだ。俺たちはあれは駄目な土地だなどとあざけっていたけど、意外といい土地になってくるかもしれないんだよ。親父さん、注意しておいてくれよ、そして見張っているんだ。息子が出ていったら、すぐにあの土地を見にいくんだ。これ以上に言うことはもう何もない。妹のマドレーヌにキスするよ。俺がお前に言ったこと、俺が考えていることをしっかり思い出すのだよ。

愛しい妻にキスを送るよ。父さんにもね。

ジョゼフ

ジュリアはため息をつく。マドレーヌはジュリアに手紙を渡す。ジュリアは手紙を折りたたみ、エプロンのポケットにしまう。

「あいつの言うとおりだ。俺たちは知恵が足りなかった。レ・ガルデットの土地は注意しておく必要があるだろう。オリヴィエにとって今日は最後の日のはずだ。あとで、あの土地を見にいってくるさ」

ジュリアはちょっとした仕種をしたので、父親は立ち止まり、彼女を見つめた。

「村役場の男がすでに畑に来ているわ」と彼女は言う。

「誰のためだろう？」唇を緩めて父親は言う。

「ああ！　まだあそこにいるわよ」胸を叩いて彼女は言う。「彼はドアの正面まで来ていたのよ。そこで、私は……。私が外に出ていくのが彼には見えたのよ。駄目だと手で合図してきた」

「それで、誰のことだったのだい、それは？」

「レ・ビュイソナードのアルチュールよ」

「アルチュールだって！」父親は言う。「あののっぽなのか？　フェリシのところの青年だな？葡萄の木の接木をあんなに見事にやることができた男だろう？　雨嵐が荒れ狂ったあのひどい年に俺たちを助けてくれた男だろう？　あの男前なのかい？」

「そう、あの男よ！」とジュリアは言った。「フェリシは坊やと二人きりで暮らしているのよ！……」

「杖を取ってくれ」父親は言う。「行ってくる。女がひとりなんだ！　このよい天気に坊やと二人だけだとは。何という天気なんだ！」

彼は杖を手に持ち、外出する。春の日を前にして、彼は大きな音をたててドアをばたんと閉める。マドレーヌは額を窓ガラスに押し当てて父親を見守る。レ・ビュイソナードに通じている道を父親は可能なかぎりの速度で足早に歩いていく。

「何人も死人がでてしまうわ」ジュリアは言う。

「死人がでてしまうわ」もう一度彼女は同じことを言う。「こんなことがありうるなんてとても思わなかった。アルチュールですって！　あんた覚えている、マドレーヌ？」

マドレーヌは窓ガラスに頭を当てたまま泣いている。

「それに、今度は私たちの方に向かってくるわ」ジュリアは言う。「次から次へとこちらに迫ってくるのよ！　マドロン、私たちはまだまだ考えが足りないわ」

そしてジュリアは家畜小屋に戻る。

マドレーヌの額に窓ガラスの冷たさが伝わってきた。涙が窓ガラスに沿って流れた。そのためガラスがすっかり曇ってしまった。緑色の小麦や、花が咲いているアーモンドの木々や、飛び交っている燕など、見えているものすべてが涙のせいで曇ってしまった。もう何も見えない。万事が震えている。アルチュール！　あの人は私たちとはそんなに親しくはなかった。でも、あんなことが分かってしまったら、やはり泣けてしまうわ。あんなに男前なのに！　体格もいいのに！　あの笑顔も素晴らしかったわ。駄目だ、すべてが曇ってしまって、消えてしまっている。ぼんやりしてしまったわ」

窓を開くしかなかった。そうすれば、すべてが明るくなるだろう。アーモンドの木々や、小麦を覆っているあの西瓜のように丸い影。水辺から引かれてきたかと思われるようなこの涼しい風。チューリップや、燕たちや、落下しているアーモンドの花々。誰かが戸口までやってきてミルクを飲もうとすると、アーモンドの花がミルクの入っているお椀に一杯入ってくるので、そうした花びらを取り除こうなどとは考えなくなるであろう。花びらはミルクといっしょに飲み、口のなかに入ったら歯で噛みしめられるだろう。ミルクを飲むと、花びらが噛みしめられる。それは、まるで苦い水を飲んでいるような感じである。

意識しなければいつも死のことを考えてしまうので、そうしないために私たちは少しばかり神に言い訳をすることになるのだ！

ジェロームは、道がちょうど十字路になっているところで、村役場の男に追いついた。木々の向こうにレ・ビュイソナードの農場がすでに見えはじめるところである。

「アルベリック、待ってくれ」彼はこう叫ぶ。

男は立ち止まる。急ぐ理由は何もない。雌鶏たちを呼んでいるフェリシの声がここまで聞こえてくる。

「あんたは歩くのが速いな」親父は言う。「追いつこうとしたので、息が切れてしまったよ」

「本当かい？　ゆっくり歩いているつもりだったんだがな。いつもの歩き方だよ。いつでもこんな風に歩いている」

「ところで、順調にいっているかい？」親父は訊ねる。

「何がうまくいっていると言いたいんだね？」

アルベリックは顔の向きを回転し、花が咲いているアーモンドの木々を眺める。

「ほら、これこれ……」向こうではフェリシがこんなことを言っている……。

「ジョゼフから何かいい便りが届いたかい？」アルベリックは訊ねる。

「今朝届いたところだ」

「何ということだ！」アルベリックは穏やかな声で言った。

「それで、あんたの方はどうなんだい？」あえて核心には触れずに、親父は言いはじめる。

「俺の方だって。そう、まだやっているよ！」

「アルチュールは？」

「アルチュールだって！」

「自然なんてくそくらえだ！」

「あんたは自然に何の恨みがあるというんだ？　俺たちにくそくらえと言いたいんだろう」

「俺たちこそくそくらえだ、そう言ってほしいなら。習慣でそう言ったまでだよ」

「アルチュール！　奴は男だよ。あれ以上に律義な男なんて見たことがない。最高に落ち着いてもいる。それに仕事人だ。まさにその通りだよ」

「それで、あんたの望むのは？」

「そんなことはいったい何の役に立つというんだい？　言うとすれば、もっと前のことだよ。ああ！　ジェロームよ。少し前から俺がやっていることはもう人生ではない。もう人生はおしまいだ！　毎日、俺は例の書類を眺めている。毎日だぜ！　昨日も今日もだ。はじめのうちは祖国や、名誉の畑などといった大げさなことが書かれていたらしい。村長が俺といっしょにやってきたこともあった。今でもあんなことが言われているだろう？　そこで、毎朝のように、俺は眺める。書類が来ていなければ、俺はこう思う。『ああ！　すぐに届くだろう。すぐにだよ！』そして、俺は一日中震えている。書類が届くと、そのたびに、俺はまるで戦場に向かっているような気分を味わう。ああ！　俺は自分の金は自分で稼いでいる。ああ！　自分のパンも自分で稼いでいる。老人が食べるパンは自分で稼いだものだよ。ああ！　こんなことを考えていると、しまいには心臓が痛くなってくるんだよ！

そんなことがありうるなんて！　俺には考えられないよ。そういうようなときには、俺は色々なことを想像するんだ。誰だって習慣というものがある。分かっているよ。そこで、俺はこんな風に考える。『アルセーヌのところに行けばいいよ。あそこに行けば、流し台の近くのあのあたりに、母親はいるだろうし、女もいるだろう。そういうことが分かるんだ。俺がドアを開けると、誰が入ってくるのか見ようとして、女は振り返るだろう。そして、それが俺なんだ。俺が入っていくんだよ！　そういう具合に、俺は入っていく！……』」

「大変なことだな！……」

「そうだよ、ジェローム。よく言ってくれたよ。本当にそうだよ。そういうことを明日まで並べてみるんだよ……。どうしたらいいと言うんだい。俺はもう何をしたらいいのか分からない。俺は家のなかに入る。それだけのことだ！　女たちに俺の姿が見える！　俺はそこにいる。そして草のような唇のついた女たちはそこにいる。

こんなことを俺は村長に言ってみたよ。『誰にでも習慣というものがあるようだから……』村長はこう言ったよ。

習慣だ、そんなことにも習慣だよ！　駄目だ。そんなことではやって行けない。それじゃ、あまりにも自然に反しているよ！」

フェリシは鶏たちに餌を与えていた。彼らがやって来るのが彼女の目に入った。彼女はしばらくじっと彼らを見つめていた。それから、よく見るために手で目庇《まびさし》をした。アルベリックだということが分かった。そこで、彼女はトウモロコシが一杯入っていたエプロンから手を放したので、落ちてきたトウモロコシの粒の上で鶏たちの戦闘が繰り広げられた。その鶏たちの戦闘のなかを走って横切り、彼女は農場の建物のなかに入っていった。

ジェロームとアルベリックは年寄りの歩き方で物静かにやってくる。彼らは家のなかに入る。彼女はすでに万事が分かっている。彼女の身体はすでに半分ほどテーブルの上にうつ伏せになっている。彼女は鼻と口をテーブルの板に押しつぶし、両手の拳でテーブルを叩いている。

「いやだ!　いやだ!……」彼女は言った。


そのあたりの農場の子どもたちが六人いる。彼らは小さいが、いくらか大きい女の子がひとりいる。みんなの面倒を見る子だ。

学校の先生は言った。「マリ、あなたが一番大きいのだから、みんなについていってあげて。みんなの面倒を見てあげるのよ。私にはこんなことが起こってしまったのだから、いいですね」

校庭を出たところでそうしたことは了解済みだった。「私がみんなを家まで連れていくからね」

「俺はあんたといっしょに暮らしているわけじゃないよ」アルベールは言った。

「みんなのそれぞれの家まで送っていくということよ」マリははっきりさせた。「私がもっとも大きいんだからね」

「比べてみようよ」アルベールは言った。

「まず、誰かよけいなことをする子があれば、先生に言いつけるし、思い切り平手打ちを食らわせるからね。泣いてはだめよ、ピエロ！」

そういう風にして、村から高原への上り坂をあがっていき、道中に出会う人すべてに子供たちは「こんにちは！　こんにちは！」と大声で話しかけるのだった。そうしながら、みんなは大いに笑った。

それから、マリは二度アルベールに言った。

「平手打ちよ」

そして、マリは実際に平手打ちを食らわした。その通りだった！　そして、彼女はスモモの木を揺するようにして、アルベールを揺すった。彼は汚い言葉でののしった。そして少女たちのうしろに束ねた髪の毛を引っ張った。そしてマリにひっぱたかれた。そうすると、彼は犬のような目つきになった。

「もう静かにしているのよ！」

みんなは高原に到達した。小さなポールは叫んだ。

「チューリップだ、チューリップだ！」

彼らは走りはじめた。

「チューリップだよ」

「斑入りだ！」

「赤だよ！」

「黄色だ！」

みんなはあまりにもたくさんのチューリップを折り取ってきたので、坐りこんで分配することになった。彼らはみんな草の汁で指が緑色になっていた。アンドレは指を吸っていた。彼も平手打ちを食らった。

「それが毒だということくらい分からないの？」

「だって、甘いんだよ」

彼の指についた草の汁をハンカチで拭い取る必要があった。花束を作って、ふたたび道を歩きはじめた。みんなは歌を歌った。

タリパン、タリパン
前と同じく可愛い娘。

みんなでこのシャンソンの終わりまで歌った。足並みをそろえて、みんなはかなりの道のりを歩いた。

美しい太陽が輝いていた。雲の影が大きな動物の群れのように畑の上を歩いていた。

時として、その影は道路の上を歩くこともあった。その時、その道はすっかり暗くなった。大きな水滴がひとつか二つ落ちてきた。砂埃の上に〈ぽとん〉という音をたてて落ちた水滴は、そのまま丸くなっていた。そこで、子供たちは顔を空に向けて、みんなで雲を眺めた。

「雲はどんな形をしているか、よく見るのよ！」

「馬のようだ！」

「牛のようだわ」

「羊のように見えるよ！」

「雲が木のように見える！」

それから、太陽がふたたび現れてきた。影は早く動くものだし、影はすべてのものを馬鹿にしているからである。だから、影は、まるでモグラの家の上を越えていくように、丘の上をまっすぐ流れていった。

みんなはまた坐りこんだ。水仙があったからだ。水仙、チューリップ、スミレ、ヒナギク、さらに緑色を混ぜるための草を手に持っていた。それらはとてもきれいだった。もう歌を歌うほかには何もすることがなかった。

小さなポールはまるで蝋燭のように花束を捧げ持ち、坐っている仲間たちの周りをぐるりと一周し、歌った。

「戦争！　戦争！　戦争だ！」

燕のことでは、みんなは大いに笑った。アントワネットは蝿を捕らえるように燕を捕らえられると思っていた。燕が飛んでくるたびに、彼女は小さな手を空中にあげて捕らえようとした。そして、手の指を開いても捕らえられなかったので、面食らったような表情を見せていた。

そこに、レ・ショラーヌ農場のジェロームが登場した。

「みんなは何をしているんだい。学校はどうした？」彼は言った。

子どもたちはみんな一斉に答えた。

「学校、学校は……」

マリが説明した。

「私たちに、今日は学校はおしまいにするので、帰るように言ったのは先生です。先生の弟さんが殺されたという知らせが届いたのです。そうなんです」

「レ・ビュイソナードのところのポールはいるかい？」とジェロームは訊ねた。

「ぼくだけど！」とポールは言った。

「いいかい。手を出してごらん」ジェロームは言った。「きみの母さんが呼んでいるよ。花などは捨てるんだ。さあ、おいで！」


「そうだよ」オリヴィエは言った。「今晩は最後の夜なので、山羊を連れて出ようとしたんだ。そして、もちろん君に会うためだよ。今朝、俺が口笛を吹いたのが聞こえなかったのかい？」

「ああ！　聞こえたわよ」マドレーヌは言う。「そのために今まで血が沸きたぎっていたのよ。『あの人が事情を分かってくれればいいんだけど！』と思っていたわ。あなたが口笛を吹いたとき、ちょうど父さんが手紙を持って入ってきたところだったのよ。その手紙を読む必要があったのよ。しかし、あなたは口笛を吹いていた」

夕闇が訪れてくる。オリヴィエの羊たちは休耕地にいる。空のように青い新しいウール地でできた兵士のズボンをはいて、ゲートルを巻いているオリヴィエは、目の前にいる。しかし、彼はシャツを着て、腕まくりしているので、赤毛の生えている腕は肘のところまで見えている。それに、初めは切り揃えていたのだが、そのあと伸びてきている彼の巻き毛が美しい。

「それを巻いていると」マドレーヌはゲートルを見つめて言った。「まるで馬の脚のようだわ」

「あまり便利じゃないよ」オリヴィエは言う。「マドレーヌ、今日は最後の夜だ」

「最後の夜だわ」マドレーヌは言う。

「それで、知っておきたいんだよ、いつになったら……」

マドレーヌはオリヴィエより少し背が低い。彼女はオリヴィエの顔を見上げる。彼女の髪の毛は栗毛色で、その髪の毛の上には、自由に揺れ動きいつでも飛び立つ用意ができている大きな翼のような金髪がのっている。さらに、彼女の目を見ると、彼女が心のなかで考えていることのすべてが見える。

その目から涙が一滴あふれ出てきた。

「私の大事な人！」

彼女の分厚い唇が震えた。涙が流れる。

彼らは土手に坐った。羊たちについている鈴が鳴っているのが聞こえている。オリヴィエはマドレーヌの手を握る。彼は、自分が考えているすべてのことには蓋をした目で、前方の大気の奥底を見つめている。彼は自分のことはしっかり蓋をしてしまい、万事を抱えこむ男である。彼が薄い唇を開くのは、友情と恋の言葉を語るためでしかない。巻き毛に囲まれた彼の髪の毛は、風に揺れている。

「マドレーヌ、君に言っておきたいのだが、俺を待ってくれる気持があるのなら、待っていてほしい」

「それ以外のことなんて考えられないわ、オリヴィエ。他の人たちは、私にはいないも同然なのよ」

「俺が君に言いたいのは、先はどうなるか分からないということだよ。だけど、俺は、あの林檎の籠の夜、俺が君の手に触れたとき……、あの夜以来、俺の心が変わるなんてことはありえないんだ。しかし、君は?……」

「大切な人、私だって同じよ。心が変わるなんて、ありえないことだわ。無理しているわけじゃないわ。いつもあなたのことを思っている。いつもあなたとともにいるわ。あなたの目や、あなたの笑いや、あなたの歯が、いつでも私には見えている。あなたが握ってくれた手を、自分で握ったりする。この前あなたがブリアンソンに行っていたときには、私はここまでやって来て、山の方を見つめて、『あの人がいるのはあそこだ……、あの向こうなのよ!』と思っていたわ。空は澄み切っていた。向こうから風が吹いてきたとき、『これはあの人の風なんだ！』なんて思ったのよ」

そういう風に彼らは土手に坐ったままでいた。オリヴィエは腕を伸ばしてマドレーヌの身体に軽く触れている。

それから、彼は羊たちを呼んだ。小さな羊の群れを道路でうまくまとめて、二人は農場に向かって羊たちの群れを追いやっていく。彼らは小指を絡めあってゆっくり一緒に歩いていく。楢の林が尽きると、彼らは立ち止まった。そこから先は道がふたつに分かれている。ひとつはレ・ガルデットに向かい、もうひとつはレ・ショラーヌにいたる。

「今晩、ジュリアと父さんと私は、フェリシの家の遺体のない通夜に行くわ」マドレーヌは言う。

「俺の母さんも行くはずだ」

「あなたも来てよ」マドレーヌは言う。「やって来てよ。そうしたら、もう一度会えるわ」

「出発は真夜中なんだ」オリヴィエは言う。「デュランス河までついてきてくれる爺ちゃんと一緒に歩いていくんだ」

「おいでよ」マドレーヌは言う。

「行くよ」

オリヴィエはマドレーヌが立ち去っていくのを見つめていた。彼女は振り向き、手を振ってさようならの合図をした。花をつけている大きなアーモンドの木と迫ってくる夕闇に彼女がかき消されてしまうまで、彼は彼女の姿を見つめてじっとその場にたたずんでいた。

星がきらめいている美しい夜だった。その星空は、筋肉を具えた力強く軽快な風にすっかり洗い清められていた。

「先に入ってくれ」爺ちゃんは母親に言った。「オリヴィエは雑嚢とステッキをここに置くがいい。生きている男が自分のの荷物を担いで、死者の家に入っていくのは勧められたことじゃない。持っているものはすべて麦藁の上に置くんだ」彼は言う。「壜はまっすぐ立てて。お前のステッキは壁に立てかけるんだ。帰るときに持っていこう。置いているところは分かっているから」

農場の部屋のなかから、何の物音も聞こえてこない。ときおり誰かが咳をするのが聞こえてくるだけである。

「さあ、それでは入ろう」

大きな部屋は弔問客でいっぱいだった。食器棚、整理戸棚、パンを捏ねる桶など、すべてが取り払われていた。垂直の背もたれがついている椅子が壁際に並べられている。がらんとした部屋を取り囲むようにして並べられた椅子にみんなは腰掛けている。暖炉の火は消してあった。灰は暖炉の中央に掻き集められていた。それはもう火は燃やさないということを意味していた。

部屋の中央にあるむき出しで何も置いてないテーブルの四隅で、長くて黄色い蝋燭が焔をあげていた。

高原の住人のすべてがそこに集まっていた。老人も、女も、娘も、みんなやって来て、堅い椅子に坐りこわばった表情をしている。彼らはひと言も発しない。蝋燭の光に照らされているところとその向こうの陰、彼らはその境界に坐っている。彼らは空虚なテーブルと蝋燭を見つめている。そして、蝋燭の光は、膝の上に開いて置かれている手のところまでいくらか手を湿らせるような具合に届いている。ときおり誰かが咳をする。

フェリシは喪服を身につけていた。箪笥のなかにいつも準備されていた喪服である。黒いスカート、白い水玉模様がついている黒い胴着、そして、頭には黒いスカーフといったいでたちである。このスカーフをかぶっているために、彼女は急に老けて見えるようになった。赤い目とすっかり涙れてしまっている大きな口だけが、目立って見えていた。

彼女はドアの近くで来客を迎えている。

「私たちも加わらせていただきますよ、フェリシ」爺ちゃんは言う。

「ありがとうございます」フェリシは言う。

少年のポールは着飾って彼女のそばにいる。見事な青のリボン飾りを顎の下に結んでいる。髪の毛を湿らせ分け目をつけている。

「ありがとうございます!」彼もこう言っている。

高原の住人たちのすべてがやって来る。外から足音が、そして声が聞こえてくる。そして、ドアが近くなると、すべてが静まる。ささやき声が聞こえる。ドアのそばで、黒くてこわばったフェリシが待っている。人が入ってくる。彼女は手を差し出す。

「私たちも加わらせていただきますよ」

「ありがとうございます！」

「ありがとうございます！」小さなポールもこう言う。

やってきたすべての村人たちは、暖炉が燃えていない農家の大きな部屋のなかでぐるりと輪を描いている。こわばった表情の彼らは、黙って中身のない遺体の通夜をしている。

フェリシがテーブルに近づき、その端に坐る。ポールは彼女のとなりで高い椅子に坐った。彼の足はもう床には届いていない。

そうすると、ル・ブレ・デショの老婆マルトが立ち上がり、フェリシに近づいた。

「塩の壷はあるかしら？」彼女は言った。

「あそこに用意してるわ」こう言って、彼女は暖炉の片隅を指差す。

老マルトはその壷を取ってくる。彼女はフェリシと反対側のテーブルに近づき、フェリシと同じ高さに身を置く。彼女たちは二人して死者の枕元で通夜をしているようだ。みんなは待っている……。咳をするのもこらえている……。濃密で徹底した沈黙がすべてを覆いつくしている。

「戦死したアルチュール・アマルリックのここにはない亡き骸の通夜を私たちはしています」と老マルトは唱える。「みなさんが、大地の塩であったこの人物に対してその友情に思いを馳せますように……」

彼女は塩壷に手を入れる。そこから一握りの塩を取り出し、むきだしのテーブルの中央にその塩を置き、それで小さな塩の山を作る。衣服の下からオリーヴの果核でできた大きなロザリオを取り出し、彼女はテーブルの近くでひざまずく。

重苦しい沈黙が舞い戻ってくる。

「ああ！　私のアルチュール！」フェリシは叫ぶ。

彼女は材木のようにこわばっている。黒いスカーフのあいだから、彼女はまっすぐ前を見つめている。

「ああ！　私のアルチュール！　あんなにいい子だったお前！『身体を大事にするんだよ！』と言ってくれていたお前よ。お前が死んでしまえば、私には辛いことばかりだよ。私が死なない限り、私はいつまでもずっとお前のことを苦しまねばならないだろう」

「みんなが、大地の塩であったこの人物に対してその友情に思いを馳せますように！」高原の住人たちはつぶやく。

オリヴィエはマドレーヌを探す。彼女は向こう側にいる。そして彼を見つめている。憐憫の言葉をつぶやいている彼女の大きな口が動いているのが彼には見える。彼女の目に涙がきらめいているのも見える。彼もまた二度こう言った。

「みんなが、その友情に思いを馳せますように……！」

もう彼は何も言わない。彼女と彼は互いの目のなかを見つめ合っている。そして彼らはもう何も言わない……。彼らは唇を固く結んでしまった。彼女は、向こうで、何も言わずに、泣いている……。

　このたびの弔問では、足の先から頭の先まで彼は兵士の服装をしている。彼は目立つ存在である。彼はこれから出かけていくだろう……。彼の視線は、マドレーヌのところにたどり着くために、このむきだしのテーブルの上を、さらに蝋燭のあいだで光っているその死者をあらわす塩の小山の上を越えていく。

　マドレーヌが草むらを歩いているときのスカートのぶるぶるという音が彼には聞こえてくるようだ。もし俺がランプだったら、と彼は考える。ランプだったり、樹木だったり、このテーブルだったり、雌豚だったりするなら、俺はここにとどまることができるのに。もしも犬だったら、ここにいることができるだろう。犬でありさえすれば……。

「ああ！　可愛そうなアルチュール！」フェリシは叫ぶ。「私がお前を見ることはもう絶対にないだろう。お前はあの世に行ってしまった。お前に触れることはもう絶対にないだろう。可愛そうなアルチュール。せめて私がそばにいて、お前の目を閉じてやることができたらよかったのに！　土の上で、まるで獣のようにひとりっきりで死んでいったとは、可愛そうなアルチュール！　ここでは、お前は何でもあり余るほど持っているし、私がこんなにもお前を愛しているし……、それに、ちょうど私たちは私たちの暮らしを始めたばかりだったのに！」

「みんなが、大地の塩であったこの人物に対してその友情に思いを馳せますように！……」

マドレーヌの大きな唇が向こうで動いている。

「オリヴィエ」彼女がこう言うのがオリヴィエには見えた。

爺ちゃんが合図した。オリヴィエは立ちあがった。まだ沈黙が支配していた。フェリシはオリヴィエの方を向き、何も言わずに、憔悴した哀れな目で彼を見つめた。

「さようなら、母さん」オリヴィエは言う。

デルフィーヌは「そうね」と顔で合図する。

爺ちゃんとオリヴィエはフェリシに近づく。彼女は立ちあがる。そしてオリヴィエの手に触れる。

「さようなら！」

爺ちゃんはフェリシの手に触れる。

「私も加わらせていただきますよ」彼女は言う。

「ありがとう！」爺ちゃんは言う。

オリヴィエは別れの挨拶をするためにみんなを見つめる。

彼の周りで、みなは声を抑えて泣きじゃくる。そして、みなはすでに前線に出ていってしまっているすべての男たちのことを心配する。泣き声のなかから男たちの名前が聞こえてくる。

「可愛そうなジャン！」

「バルテルミ！」

「アンドレ、可愛そうなアンドレ！」

「みなさん、さようなら！」オリヴィエは言った。

彼はマドレーヌの方を見つめる。涙が流れ落ちている顔を彼女は彼に向ける。

彼はさようならを言うために腕を挙げ、ドアのところまで後ずさりしていく。

「みんなが、大地の塩であったこの人物に対してその友情に思いを馳せますように！……」老マルトはこの呪文を繰り返している。


「壜を取り出すんだ」暗闇のなかで爺ちゃんは言った。「飲んでおけ……」

オリヴィエはワインをラッパ飲みする。

「俺にもくれ」爺ちゃんは言う。

「さあ、これでいい。歩こう……」

彼らはデュランス河に着いた。平原の奥に、柳の林の向こうに、駅に灯されている赤と緑の火が見えている。

「俺はここまでにする」爺ちゃんは言う。「待ってくれ。お前の顔をしっかり見ておきたい」

彼はライターに火をつける。暗闇のなかで、小さな丸い光が、互いに向き合った二つの顔を照らし出している。

「俺が言うことをよく覚えておくんだ」爺ちゃんは言う。「必要以上のことに手を出すんじゃないぞ。大事なのは、戻ってくることだからな……」

火は消えた。彼らは闇に包みこまれた。彼らは互いの身体をしっかり抱きしめるために両腕で力強く抱き合った。

そして、そのあとすぐに、オリヴィエの足音が聞こえなくなってしまった。彼は地面が柔らかな道を立ち去っていったからである。

すべてが夜の闇に包みこまれていた。まるで誰もいないようだった。

二　最初のクラブ

オリヴィエは入ってくる男を見ていた。

それは、ゲートルと泥で重々しそうな輸送部隊員であった。ゆったりしたコートをまとい、柳の鞭を小脇に抱えていた。彼は両手をこすり合わせていた。

「ベルト！」この男は呼びかけた。「寒気や篠突く雨がどういうものか分かっているだろう。あの女はどこに行ったのだろう？　きつい蒸留酒をちょっともらいたいな、おおい！」

ストーブの近くにいって、彼は坐る。太い太腿でストーブをほぼ取り囲んでしまった。彼の衣服は湯気を出している。赤毛の彼は、顔中髭で覆われており頬が目立って広かった。口髭を吸いながらひと息ついていた。

ベルトは蒸留酒を持ってきた。兵士は彼女の尻に手を当てた。

「神経質だな、ベルト」彼は言う。「神経と骨、これが良いのさ!」

「放してよ」彼女は言う。

蒸留酒をこぼさないように、彼女は身体をしなやかにくねらせる。兵士は大きな頭を娘の腰の方に傾ける。

「こいつが飛び跳ねるのが俺は気に入っている。お前の旅団長のためなら、俺は休憩だ。奴はバールに駆けつけていった。今朝、一番だったぜ」

「あれはばかな手合いだわ。きたない奴よ」ベルトは言う。

彼女はすり抜けていった。灰色の唇は、大いなる倦怠を噛みしめていた。

男はオリヴィエを見つめた。

「乾杯!」こう言ってから、彼は飲んだ。

「どこの中隊の所属だね?」そのあと彼は訊ねた。

「援軍に加わるために北上している」

「どの方角だね?」

「ラ・ヴァレだよ」

男はオリヴィエの方に寄ってきた。娘がグラスをすすいでいる台所の方に目配せした。「こういうことは珍しい」彼は言う。「だけど、ときおり、あいつのようなぶすが、人生を美しく飾りたててくれるんだ。ただ、つまり、豪華さが必要だな。下士官や元帥がいたし、今では上等兵がいる。あの娘はいつでも忙しい……。だから、分かるだろう……」

速歩で走ってくる馬の音が聞こえてきた。男が飛び上がって、ドアを開いた。

「ドマ！　ドマ！」彼は叫んだ。「止まるんだ、ばか者！」

もうひとりの男は、まだ速歩で走っているラバの背に乗ったまま身振りをしていた。彼はバールの方向を指差している。彼は何か叫んでいたが、その声は道路の物音にかき消されてしまう。水の入っていない水筒が、背中で音をたてている。


オリヴィエは玄関先の階段を下りた。居酒屋のドアは、閉まるときに、もう一度彼の背中を温めた。背嚢が重かった。

「さあ……」彼は言った。「前進だ！　疲労を温める必要がある」

彼は樽のように丸い地平線を持ち運んでいた。その向こうには霧が立ちこめていた。

騎兵たちが、無言で泳ぐような柔らかい体勢で、野原を並足で歩いていた。はじめは灰色に見えていた彼らは、やがて黒くなり、そしてまた灰色に変化し、帯状の幅広い霧に包まれ消えていった。幌で覆われた荷車が数台、背中を膨らませて遠ざかっていった。自転車に乗った男たちが、丸太を並べたような道の上を、まるでキリギリスのように踊りながら進んでいった。

街道の両側は、何も生えていない平坦な野原が広がっているようだった。泥が自分でしゅーしゅー音を出しているのが聞こえてきた。ずっと奥の方にはいくつか村があるようだった。煮えたざっているコーヒーの匂いが漂ってきていた。

霧の向こうでは、巨大な荷車隊の重みの下で、揺れ動く海の音のような低い呻き声を大地は止めどもなく発していた。

砲兵中隊が疾走してきて、あたりに漂っている霧を切り裂いた。

オリヴィエは溝のなかに滑りおちた。背嚢の重さが、ナイフのように彼の肩に突き刺さった。

「ちくしょう！」彼は叫んだ。

砲兵中隊は、鋼鉄の膝を駆使し、運搬車に霧の吹き流しを引っかけ、車輪を回転させ、砲兵たちを従え、鞭を打ち鳴らしながら、すでに前方のはるか遠くまで飛んでいってしまっていた。

少し前から堆肥の強い匂いが漂い、馬のいななきや、柵に囲われた馬たちが足を踏み鳴らしている音や、さらに人間の声や叫びなどが聞こえてきていた。金槌が柔らかい鉄を叩いていたが、やがて鉄床《かなとこ》を叩く音が聞こえてきた。木槌が木製の杭を調子よく打っていた。草原の柔らかい泥の上を難儀して前進していく、戦車の車軸の軋みが聞こえてきた……。たくさんの馬や車が野営しているところにオリヴィエは近づいてきた。

赤茶けた火が急に飛び出してきた。火は霧と煙ですっかり包まれていた。その火は濃厚な大気のかなり高いところまでゆっくり飛び上がっていた。丸い球になった顎に膝を当て、その火はそこにしゃがみこみ、じっとしていた。そしてその火は両脚をおもむろに広げ、地上におりた。さらに足の指に力を入れ、ふたたび飛び上がった。黒くて大きなやっとこを持った人間たちが、火のまわりを走っていた。

「持ち上げるんだ、いいか、持ち上げるんだ。ペンチを使って、下からやるんだ。みんなで、同時に。気をつけて。さあ!」

彼らが火のなかから取り出したのは、燃えている王冠のような車輪の輪であった。彼らはその輪を煙と火花のなかに叫びながら運んでいった。

踊るのを止めた火は、いくつもの大きな青い手で地面を探っていた。

里程標は泥ですっかり覆いつくされていた。ラ・ヴァレが前にあるのか、どれぐらいの距離のところにあるのか、もう知るすべがなかった。

オリヴィエは背嚢を湿った草の上に落とした。

霧はいくらか明るくなってきていた。もう物音はほとんど何も聞こえなかった。例の大地の呻き声と、すべての葉で音をたてている一本のポプラの他には何の物音もなかった。

草原は両側に平らで大きな翼を開いていた。

その男は相変わらず草原の向こうにいた。ときおり彼は立ち止まり、周囲を見まわし、そして、視線を前に向けて、何物かに向かって歩いていった。

彼はオリヴィエに近づいてきた。彼は小さな樹木を見つめていた。幹の方に身体を傾け、手でその幹を触っていた。その木をじっと見つめて、幹の上から下まで彼は愛撫していた。

彼は半分ひとり言をつぶやいているにちがいなかった。「いや、いや！」と言いながら、頭をかすかに動かしていた。

「やあ！」オリヴィエは叫んだ。

男は頭を上げ、オリヴィエを見た。男はもう一度手で木の幹に触れ、それから決然とオリヴィエの方に向かってきた。

「君は砲兵かい？」「畑などの柔らかい地面が終わり」街道の表面が固くなってきたとき、彼は訊ねた。

「いや」オリヴィエは言った。

「それじゃ、輸送部隊所属かい？」

「そうでもない」オリヴィエは言った。「百四十連隊所属のはずなんだ」

「百四十連隊、百四十連隊」重々しく歌うような声で男は繰り返した。彼は山の訛りで話すので、歌っているように感じられたのである。「それじゃ、ラバを木に縛りつけたのは、君じゃないのかい？」

「俺ではない」

「あれはやってはいけないことなんだよ。分かっているとは思うけど?」

「俺がやったわけではないと言ったじゃないか。今ここにやって来たばかりなんだ」

「分かった。だけど、あれはしてはいけないことだ。どうしても、駄目だよ。これを言いはじめてから、もうかなりの時間がたっている。みんなを面白がらせたよ。あんたは笑わないのかい?」

「笑わないよ」オリヴィエは言う。「やってはいけないのは、分かっている。ラバが木の皮を食べるからだろう」

「あんたの言うとおりだよ」すっかり驚いた男はこう言った。

彼の目は水のように明るく、ほとんど動くことがなかった。その目は、独特の見つめ方で対象の奥深くまで突き進んでいった。

「俺には分かっているよ」オリヴィエは言う。

「俺の手に触れてくれ」男は言った。

それは武器を持っていない兵士だった。小さな上着を着ており、腹には黄色のベルトを巻きつけていた。両脚の上に乗っかっている大きな上半身を揺り動かそうとして彼が動くたびに、マスク入れの容器が膝にぶつかっていた。

「名前は何というの?」

「シャブラン」オリヴィエは言う。

「俺はルゴタスだ」と男は言う。「俺も百四十連隊だよ」

彼が着ている上着の襟に、百四十という数字がインクで記されていた。

「あんたに言ったように、俺も同じ連隊に属している。俺はこうやって一周しているところだ。今、連隊に入っているところだ。つまり戻っているということだよ」

「二人で行くことにしよう。ラ・ヴァレは十キロ程度のところにあるにちがいない」

街道では、樹木と茸の濃厚で強烈な匂いが彼らを迎えてくれた。

別の野営地のざわめきが街道の右手から聞こえてきた。一頭の馬がいななき、蹄鉄で板を叩いていた。

「おい！　おい！　手綱を引き締めろ」という小さな声が聞こえてきた。

轡鎖《くつわぐさり》がかちかちと鳴っていた。ラッパの音が二、三の音を鳴らした。鼓手が太鼓を叩こうとしたが、ばちを取り乱してしまった。

「おい！　おい！　手綱をもっと締め付けるんだ！」

向こうから聞こえてくる足音から判断すると、二、三人で馬に立ち向かっているようだった。

「おい」ルゴタスは静かに言った。「君はいったい何を締め付けようとしているんだい？」

馬は今では震えるようないななきを発していた。男たちは馬の腹を足で蹴りあげていた。

霧に包まれたブナの大木が、霧のなかから進み出てきた。水が葉に当たってはじける音が聞こえた。泥のなかを歩く足音が反響した。向こうの草のなかを流れている小川が、水の槌で草を叩いているような音が聞こえてきた。

目の前にあるのは森林だった。重々しく黒々と横たわっているその森林は、低い唸り声をたてていた。

「止まれ！」とルゴタスは言った。「森だよ、お前さん。君の背嚢をおろして、俺に渡すんだ。俺が持っていくから。背嚢をおろせと言っているんだよ。俺は自分のことは分かっている。君の背嚢を俺に渡すよう言っている。そうしないと、今晩、俺は入っていけないんだ」背嚢を肩に背負いながら、ルゴタスは話し続ける。「街道を歩くには、俺はこうする必要がある。少し匂わないか？この匂いは何か分かるだろう？　待て……。耳をすますんだ、じっと耳をすますんだよ！　いいかい！　さあ、あそこだよ……」

一頭の動物が茂みのなかで立ち止まった。それから枯葉の上を走りはじめた。

「……雌狐だよ。俺はそう思うな……。今度はあの大きな物音を聞いてくれ。あれは大したもんだよ、お前さん。俺は肩の上に重いものを担っている必要があるんだ。そうすると、歩みが圧迫されるし、道路に身体が密着する。俺は君のすぐそばを歩き、そして連隊のなかに入っていく。そうでないと、俺は自分のことは分かっているんだが、立ち止まって、草のなかに入りこんでしまいそうになるんだ」

天気がよくなってきた。動物の姿が茂みの向こうを通りすぎた。それは手綱をつけられた馬で、泥のなかの材木をゆっくりと引きずっていた。明るさを取り戻した大気のなかには、青みがかった光線が漂っていた。霧は、軽い風に切り裂かれて、切れ切れになって流れていた。

「ちくしょう！」ルゴタスは言った。

彼は泥のなかに落ちている木の皮の大きな断片を見つめていた。

「見てみろ、ちくしょうめ。樹木に対してこんなことをするんだぜ！」

彼は背嚢をおろそうとしたが、考え直した。

「いや。前進しようぜ、お前さん」彼は言った。

彼は上着の袖をまくり上げた。シャツの手首のボタンをはずして、腕をむきだしにした。

腕には大きな傷跡がついていた。

彼らが森に入りこんでいくにつれて、静けさの度合いがいよいよ増大していった。大地を揺るがせていた運搬車の大音響や、空の唸りなど、すべての音は樹木の茂みのなかに入ると、すっかり鎮められてしまっていた。聞こえてくるのは枝の身振りだけだった。それに加えて、遠くの犬の遠吠え、雄鶏の時の声、水滴の落ちる音、葉叢のあいだを流れていく霧の軽いしゅーしゅーというような物音、こうした音が聞こえるだけだった。一羽の鳥がさえずり、その鳥が翼を羽ばたく音が聞こえた。葉が一枚落下していったが、その葉が他の葉に触れる音が聞こえた。森林は葉でできた大きな胸を下におろし、さらにその胸をゆっくり膨らませていった。

街道の脇に道が開いているということが時おりあった。それは狭くてまっすぐな通路で、まるで大きな鉈で一撃のもとに切り開かれたようだった。白い霧で覆われたその道は遠くの密生した茂みに向かって延びていた。

ルゴタスは歩くのをやめた。

「ところで、君は俺の頭がおかしいと思わないか？」

「べつに」オリヴィエは言った。

オリヴィエはその男をじっと見つめた。恐怖が宿っている明るい目は、オリヴィエの目のなかに言葉を越えた何かを探ろうとしていた。

「いや、そういう風には見えないよ。あんたには好きなように話してもらっていた。しかし、それは俺もあんたと同じように考えているからなんだ。俺も大地から生まれてきた人間だよ。あんたほど歳はとっていないけど、俺だって周囲の環境とうまく折り合ってやっていける。そんなことを理解できるのは俺たちだけだよ」

ルゴタスはため息をつき、歩きはじめた。

「それ以上だよ、君」とルゴタスは言う。「俺にとってはそれ以上のことなんだよ。また、君にとってもそれ以上のものになるだろう。よかったら言わせてもらうが、それは最後にはものすごいことになるだろう。きみにとっても同じくものすごいことになるはずだ。だから、俺はときおり『お前は頭がおかしいのかい、エミール？』と自問することにしているんだ。どこから態度を変えるかだよ。分かるかい？　君に分け前があるとき、十回も分け前がもらえるとき、『いやだ、いやだ、もうこんなものは欲しくない、こんなにたくさん運べないよ、もう我慢できない、俺はただの男だ』と君が心のなかで考えるとき、そしてまた、それでもまだ人々が君に次から次へと荷物を載せてくるようなとき、これは不幸ではないだろうか！　ああ、不幸だよ！　分かるかい？　どこから態度を変えるかということが時には重要になってくるんだ」

柳の木が、長く伸びた草のなかで重くなった露を静かに揺すっていた。

「……分隊には、フレデリックやルイ・ビュットやその他多くの仲間がいる。ビストロに行けばいくらでも仲間は見つかる。だけど、こんな話をしていいかい？　俺が君にこんなことを話すのは、君が分かってくれそうな顔をしているからだよ。みんなの心は腐っているんだ。彼らに落ち度があるわけではない。以前は、酔っぱらった男には、彼が進んでいくように明るい道が用意されていたように思う。ある道はここから、別の道はあそこからといった具合に、ともかく、道は用意されていたんだよ。今では、しかし、みんな心が腐ってしまっている。不幸なのは、いいかい君、彼らが悪いわけじゃないということなんだ。しかし、俺たちが彼らのそばに長くいすぎると、彼らの腐敗がすぐに感じられるだろう。それでは、どうしたらいいのだろうか？　君に、俺は樵《きこり》だと言ったかどうか忘れてしまったが、俺は高地の人間なんだ。森林監視員などいないあの高いところが俺の出身地だ。理性と平衡感覚を持たなければ、何でも伐採できてしまう。それで文句を言われることはない。しかし、実際にはみんな理性と平衡感覚を備えている。だから、俺は『それでは、樹木たちはどうなるのだろうか？』と考えてしまったというわけだ」

兎が二回跳躍して道を横切った。

「……それは、ある日、林檎の木の下ではじまった。俺は草の上に敷いた毛布に寝転んでいた。

枝の上の方は明るい色だったが、下は湿っておりまっ黒だった。

ヴェルダンの方角から物音が聞こえてきた！　その音は、コーヒーのように黒く、炭焼場が燃えあがるときのように炎が躍動していた。そして、みなは北上しようと言っていた。そうしたとき、ルイ・ビュットの奴は、ぐでんぐでんに酔っ払い、女房の肖像写真を、ついで娘の写真を破り、その破片を捨ててしまった。『ちくしょうめ！』と奴は言っていた。それから奴は、どうしていいのか何も分からずに、泣きながら、ドアの前に突っ立っていた。馬鹿な奴だよ！　君に言ったように、枝は明るくもあり暗くもあったんだよ。そこから枝はカーブを描き、日の光のほうに延びていったわけだ。

あの枝にはかろうじて六枚の葉がついていただろうか。あの太い幹の上では枝なんて軽いものだよ！」

背嚢の重みの下で呼吸している彼は、低い声で話していた。

「煙草を持っているかい？」彼は言った。「一服したいんだけど、パイプに詰める煙草をくれないかな」

「包みをあげようか？　背嚢のなかに三つあるんだ」

「俺も包みをもらったので、向こうにあるはずだ。マルセルが俺のためにどこかに置いてくれているはずだよ。もらったのは昨日のことだから。いいかい、俺が出てきたのは二日前のことなんだ」

「何も持たずに?」

「そう、何も持たずに。みんなは俺のことを知っているんだ。こんな風に言われたよ。『ルゴタスだって? あいつは頭がおかしいよ。戻ってきたら、あいつを俺のところに寄こしてくれ、いいかい!』この言葉は俺のここに(彼は自分の胸のまんなかに触れた)ぐっときた。まるで丘の向こうから呼ばれているような感じだった。『分かった』と俺は答えた。『おお! ルゴタス、それじゃ、もう苦しくないいんだな?』という言葉が返ってきた。そこで、俺は誰もいないところに行った。いいかい、それは教会のうしろだよ。あれが聞こえてくるところにいると、じつに気分がよくなってきた。そこで俺は答えた。『そう、俺はここにいる、美しい人よ。たしかに俺はここにいるからな。君は俺にどうしてほしいと言うんだね、美しい人よ? そう、俺はここにいるよ』

そして、俺には『ルゴタス、ルゴタス、エミールよ!』という呼びかけがいつも聞こえてきていた。

朝になると、ちょうど通りかかったトラックに飛び乗った。霧がたちこめていた。今よりもっと濃い霧だった。ハンドルを握っていた男は慎重に運転していた。二メートル先も見えないほどの濃霧だった。そのうちに、俺の気持はすっかり落ち着いてきた。

『ルゴタス!』という呼びかけがずっと聞こえていた。

『分かった。行くよ』と俺は答えた。

そうしていると、運転手が急にブレーキをかけたものだから、四つの車輪が踏んばって車は急停車した。運転手は目を尖らせて見つめた。それは大きな身体だった。道を横切るようにして背が高く太った身体が横たわっていた。『おい、あれは何だろう、あの向こうに転がっているのは？』運転手は俺に言った。

『俺は着いたよ』俺は彼に言った。

そして、心のなかで俺はこう考えていた。『そう、美しい人よ、俺はここにやってきたよ』

『進むんだ。前進だよ。心配はいらない。あれは森だよ』俺は運転手にこう言った。

そこで、俺は細い道をたどることにした。俺は出発した。美しい人［森］のなかへ」

私たちは森林のはずれの近くまでやって来ていた。晴れわたっていたので、広大な灰色の光が風に乗って飛翔していた。木々の向こうには草地のはじまりが見えており、遠くの果てには丘が長々と伸びていた。

この光の戸口の向こうから、物音が聞こえてきた。それらの物音はそれまで森が抑えつけていたのであった。大きな荷車のとどろき、空の身震い、人間の叫び声や呼び声などが、歩を進めるたびに近づき、接近してくる動物の口のように、熱い空気を吹きかけてきた。

急に私たちは森の外に出た。

下の方に見えるくぼ地に、大きな村があった。その村は牧草地のなかに、まるで鱗のように平たく貼りついていた。その村は蟻の群れのような生活を営んでいた。自動車の長い隊列が、淀んでいる運河の畔に生えているポプラの木々の下で唸りを発していた。小型の機関車が、小麦の積み藁のあいだで、尻尾のような客車の列を揺すっていた。機関車が神経を高ぶらせて小さな足を回転させ、跳躍し、汽笛を鳴らし、草のなかに唾を吐いている様子が見てとれた。木製の列車とともに停車している、もう一台のじつに我慢強い機関車が、ときどき汽笛を鳴らしたりして、その機関車を待っていた。

幌で覆われている運搬車の列が、正面の丘を縫うように続いている道をゆっくり動いていた。兵士たちの隊列は、下に見えている道を列になって歩いていた。彼らは通りから村に入っていった。村ではラッパが音楽を演奏している。製材所が二種類の調子で軽やかな音楽を奏でている。作業中は低音の音楽が聞こえてくるが、鋸の刃が自由になると明るい音楽になるのだった。

枯れた樹木とおが屑の鼻を刺すような匂いが漂い、ついで甘くてぼやけた味覚が腐敗臭を舌に伝えてきた……。

軽快な車が一台、森の方へ坂道を登っていった。その赤十字の救急車ははつらつとした動きで目の前を通りすぎていったが、寝そべっている傷病兵たちの足の靴が見えていた。

バスが斜面を苦労して登っていた。オリヴィエはそのバスが通りすぎるのを見るため向きを変えた。皮をはがれて血まみれになっている牛肉の大きな塊が、はねあがった泥を浴びたまま、後部の貨車に吊り下げられていた。

「俺の樹木たちが見えるだろう、ほら、あそこに！」ルゴタスは言った。

木々は、葉が茂っている小枝がついたまま、まだ皮をはがれていない状態で、製材所の手前に横たわっていた。

「それに、あそこにもある！」

泥のなかにあるその拳ほどの大きさの肉塊は、黒と赤の血にまみれており、繊維のところには白い粘液が少しついていた。肉塊の側面にはわずかばかりの膜がこびりついていた。

オリヴィエは森を見つめた。森のなかから救急車やバスのエンジンが唸る音が聞こえてきた。彼はあの大きな肉塊のことを考えた。

「恐らく人間の肉だってあんなものだ」ルゴタスは言った。「多分あのようなものだ。担架から落ちてきたものだとしても、何か異常なことがあったと言えるだろうか？　人間はもうぼろぼろになってしまっているので、包帯から肉が剥がれて落ちてしまってもおかしくないんだよ。何しろ、横揺れが激しいし……」

そしてルゴタスは、救急車の揺れを模倣するために、大きな身体を左右に揺り動かした。

三　憐憫はこれっぽっちもないだろう

「ポン＝ルージュで発砲している」とジョゼフは言った。

馬車の御者はぐいと手綱を引いて二頭のラバの歩みを止めた。彼は聞き耳をたてた。

「そうらしい」彼は言った。

丘の向こう側で、分厚い板を砕いているような音がかろうじて聞こえてきた。

「これはあまりおもしろそうな話ではないな」

御者がラバたちをふたたび走らせた。ソワッソンの最後の家は越えてしまったし、舗装された道路も終わった。車輪の下は、今では、穴があいたところが泥や石ころで継ぎはぎだらけになっている柔らかな道であった。石膏のように白い水の長い流れが、わだちのなかを流れていた。

「随分激しい攻撃をしてきているようだな……」

「製糖工場で立ち止まるしかない」ジョゼフは言う。

道の両側に広がっている草原は、淀んだ水で覆われているが、そこには青みがかった空が反射していた。地平線のところでは、金色に輝く小さな雲の群れが、太陽がまばゆくきらめいている板状の水面にそっとのしかかっていた。

「いいかい」男は言った。「今君に言っているようなことは、前にも言ったことがあるんだ。あのとき言ったのはこういうことだった。『中尉どの、今進むべき方向はセロクールにある製糖工場に向かう道でしょう。あの道はレ・クルットに通じるはずです。これまでずっと森のなかを進んできたではないですか。このまま進むと四辻を回避してしまいますよ』ああ！　そうなればいいんだけど！……中尉が補佐官に『あの男は誰なの？』と訊ねているのが、俺には聞こえたよ。『マチュウ・ボミエですよ。あいつならやるべきことは心得ていますよ』俺はこう言いたかったんだよ」

「間抜けたちだ」ジョゼフは言った。

「そうだよ。俺が言いたかったのはこういうことだ。『マチュウ・ボミエこそ、指揮をとるべきであって、あなたは中尉であっても、指揮はとるべきではないのです。あなたは彼に彼のやるべきことを示してやればいいだけのことです。あいつは、サン＝テチエンヌにおけるありとあらゆる鉱《こう》滓《さい》捨場で十五年にわたって運搬の仕事をやってきているし、それ以外の車もお手のものですよ。あいつが、ここなら通れると言うと、本当に通れるんですよ。子供じゃありません。あんたが湊をかんできた三倍以上にあいつは父親なんだよ。だが、しかし……』」

「あんたには子供があるのかい？」ジョゼフは言った。

「二人いる。俺がここにいるのはそのためだよ。君は？」

「子供はいない。一年前から結婚している」

「君には時間がたっぷりあるさ……。そう、二人だよ。小さな娘は万事が父親と似ている。娘は何も見逃さない。俺たちにしっかり応対してくれる。教皇にだって応えるだろう。こんな娘には平手打ちを食らわしてやりたい！　もうひとりの大きな息子は、母親から食い意地のすべてを引き継いでいるので、やりたい放題にさせていたら、天国［最良のもの］まで何としてでもしゃぶらずにはいられないようになってしまうだろうよ。あの向こうは落ちこんでいるようだぜ！」

大地の最初の盛り上がりを彼らは越えたばかりだった。沈んでいく太陽の光線を浴びたその地方のすべてが見えていた。前方に広がるその地方は、樹木が生い茂り、長い波のようにうねっていた。牧草地のすべてを水浸しにしている大きな流れは、雲の反映と草の玉房のまだら模様がついている不動の広大な沼地のなかで、自分の脂肪を捻るように押し広げていた。それは見渡す限りの荒涼とした光景であった。ある茂みから、先端部分が欠けてしまっている鐘楼の胴体部分が現われてきた。その茂みの端っこには、浸食され尽くして腐敗してしまった農場が見えているが、その骸骨は牧場を覆っている水のなかに散乱していた。壊れてしまった建物の窓の眼窩を鴉たちがついばんでいた。小川の向こう側では、石灰質の岩石が見えてしまうまでに引き裂かれた土地が、樹木も人間も見当たらない状態で、平らに広がっていた。そのはるか向こうの突き当たりには、痙攣的に煙を棚引かせている山の頂があったが、その煙はきらめきと閃光を満載していた。

「サピニュルだ」陰と火で覆われたその地平線を見つめてジョゼフは言った。

「君はあそこに行くのかい？」男は訊ねた。

「いや。もっと左のモンジェルモンの方に偵察に行こうと考えている。明日の夜、登っていくつもりだ。あまりよくないかもしれない。よいとすれば、それはあそこにいろいろな奴が待ち構えていてくれるからなのだが……」

「君たちはあの運河の近くに宿営しているのかい？」

「そう、第七連隊だ」

「俺たちは、アメリーのすぐそばなんだ」

「分かっている。きみがラバを引き出す様子を見たよ。『あいつはいつでもいくらか役に立ってくれるぞ』と俺は思ったよ。俺は足はあまり丈夫じゃないからね」

そのとき、ポン＝ルージュで爆発する音が聞こえた。黒い煙が丘を越え、丸くなったかと思うと、樹木のように葉をつけるにいたった。

「あれは定期的な掃射だよ」ジョゼフは言った。

「そうだ」男は言った。「こういう状況では、大切なのは頑固にならないことなんだ。製糖工場で待つことにしよう」

彼らは近づいていった。あとは小さな丸い丘を登るだけだった。その丘は、水に濡れた動物の背のように、水を染み出していた。だから、汗でびしょ濡れになっている動物のような匂いがしていた。爆発する火薬の匂いでもあった。砲弾によって草原のあちこちに穿たれている穴は、ごく最近のものであった。

製糖工場は目の前にあった。移動する食堂が壁際で煙を出していた。作業服を着こんだ二人の男が街道を見つめて、夕食作りの当番がやって来るのを待っていた。街道は、すでに紫色の夕闇で覆われている向こうの果てまで、がらんとしていた。しかし、砲弾が破裂し火花が飛び散るときには、まだ樹木が見えていた。

サピニュルの方では、のろしが飛び出ていた。赤い光線が広大な闇夜の中央でランプのように光り、宙吊りになったまま空中に漂っていた。

「おお！　運河の男だ」男は叫んだ。

彼の手が泥のなかでジョゼフを探し求めて難渋している音が聞こえてきた。泥のなかで動くその手の物音だけしか聞こえなかったが、そのあと、向こうに群がっている男たちの長い呻き声が聞こえてきた。

「伏せたままでいろ」ジョゼフは言った。

大きな砲弾が息を切らして製糖工場をかすめて飛んできた。閃光が唸りをあげて通過した。重い土塊がばらばらと落ちてきた。

「伏せたままでいろ！」

「君がどこにいるのか分からなかった」男は言った。

「俺は動かなかった。あいつらはすぐにまた発砲してくるだろう」

「俺が言ったとおりだよ」男は泥のなかを這って、ジョゼフとぴったり寄り添うところまでやってきた。「あいつが道のまんなかでサーチライトのような灯火をつけて炊事用車両を押しているのを見たとき、俺は君に『そのうちに時計が手にはいるぜ……』と言ったはずだ」

「最初の一発が飛んできたとき、俺はそこに伏せていた」

「塹壕《ざんごう》があるかどうか知っているかい？」

「知らない」

「それじゃあ？」

「待て」とジョゼフは言った。「奴らは間もなくポン＝ルージュに向かうので、俺たちのことは構わなくなるだろう。左手のあの向こうの工兵隊の方に走っていけばいいはずだ」

夜の闇が押し寄せてきていた。街道では、最初の数発の砲弾で粉砕された移動台所は火がついたままになっていた。炭火が泥のなかでしゅーしゅーと音をたてている。死んだ男が移動食堂の上から宙吊りにぶらさがっている。ひざまずいている馬が、頭を振って呻いている。ワインの樽のまわりに倒れている男たちはもう誰も動かなかったが、ひとりだけ、横になって顔は土にまみれているのだが、何とかして地面にしがみつこうと手の指を痙攣させている。地面を支点にして、必死になって立ち上がり、立ち去ろうとしていたが……。首に大きな傷口が開いており、彼の頭は重くてあがらないのだった。

「ラバたちの様子を見てこよう」男は言った。

「ここにいるんだ」ジョゼフは叫んだ。「ここにいるんだよ！」

「俺のラバたちだよ」男は言った。

男は立ちあがった。自分のそばにいる男がまるでヒキガエルのように膝と腕をたたんでいる姿がジョゼフには見えていた。大きく平らな顔を前に突き出し、口を開いていた。丸い目には台所の火と夜の闇が反射していた。

「ここにいるんだ」

男が飛び出すと同時に、大きな鉄の破片が通過した。

「おお！」ジョゼフは叫んだ。「おお！　おお！　あんたの名前は何というんだ？」

道路にばたりと倒れた男は、背を膨らませていた。彼は左右にいくらか動いたあと、長く伸びてしまった。

「おい、おい、おーい！」

夕闇が一挙に押し寄せた。ジョゼフはまず、すっかり冷たくなってしまっている死人に出会った。丸パンと、泥のなかの肉の上にその死体は横たわっていた。彼はそっと呼びかけた。

「おーい、おーい！」

ジョゼフはその死体に触れた。それはたしかにあの男だった。

男はもう動かなかった。呼吸もしていなかった。まるで土のようだった。彼から大量に流れ出てくる血で衣服の布が音をたてているのが聞こえるだけだった。


オリヴィエは叫んでいた。

彼は草と火のなかを走っていた。銃は失くしてしまっていた。彼は長い叫び声をあげて呼びかけていた。それは口を丸く大きく開いて発しられる、つねに同じ叫び声だった。

大地を爆発させたこの大槌による数回の強烈な衝撃、この煙、この閃光、彼の周囲にあるものすべてを引き裂いたこの熱い爪、砲弾の衝撃により丸い塊になったこの大気。彼はその大気を腹で受け止めた。だが鉄の砲弾に対してはどうすればいいのだろうか？

周囲には誰もいなかった。そこにいるのはひとりオリヴィエだけであった。煙のあいだから、穴と輝く水を満載している砂漠の長大な広がりが時どき見えていた。さらに、向こうの方には、樹木が枝を空に向けて突き上げていた。

どこからか伸びてきた手が、彼のくるぶしを締め付けた。彼は倒れた。「ちくしょう」という声がした。

手を出した男は穴のなかにいた。穴の縁が外の世界を見えなくしていた。彼は土のなかにいた。男はオリヴィエをじっと見つめた。それは伍長のショーヴァンだった。

「おい！　お前はなぜ走るんだ？」彼は言った。「しくじったということが分からないのか？」

「何だって？　しくじったって？」オリヴィエは言った。

ショーヴァンの目を見たり、彼の乾いた小さな声を聞いたりしていると、オリヴィエは内部から力強い熱気を取り戻してきた。

「攻撃だよ。俺たちは二十メートル離れたところにいるんだぞ。それに向こうはみんな機関銃を持っている。ここにいるんだ！　そこじゃない、この縁のところだ。そして、身体を小さくしていろ」

オリヴィエは二度深呼吸をした。

「はじめてなのか？」ショーヴァンは訊ねた。

「そうです」オリヴィエは言った。

「ここでじっとしているんだ……」こう言ったあと、ショーヴァンは自分に向かって言った。「ちくしょう！」

「俺たちは夕闇を待っている」しばらくしてから、ショーヴァンは言った。「俺たちは今どれぐらいいるのだろうか？　七人か八人だ」

「ルゴタスは？」オリヴィエは訊ねた。

「俺には分からないよ……。スコップを持っているかい？」

「持っている」

「ここを掘ってくれ。土は下に捨てろ。あまり強くやってはいけない。見られないようにするんだ」

オリヴィエはスコップを土に突き刺し、それを引きあげ、左の肘の下の方に土を捨てた。スコップの刃が立ち往生してしまうことがたびたびあり、彼が押しこんでも効果がなかった。刃は土のなかに入っていかなかった。そこで彼は手の爪で掘った。そこは地面のなかのベルトのようなところで、まるで眠っている蛇のようだった。彼はそのベルトを引っ張った。そして掘り進んだ。彼はショーヴァンをちらっと盗み見た。ショーヴァンもまた土を掘り返していた。まるで獣の上にまたがるように、彼も大地の上にうずくまり、道具を大きく動かして大地の腹を抉っていた。彼の丸い首はまっ赤になっており、彼の大きな筋肉は機械の筋肉のように規則的に動いていた。歯を噛みしめてぶつぶつ言っていた。

穴の上を機関銃の弾が通過していく音が聞こえていた。鉄の弾は穴の周囲のあたり一面を爪でひっかきまわしていた。機関銃が大きな脚で発するかちっという音や、機関銃が揺れるときの砲身の振動が聞こえると、砲弾は鳥のように飛び出し、金属製の身体で地面をひっかいた。その爪でひっかかれた大地は煙をもうもうとあげるのだった。

上空では、灰色の空に裂け目ができた。青空が少し見えてきた。それは膿が詰まっているようなきたない青空だった。しかし、金色の太陽光線のしずくが降り注いできた。

ショーヴァンは空を見上げた。

「ちくしょう!」彼は言った。

彼はふたたび穴を掘りはじめた。頭をあまりにも下げていたので、口髭が泥まみれになっていた。

「君の背嚢は?」ショーヴァンは訊ねた。

オリヴィエは、穴のなかで背を丸くして、ベルトと装具と土にまみれたシーツを両手をいっぱいに使って押しのけていた。シロップのように甘い腐敗の匂いが、穴から流れ出てきた。

「君の背嚢のことだが?」ショーヴァンは叫んだ。

「何だって?」

ショーヴァンはヘルメットの庇《ひさし》がオリヴィエの庇に触れそうになるまで接近した。

「君の背嚢には何があるんだ？　何か食べるものが入っていないかい？」彼は言った。

「食べものだって？」オリヴィエは驚いた。

彼は両手で必死になって掘っていた穴の方を素早く見た。その穴から、強烈で濃厚な匂いが流れ出てきていた。

「そうだ、食べものだ」ショーヴァンは言った。

ショーヴァンは目の前にいた。彼は一センチたりとも顔を後退させなかった。そしてオリヴィエの目に不動の視線をじっと突き刺していた。彼がその視線を緩めることはなかった。


背嚢の奥底には、手投げ弾の下に、錆がついてしまってすっかり赤茶色になったパン切れが残っていた。オリヴィエはそれをショーヴァンに与えた。ショーヴァンはそれを二つに分けた。

「半分だ」パン切れをオリヴィエに差し出して彼はこう言った。すぐさま、彼は身体を低くして丸くなった。大きな砲弾が穴をかすめて通過したからである。

オリヴィエが掘っていたところでは、急にスコップがよく突き刺さるようになった。抜き取ると、スコップは黒い脂肪にまみれており、ピッチのようにねばねばしていた。

オリヴィエはもうそれ以上は掘ろうとしなかった。

その穴の前でひざまずいて、彼はパンを念入りに噛みしめた。誰かが後ろにいるような気配を彼は感じた。誰かが彼を見つめていた。彼は振り向いた。穴の向こう側の縁に男がひとり横たわっていたが、その顔はまっ黒だった。彼の脳髄が、頭の隅に開いている大きな傷から流れ出ていた。彼の目はもう焦点が合っていなかった。視線を投げかけているのは、その脳の丸くて白い小さな塊だった。その塊は黒い目にこびりついていた。その腐った目には、泥がいっぱい詰まっていた。


マランは〈労働者協会〉のドアを押し開いた。

「ドアを閉めてくれ、フィルマン」叫び声が聞こえた。「ドアを閉めてくれ。えらく寒いんだ」

彼らは全員大きなストーブを取りかこんで膝や腿を暖めながら、長いパイプで煙草を吸っていた。

「それじゃあ、みんなは、小さなアーモンド[アーモンドは寒さに弱い]のように、この寒さを恐れているんだな」マランは言った。

しかし彼は椅子をみんなの集いに近づけて、こう言った。

「何とか俺にも少しあけてくれよ。俺も煙草が吸えるように」

彼は陶器のパイプを取り出した。それは吸い口から火皿にいたるまでまっ白だった。

「それは新しいものかい？」パンクラスが訊ねた。

「ちょうど買ったばかりだ」マランは言った。

「穏やかに煙っていくにちがいない」パンクラスは言った。

「穏やかに、そして休み休みだよ。熱いままこれを大理石のテーブルの上に置くとまずいんだ」

マランはこう言った。

そして彼は豚の膀胱でできた大きな煙草入れを取り出した。


オリヴィエは両手を首に当てて叫んだ。

「俺だ、俺だよ!」

彼のヘルメットが飛ばされてしまったのだ。

砲弾は、空全体がぐわーんと音がして、予告もなく彼らのところに届いた。大地はまだ動転していた。

今ではごろごろという唸りがこもっている静けさがあたり一帯を包んでいた。それは耳の静けさであった。というのも、周囲では、大地は濃密な噴出を止めどもなく吹き上げていたのだった。オリヴィエは自分の声が、自分が発しているのではなく誰か他の人間が言っているかのように、自分の外から聞こえてきた。

「俺だ、俺だよ!」

最後に、重々しくて長い嘆きの声も彼には聞こえてきた。それは空《から》になる瞬間に貯水槽から漏れ出る物音のようだった。彼は自分の腕の下からその向こうを見つめた。

粉砕されてしまったショーヴァンは、穴の奥に、腹のところで折れ曲がり仰向きに倒れていた。彼は青い空の一角を見つめていた。彼の目は石のように表情がなかった。彼は両手を使って、まるで漆喰のなかを歩くように、腹が開いてしまった状態で難儀して歩いていた。

両手の拳は風車のようにまわっていた。内臓が手首をつなぎとめていた。彼は叫ぶのをやめた。彼は自分の内臓がからまってしまい身動きできなくなってしまったのだ。腕を硬直させて、彼は内臓を腹のなかから外に引き出した。

オリヴィエは首から手を挙げた。彼は自分の手を見つめた。血はついていなかった。

「ちがう。俺じゃない」彼は言った。

しかし、彼は内部から吐きたいという強い欲求がこみあげてくるのを感じた。その欲求は上にこみあげてきて、頬をふくらませ、唇を押しやり、口を開かせ、ひとりになってしまった男の叫び声をあげた。この動きは繰り返された。

「ヴェルダンの方向だ」とマランは言った。

「そうだ」〈イリュストラシオン〉紙の光沢のある頁を手のひらで叩きながら、クレリスタンはこう言った。「信じるためには見る必要がある。また、この写真を見てみよう。これらの写真を並べてみよう。むずかしいことじゃない。ロージ親父を見てみろよ。捩れた鼻でも、奴の手にかかるとまっすぐの鼻にしてくれる。奴がビュルルを写真にとれば、男前の男に仕上げてしまうだろう」

ビュルルは口からパイプを抜き取った。

「サン・ラーブルは自分の犬を馬鹿にしている」と彼は言った。

「俺たちは、一八七〇年には……」フィルマンが話しはじめた。

「だけど、何をしても無駄だよ」まだ新聞を見ているクレリスタンが言った。「死人だよ。死人ばかりだ。ドイツ人たちのせいだ。子供が奴らは大砲を持っていると言っていた。その子はパリのモン＝ヴァレリアンに住んでおり、事情を知っているんだ。

『そこを行くのは誰だ！』森の片隅でその子は叫ぶ」フィルマンは話を続ける。「『ちくしょう』それに対して俺はこう言う。そうすると、その子はじっとしていた」こう言うと、老フィルマンは、口を開き、目を丸くしたまま、しばらくのあいだ動かなかった。そして、彼は笑いはじめた。

「ヴェルダンの方では」とマランは言う。「どうなっているかあんたには想像もできないだろうよ。セメントで防備を施した要塞があちこちにあり、そのなかには何でも揃っているんだ！　台所や、読むための本や、食堂や、その他何から何まで整備されている……」

「それじゃあ、奴らをどこで殺せばいいんだい？」ビュルルは言う。

「何だって？」マランは言う。「何のことだ？　いったい、誰のことだ？」

「そう」パイプを動かしながら、ビュルルは言う。「そう、それはどこなんだい？」

「誰のことかと俺は訊ねているんだよ」マランは言う。

「男たちだよ！　俺の方こそ訊ねているのさ」ビュルルは言う。「どこで奴らを殺すのかね？」

こう言って彼はまわりにいる者を、ひとりずつしっかりと見ていった。マラン、クレリスタン、パンクラス。みんなパイプを吸っており、生気のない彼らの目は、外に広がっている凍りつくほど寒くて青い空を反射していた。


「……大尉のところに」おぼろげに見える人影が言った。

「奴は何を望んでいるんだろうか？」頭を持ち上げずに、ジョゼフは訊ねた。

彼は街道の土手に坐って、チーズの大きな塊を咀嚼していた。

「いったい、あいつは何を望んでいるんだろう。俺はすべて説明したはずだが……」

「奴はあんたが行くべきだと言っている。『あいつはどこにいる？』奴はこう言ったんだ……。『あいつに、ここに来るように言ってくれ。奴の場所はここなんだから……』」

「それじゃあ、あいつの妹の居場所はどこにあるんだい？」とジョゼフは言う。だが、彼は立ち上がった……。「ところで、君はいったいどこにいるんだ？」

「俺はここだ」自転車乗りの男は言った。「車輪があるから、注意してくれ」

足の下にある泥はまるで夜の澱のようだったが、ジョゼフはその泥のなかから足を引き抜いた。休憩している同行者たちに沿って、彼は歩きはじめた。彼が持ち運んでいる袋のなかには、あの疲労、あの夜、あの泥、あの空腹、火でできたヘルメットで彼の頭蓋骨の全体を覆っているあの睡眠、こうしたものがいっぱい詰まっていた。それに彼は疲れていた。昨晩、彼はあの上の方まであがっていった。何か美しいものを見ようとしてあがっていったわけではなかった。そうしたことすべてが、彼の頭のなかに、脚のなかに、さらに心のなかに、たっぷりと詰めこまれている。だから、もう一度そうしたことにまっすぐ向きなおり、すべてを充分に把握した上でその方向に歩いていくには、厳しいものがある。

「すべてを充分に把握した上で……」彼は言う。「あの上まであがっていくことを了解することだ！」

中隊の兵士たちは、闇のなかで、街道の縁に沿って休んでいた。物音はほとんど何もなかった。ときおり、誰かが咳払いするのが聞こえた。あるいは袋に入った飯盒《はんごう》が銃床に当たって音をたてたりした。

ついで、沈黙がふたたび戻ってきた。しかし、それは草の音が混じっているような美しい沈黙ではなく、濃密で重々しい沈黙だった。それは覆いの下の沈黙だった。その空気は、淀んだ水に飲みこまれて溺れている大地と、世界の洗濯物を湿らせているような印象を与える陰鬱な雲とのあいだで、圧迫されていた。その夜の闇のなかでは、雲は見えなかった。しかし雲の存在は感じられた。雲が通過し、捩れる音が聞こえてきた。肩や心臓の上に雲の重量を感じることができたのである。

「あれは何だろう？」

「連絡係だろう」ジョゼフは言った。

「どこに行くんですか?」

「大尉のところだ」

「確認に行ったのはあなたですか?」

それはまるで少女の声のように明るく小さな声だった。そのような声を聞くと、私たちは朝や太陽に関わるさまざまなことや、雄鶏の鳴き声などを想像してしまうものだ。

「そうです、見習い士官さん」

「あなたでしたか?」

「そうです、私です」

「それで?」背の低い男が低い声で訊ねた。

「静かな状態ではありません」

大尉が茂みのなかでぶつぶつ言っているのが聞こえてきた。

「これは俺のベルトだ」彼は言った。「うしろのベルトだと言っているんだよ。あんなところにひっかかっている。引っ張らないでくださいよ、ルヴェルションさん。もう少しよく見ていてくださいよ」

「連絡係だよ」ジョゼフは言った。

「ああ、連絡係だな」と大尉は言う。誰かがベルトをはずしてやったようだ。「そう、大丈夫だ。

ありがとう、ルヴェルション！　ところで、君は何をしていたんだね？」

「私は食べていました、大尉殿」

「私は食べていましただって！　彼は食べていたんだ！　出発する前に食べる余裕はなかったのか？　ところで、君には俺のそばにいてもらいたいということは分かっているかい？　すぐそばに、俺の長靴のすぐ脇にいてくれ。聞こえているのか？　ところで、俺たちは今どこにいるんだ？」

「ここですか……、大尉殿、風車小屋の近くにいるにちがいありません」

「何だって？　ちがいないだって。何だって、近くにいるだって？　そうかそうでないか、君は見にいったのかい？　誰が俺をここに連れてきたのだ……？　俺たちがどこにいるか君は知っているのかい？　知っているのか、それとも知らないのか？」

「大尉殿、風車小屋の近くにいるにちがいありません。登ってくる途中、ポン＝ルージュを通ってきました。それが道筋なんです。つい先ほど四つ角で左に曲がりましたよ。私が知らない地域でした。そして夕闇が押し寄せてきたのです……」

大尉は息をついて、立ち上がった。

「分かった」大尉は言った。「分かったよ、みんな。ごらんの通りだ。『私が知らない地域でした』そういうことなんだ！『そして夕闇が押し寄せてきたのです』これが返答なんだ。これが連絡係なんだよ。俺の地図を持っているかな？」

「探しに行ってきました、大尉殿」

「ああ、なるほど、そうだ。結構！　ルベルション、下にいる小隊では眠りこんでいないか見てきてくれないかな。俺は彼らに眠っていてほしくない。また、見習い士官にここに来るよう言ってほしい。君たちはあそこにいればよい。士官は除いて。あいつはいつも男たちにつきまとっている、あの小男は。奴に言っておいてくれ。

それじゃ、君、ちょっとここに来てくれ」彼はジョゼフに言う。「俺たちが今どこにいるのか、言えないのか？　結構だ。しかし、その地方を君は見たことがあるんだな？　知っているわけだな？」

「はい、大尉殿、私はあの地方を知っております」ジョゼフは言った。

「それで？」

「美しい地方ではありません」

「美しくないというのは、どういうことだい？」

「私が確認してきたからです、大尉殿」ジョゼフは言う。「ヴレニのすぐあとから狭い小道になります。そこは何とかいいんです。十三号線の下を通過します。ついでトンネルがあります。そこを越えると、昼も夜も砲弾が飛んできます。あちこち穴だらけです。その上を通り抜けていく必要があります」

「通り抜けることにしよう」

「このあたりまで道は泥だらけです」

彼は自分の膝に触れる。

「このあたりまでとは、どこまでなんだ？」夜の闇のなかで見えない大尉は訊ねる。

「膝までです」

「泥のなかを通過していくことにしよう。それで、美しくないのはどこだい？」

「そのあとには、大尉殿、運河があります。架け橋があります。機関銃はそこを狙い打ちしてきます。いい目標なんです」

「そのあとは？」

「最初の区間は右側に進んでいくと、林に到達します。そのあとは、今度は左側に向かって同じような具合に進んでいくと標高百二十メートル地点にたどり着きます。塹壕はありません」

「なんだって、塹壕がないのかい？」

「なにしろ泥ばかりです」

「それでは、避難場所は？」

「避難場所もありません、大尉殿。泥のなかなので、うまくいかないんです」

「避難場所がひとつもないのかい、ひとつくらいはあるんじゃないか？」

「ひとつもありません」

「君がそこに着いたとき、向こうの大尉はどこにいたんだい？　どこにいた？　どこかの避難所じゃなかったのか？」

「大尉は穴のなかで、銃を構えて横たわっていました。彼に向って『おーい！　君の大尉はどこにいるんだい？』と私は訊ねたものです。『大尉は俺だよ！』と彼は答えました」

ルヴェルション中尉と見習い士官がやってくる足音が街道から聞こえてきた。

ジョゼフは咳払いをした。

「架け橋がどうしたんだい？」

「架け橋では、大尉殿……」

「架け橋では、大尉殿、注意する必要があります。向こうは機関銃で狙いをつけています。それに破壊力のある弾を装填した銃をもっていて、いつでも発砲してくるんです。向こうの大尉が私にこう言っていました。『奴らは夜となく昼となく見張っている。少しでも音がすると、投光器で探し、まるでハムを狙うようにして発砲してくる。この前の夜は、数匹のネズミが架け橋を走って渡ったところ、一時間以上奴らはネズミに発砲していたらしいよ』」

「これが地図です」中尉は到着するとこう言った。「見習い士官がこの地図を持っていました。あなたが出発前に彼に預けられた地図です」

「大尉殿、あなたは『必要になったら、必要だと言うから』と私におっしゃいました」見習い士官は言った。

「ああ！　分かった。君たちはあそこにいるんだな。辛いことはないかな。よし、地図は受け取った。出発することにしよう。待ってくれ。あの地域のことを調べたところだよ。大丈夫だ、完璧だよ。架け橋があるんだ」

「運河にですか?」

「そう、運河にある。それでは、みんな、自分の部署についてくれ。笛で合図しよう」

彼は笛を吹いた。

物音はおさまった。中隊は街道で隊列を組んだ。

「灯火をつけてもいいかな?」

「大丈夫だ。丘の陰になっているから」ジョゼフは言った。

大尉は自分の電動ランプを灯し、光線で兵士たちを照らしていった。

隊列の端まで、ヘルメットの下で兵士たちの目が光っているのが見えた。羊たちの群れの前に角灯を照らすと、まるで石ころのような羊の目が輝くときのようだった。


「こういう歌を歌っていたんだ」マランは言った。

彼は咳払いをし、ストーブの灰のなかに唾を吐いた。

　俺がツバメなら、
サン＝テレーヌ島まで

飛んでいって、
休みたいなあ。

「言っておくが、人生を台無しにしているよ」歯をくいしばってビュルルがつぶやいた。「人生を台無しにしているよ。君たちはそんなところでパイプをふかしている。そんなところで……。俺は自分が、足が堆肥まみれになり、葡萄の房の上を歩いている人間になってしまったような気持になるよ。君たちはそういう気持にさせるんだよ」

「あんたは分析が得意なキリスト教徒だ。まさしくそうだよ」フィルマンは言う。「あんたとは話ができないよ。続けさまに大層な歌を歌ってみせたり、続けさまに壁を響かせるばかりの大声を出したりするんだから。だから、あんたが好きなのは……」

「そうじゃないさ。俺は好きなものなんか何もないよ。何もないんだ」ビュルルは言った。

彼は手をゆっくり動かして膝をなでていた。そして彼は、太い眉の下の目を上げ、フィルマンをじっと見つめた。

「君が言おうとしていることはよく分かっている。だけど、俺が考えているのは、どんなものでも、いいかいどんなものでもだぞ、日々の楽しみを味わっている人生、つまり働き者が自分の手を使って幸福や平穏な暮らしをかき集めることができる人間の生涯、そうしたものに値するようなものは何もないということだ」

彼はパイプを握っている左手を空中に挙げた。そうすると、パイプの長い管が、その端についている一筋の唾とともに、震えていた。

「自分の人生を組み立てていくことだよ。そうすると人生がしだいに高くなってくるのが感じられる。さらに、周囲からみんなが俺たちの人生を頼りにしてくれているということが感じられるんだ。君にも分かるだろうが、大事なのはこのことだけだよ……」

「君には息子がいないんだろう」マランは言った。「君には誰もいない。それなのに、君はいったい何を歌おうというんだね？」

ビュルルはマランの方に向き直ったが、彼はパイプの軸をずっとフィルマンの方に向け、フィルマンを目がけて動かしていた。それはまるで「俺がマランに言っていることは、君にも言っていることになる。つまり全員に言っているんだよ」とでも言っているようだった。

「そう、俺には息子はいない。俺には誰もいないんだ。たしかに俺は一人で暮らしている、その通りだ！」

彼は固く噛みあわせていた歯をゆるめ、大きく口を開けてじつに静かに話していた。

「それでは、君たちの戦争が俺にどんなことを言わせるか、君は知っているだろうか？　戦争は『それは結構だな！』と俺に言わせるようになってきている。俺がベリーヌとのあいだに子供を作ろうとしたのか、あるいは、見知らぬ村を通りかかるとき、俺が知らない人たちの子供をこっそり抱きしめるほどまでも子供を持ちたいと思っているのか、実際のところは誰にも分からないことだ。

そして今では、俺は『それは結構だな！』などと言う。ああ！　君たちは自分の子供を、腹を満腹させてやって、ストーブの周りの暖かいところに坐らせてしっかりと守っている。そう、俺に子供はないが、分かっているんだ。俺は家のなかで暮らしたことはない。木の枝で作られた小屋のなかで暮らしてきた。自分の足を休めたことはなく、羊たちの前や、羊たちにまじって歩いてきた。これまでずっと羊たちとともに暮らしてきたので、君たちが見ているよりもずっと濃厚な人生を見てきたはずだ。広い生活、力強い生活を見てきたことになる。俺の足もとから空の星にいたるまで、まさしく完璧な生活を目撃してきた。君たちは今自分が何をしているのか分かっているかい？　君は分かっているか、マラン？　三人の息子を持ち、食事をし、食べ続け眠り続ける君に俺はこう言っているんだよ。堆肥がいっぱいの靴で、君は息子たちの上を歩いている。君は息子たちの頭の上や、口の上や、目の上を歩いているんだよ。そうだよ、マラン。ストーブのそばに坐り、身体を暖めながら、新しいパイプで煙草を吸っている君が、そうしているんだよ！」

彼は立ち上がった。そして膝で椅子を押した。

「俺には耐えられない……」と彼は言った。

彼はパイプの吸いかすをゆっくり取り除いた。そうしているあいだ、彼はそこにいる者たちをひとりずつ見つめていった。彼らの方は視線をそれぞれその周辺の物体の上に注いでいた。ストーブの蓋や、小型ガラス瓶や、壁に吊り下げられているビルル[アペリチフ用の甘口ワインの商標]のポスターなどに。ビュルルの視線を受けとめる者は誰もいなかった。

彼は戸口までゆっくりと歩き、そして出ていった。

「止まれ、立ち止まるんだ！」

運河を渡り切った者はすべて、機関銃の弾丸を避けるために、投光器の光が飛び散るなかを背を丸めて走っていた。彼らは地面のなかに消えていった。

何の音も伴わずに歩いている丸い光だけしか残っていなかった。その光は泥と死体を照らし出していた。

「立ち止まれ！　立ち止まるんだ！」ジョゼフは低い声でそっと言った。地面のなかから。

彼は運河の土手にもたれて横たわっていた。そこは投光器の光線が届くことのない暗くて美しいくぼ地だった。

「立ち止まるんだ！　立ち止まってくれ……。声が聞こえないのか？　叫んでも、向こうの架け橋までは聞こえないんだ！」

彼は叫ぶ。足が水を叩く音が聞こえてくる……。

ジョゼフは、頭を持ち上げずに、肩越しに向こうを見る。架け橋の板にまだ両手でぶら下がっている者がひとりいる。彼は橋の上によじ登ろうとしているが、背負っている背嚢が邪魔になっている。彼が投光器で照らされているのが見える。架け橋は死者でいっぱいである。その重みで橋がたわんでいる。

「ヴェロン！　ヴェロン！」

向こうで呼びかけているのはクッシュポだ。両手でぶら下がっているのはクッシュポだった。彼はヴェロンを呼んでいる。そのヴェロンは、いったいどこにいるのだろうか？　死者たちのなかに混じっているのだろうか？　それとも、向こうでその声を聞きながらも、耳に土が詰まっているのだろうか？

「分かった。俺が行く」ジョゼフは言う。

彼は大きな肩を持ち上げた。すぐさま、投光器の光の塊が、彼の身体に張り付いた。そのまわりに弾丸の群れが集中し、夜の闇が歌った。彼は身を伏せ、身体を縮めた。もう動けなかった。

「ヴェロン、早く、早くたのむよ！」

機関銃は架け橋の木材と死者の肉体をかみ砕いている。

「早く、早く！……」

「ちくしょう、ちくしょう！」ジョゼフはつぶやく。

「早く！……」

そして今では、機関銃は熱くて命のある何ものかを食べている。柔らかい肉のなかで機関銃は唸り声をあげている。

「ああ！　ヴェロン！……」

人間の重量に押しつぶされた水面が開く。解放された架け橋は上下に揺れて小さな呻き声をたてる。

毎日のように夜明けになると、自然に生じてくる靄を大地が吸い取る時間帯に、休戦状態が訪れる。死者たちのヘルメットにおりた朝露が、光っている。軽快で緑色の夜明けの風が、まっすぐ向こうに向かって吹きぬけていく。水のなかの生き物たちが、砲弾があけた穴の底でぎこちなく動いている。目の赤いネズミたちが、塹壕に沿って、ゆっくり歩いている。その場所では、ネズミとミミズを除くすべての動物の生命が剥奪されてしまった。樹木も草も大きな畝も、もう見られない。そして丘は、丸裸の石灰の骨になりはててしまった。あたり一面は、それでもやはり、朝靄の水蒸気がうっすらと立ち上がっている。

かちかちという小さな電気的な音を立てながら沈黙が通り過ぎていくのが聞こえている。死者たちは顔を泥のなかにうつ伏せにしていたり、あるいは穴の外に出ているときには、両手を穴の縁に置き、頭を腕の上に伏せて平静な表情を見せたりしている。ネズミたちがその匂いを嗅ぎにやってくる。ネズミたちは死者から死者へと飛びまわっている。ネズミたちは、まず頬に髯の生えていない若い死者を選んだ。彼らは頬の匂いを嗅ぎ、身体を丸くして、鼻と口のあいだの肉を食べはじめ、ついで唇の端を、さらに頬の緑色のふくらみを食べていった。ときおり彼らは手を口髭に通して、身ぎれいにした。目に関しては、ネズミたちは爪で小刻みに目を引っ掻きだし、瞼の穴のなかをなめまわし、ついで眼球を、まるで小さな卵のように、かじった。ネズミたちは、汁を啜りながら、口を横向けて、その眼球をゆっくり咀嚼していた。

夜明けの雰囲気がまだ一掃されてしまわないうちに、鴉たちが大きな翼を静かに羽ばたいてやってきた。鴉たちは道端に転がっている大きな馬を探していた。フウチョウボクの花のように腹が破裂しているそうした馬たちのかたわらには、ひっくり返った車や大砲と混じって、くず鉄や補給物資のパンや肉などが散乱していた。肉はまだうす布の包みでくるまれており、バゲットは大砲の火薬で黄色く染まっていた。

黒い翼を羽ばたいて鴉たちは、小さな内臓が集まっているところを目指して立ち去っていった。そこにたどり着くためには、街道を横切っていく必要があった。そこには、ありとあらゆる夜間の雑役についていた男たちがそのまま放り出されていた。彼らは横たわっていた。バケツに入っていたスープは彼らの脚のあいだにぶちまけられ、血とワインに混じり合ってまるでモルタルのようになっていた。彼らが持ち運んでいたパンは、鉄の破片や弾丸によって粉砕されていた。そのパンは人間の汁を吸いこみ、湿って赤く膨れあがっていた。小麦の刈り入れの時期になると、腹の足しにするために、ワインにパンの端っこをつけて食べたりするが、ちょうどそのときのパンのようだった。鴉たちはパンを食べていたが、それと同時に、鴉たちは肢であちこち飛び跳ねながら爪を使ってパンを摘み取っていた。そうしているうちに、鴉たちは死者のヘルメットを自分の頭を使って押すようになった。それは死んで間もない死者であり、生温かく、いくらか青白いというようなこともあった。鴉はヘルメットを押した。死者の姿勢が思わしくなくて、死者が口を大きく開いて上を噛んでいるようなときには、口髭と胸毛という毛の生えている部分を分割している首のあの部分がむき出しになっていない限り、鴉は髪の毛や髭を引っぱった。首の部分は柔らかくてじつに新鮮なところであり、赤い血の小さな玉がそこにかたまっていた。鴉たちはすぐさまそこをついばみ、皮を引きちぎりはじめた。そして鴉たちは、雌の鴉たちを呼び寄せるために叫び声をあげたりしながら、ゆっくりと食べていた。

死者たちは動いていた。腐った肉の溝のなかで、筋が緊張していた。夜明けの薄明のなかに腕がひとつゆっくりと持ち上げられていた。肉付きのいい黒い手を空に向けて直立させ、その腕はじっと静止していた。あまりにも膨れあがった腹はついに破裂してしまい、男は地面の上で身体を捩っていた。紐のすべてが緩んでしまったために、身体は震えていた。その男は少しばかりの生命を取り戻していた。彼は生前に歩いているときにやっていたように肩を波打たせていたのだった。他の男たちと混じっていても、彼の奥さんはその歩き方で彼だということを判断できたのである。そうすると、ネズミたちは彼から立ち去っていった。しかしながら、彼の肩を波打たせていたのは彼の精神に生命が宿っていたからではなくて、死体の仕組みでそうなっているにすぎなかった。だから、しばらくすると、彼はふたたび泥のなかに倒れてしまい、動かなくなった。そうすると、ネズミたちがふたたび戻ってきた。

大地でさえ、堆肥ができる広大な放牧地とともに、いくらか活動的に身振りをしはじめた。今にも沸騰しはじめようとするミルクのように、大地は鼓動していた。肉と血で存分に肥沃になった世界は、力強く喘いでいた。大混乱の大きな波がいくつもあるなかで、精彩あふれる波がひとつ膨れあがった。そして、まるでパンの皮のように、膿瘍《のうよう》が破裂した。そうした動きは、あまりにも多くの人間が埋められているポケットのようなところからはじまってきた。肉体やシーツや革や血や骨などの練り粉が盛り上がってきた。腐敗する力が、皮を破裂させたのである。母親の鴉たちは、緑色で青くもあるシーツの巣のなかを不安そうに嘴でつついていたし、ネズミたちは、男の髪の毛や髭で暖かくなった穴のなかで耳をそば立てていた。よく太った白いミミズの大きな塊が、地崩れしている斜面を動きまわっていた。

朝の太陽が現れるのと同時に、砂漠のような土地の向こうの方から、大きな荷車が移動しているにぶい音が聞こえてきた。それは丘のあいだのくぼ地のなかにひたひたと押し寄せてくる、男たちや、戦車や、大砲や、トラックや、荷車などの大きな流れであった。肉の大きな積み荷、それは大地の糧である。

しかし朝の太陽は、昇ってくる前に、長いあいだ愚図ついていた。まず切り裂かれた地平線から帯状の光が飛び出し、ついで蒼白な炎が雲のあいだを滑り、折れ曲がっている塹壕のなかに水のように流れこんできた。それがすべてだった。それは空と大地の広大な空間のなかに溶けこんできて、古くなった灰色の麦藁のような色を見せたまま、そこにとどまっていた。それが戦場の夜明けであった。

爺ちゃんは道の端まで進みでて、登ってくる男を見つめていた。

フィーヌ［デルフィーヌ］母さんはエプロンを絞っていた。

「見えるかい、あいつだよ」爺ちゃんは言った。

彼は両手の拳を握りしめていた。

登ってくる男はゆっくり歩いていた。泥道を避けるために、草のなかの回り道をたどっていた。彼の黄色い靴が輝いているのが見えていた。博労が身につけるような青い作業服を着ていたが、その作業服は、その下の上着のラシャや、こぎれいな襟や、美しいネクタイなどが見えるように開いていた。憲兵が二人、彼のあとにつき添っていた。

「やあ、みんな！」十メートルのところまでやってくると、彼は言った。爺ちゃんは何も言わずに彼が接近するのを待っていた。

「やあ！」爺ちゃんは答えた。その声は大きくなく、好意的でもなかった。

男は靴を草にこすりつけて泥をぬぐった。

「ここまで登ってくると泥がついてしまった。この泥はどこから出てきているんだね？」

「涸れてしまった泉からだよ」爺ちゃんは言った。

「ああ！　泉は涸れてしまったんだ」男は言った。

爺ちゃんは年老いた頑丈な身体で道を遮断していた。そうして、爺ちゃんはその男と二人の憲兵を丘の縁に押しとどめていた。そこにはまだ家はなかった。

爺ちゃんはしっかり立っていた。彼は両脇で土のついた拳を握りしめていた。

男は作業服の開口部から手を入れ、時計と書類を取り出した。彼は時刻を見た。紙を振って、爺ちゃんに差し出した。

「俺たちがやって来たのは、羊たちのためだ」彼は言った。

爺ちゃんは身体の両脇で拳を握りしめていた。

「ここに羊はいないぜ」

男はその書類を唇に交差させ、憲兵たちと目を見合わせ、口笛を軽く吹いた。

「見てみようじゃないか」

「すべてが見えているぜ」爺ちゃんは言った。

男は爺ちゃんに向かって二歩進んだ。ほぼ純粋の絹でできている美しいネクタイがよく見えていたが、その上には馬蹄形の大きなピンがとめられていた。爺ちゃんは両手の拳をそれぞれ腰に当て、両肘を張り出して、道の通行を遮断していた。

「父さん！」フィーヌ母さんは言った。

「俺に任せておくんだ。万事が見えている、と先ほど言ったばかりだよ」

「それはそうですが！」しかし、人差し指をあげて男は説明した。「それでもやはり、見てみたいものですよ。ここに書類がありますが、これは要請書ですよ」

「何の要請書だって？」

「雌羊ですよ」

「シャブランさん」憲兵のひとりが言う。「これは雌羊たちに対する要請書です。アラブ人たち［フランス軍のなかにいたアラブ人は羊肉が好きだと言われていた］を養うためです。食糧です。お分かりでしょうが？　あなたがどう言おうとも、あなたが六頭の雌羊を飼っているということは分かっていますよ」

「そのとおりだ」爺ちゃんは言った。さらに、こうも言った。「六頭の羊を持っている。飼っているんだよ。あんたたちのアラブ人のことなど知るもんか」

男は肩を動かして小さな仕草をした。うしろですっかり動転しているフィーヌ母さんと、唯一の障壁になっているこの老人とが男には見えていた。そして彼の方には二人の憲兵がついているのだった。

「さあ！　あがっていこう。この男が頑固だとしても、私たちが悪いわけではない」彼はこう言った。

そして彼は歩きはじめた。しかし彼の前には強く握りしめた爺ちゃんの拳があった。

「あんたは自分の責任をとるんだぜ」爺ちゃんは言う。「一歩でも前に進むと、俺はあんたの襟首をつかんで、振りまわしてやろう。あんたがどれほど威張っても、俺が手を振り下ろしさえすれば、向こう十年ばかり腰が抜けてしまうはずだ。用心するんだな！　お前たちのような男なら、いくら図体が大きくとも、俺の手にかかれば、筆のように軽いもんだ」

「父さん！」フィーヌ母さんが叫んだ。

「お前は、俺に任せておけばいい」爺ちゃんは言う。「これは男の問題だ。俺は言いたいことを言っている。大事なのはひとつだけだ。良い忠告をしよう。うしろを向いて、とっとと降りていくんだ。たったひとつの忠告だが、良い忠告だ。ここでは、他人に命令されたりする習慣はない」

「奴は狂っている」男は言う。「羊の代金は払うぜ」

「いやだね！」

「これは義務だよ」

「だめだ！」

「奴は分かっていない。これは義務だ、と俺は言っている。アラブ人たちのためなんだ。戦争のためなんだ。いいかい、戦争だよ」

「そう、分かったよ」親父は言う。「大声で叫んで風邪などひかないでくれよ。俺は分かっている。よく分かっている。分かりすぎている。つまり戦争だ！　俺はあんたにいやだと言う。いったんいやだと言ったら、だめなんだ！　まず男たち、そして小麦だ。それから羊や馬や山羊を出せとくる。つまりすべてということだ。すべてを供出する必要がある！　それに、何故あんたたちはいつも同じところにやって行くんだね？　何故あんたは今ここに来ているんだ？　あんたは丸々と太っているじゃないか。ここで何をしようというんだい？　おい！　憲兵さんたちよ！　この男はここに来て何をするつもりなんだろう？　向こうにこの男の居場所はないのだろうか？　今日も誰かひとりくらい殺されたはずだ。そうするとひとり分あくじゃないか。こんなことをいつまで続けられると思っているのかい？　息子、馬、小麦、そして今度は山羊だ。いいかい、俺たちの目は泣くためだけにあるとでも言うのかい？　俺たちの目は俺たちで必要なんだから、放っておいてほしいもんだ。だがしかし、こういうことは一体誰が命令しているんだね？　命令している狂人はいったいどこにいるんだい？」

男は一歩ずつ後退し、憲兵たちのところまで下がった。

「あれこれ言い合っている暇はない」男は言った。「いつでも同じことだ。いいのか、よくないのかだよ」

「よくないさ！」

「拒絶するんだな？」

「俺は拒絶する」

「私から便りが届くだろう」

「ありがとうよ」爺ちゃんは言った。「嬉しいことだ。だが、何度も書き送ってくるなよ」

彼らが踵をかえしたとき、怒りと困惑が詰まっている笑いが二、三回、爺ちゃんからはじき出た。

「帽子を出してくれ」農場に入りながら爺ちゃんは言った。そして続けた。「村長に会ってくる。心配はいらない。娘のフィーヌよ。あれが本当に要請書だったとしたら、書類を受け取っていただろう。太鼓を叩いて触れ回っていただろう。そして監視官がやって来ていただろうよ。そういうことは一切なかった。それに、うつむいていた二人の憲兵はいったいどういうことだろう。普通ではなかった、と俺は言っているんだよ。帽子を出してくれ。バチスタンに会ってくる」

その朝、美しい大気が漂っていた。黄金色に輝いている黄色い大気は、なかば熱く、なかば冷たかった。その大気は、神経質であるとともに軽快な身動きを見せたので、愛撫されるように感じられたが、くすぐられているようでもあった。

爺ちゃんは大きな帽子を目深にかぶり、視線を下げて歩いた。目を閉じて歩かねばならないほどだった。ごわごわした雑草が横暴に繁茂しているために道が狭くなってしまっていたからだが、その道は、しかしながら、まだ見えていた。荷車が通るその道は、白くて日焼けしているところはわずか糸ほどの幅しかなかった。その道を人間が通るということはほとんどなかった。肉付きのいい大きな毒ニンジンが轍を飲みつくし、道の明るかったはずのところまで覆っていた。中央をかろうじて蛇行している小径のような部分には、地面を食いつくしているサラダ菜が湿疹のように広がっていた。爺ちゃんはその上を釘を打った大きな靴で歩いていった。彼は草を強く踏み、草を踏みつぶし、靴の跡を残し、道を擁護していた。かつて人間たちが通行していたその道のすべては、今では雑草のものすごい勢いで消滅しつつあった。

ああ！　彼が帽子を持ち上げて、道の様子をうかがうために大地を見つめる必要はなかった。彼自身の身体が道を知っていたからである。思考と熟慮の力で彼には道が見えていた。草原には青年の顎鬚のような珍しい小麦が生えている。黄色くて貧血症のその小麦はここでは茂みになり、向こうではまばらである。この小麦は女の手で種をまかれたものである。子供の小麦だ。人間たちがいっさいの知恵と技能を喪失してしまって以来、雑草がのさばりかえっている。知恵のある人たちや健全な手の持ち主たちを死の向こうに大挙して追いやってしまって以来、こんな風になってしまっている。

大いなる氾濫だ！

赤くて広い畑のなかを円を描くように航行して、荒れ地を耕してくれる犂はもうなくなってしまった。シャベルも、鍬《くわ》も、鶴嘴《つるはし》も、馬鍬も消え失せてしまった。少しでも新たな土地を開墾するために、乾燥地帯のまんなかまで背負って運んでいった無輪犂ももう見当たらない。雑草が氾濫してしまっている。大地の恩恵は、ガマズミや、イバラや、ノブドウが吸収している。繁茂するノブドウは、百の指を具えている長くて弾力的な手でもってすべてを窒息させてしまっている。そこはまるで広大な円形劇場のようだった。そこに何とか手をつけようとする働き手はすべて作業に飽きてしまい、それでも抵抗しようとする者は腰を痛めてしまうのだった。

何ともはや、美しい祝祭だよ！

そしてすべてが氾濫していた。丘から、種子や根が奔流となって流れ落ちてくる音がかすかに聞こえてきた。ビャクシンの種子が草原のまんなかで破裂していた。繁茂した玉状のネナシカズラがウマゴヤシの畑で、まるでマダニのように、丸々と肥え太っていた。

「すべてを失ってしまう！　すべてを失ってしまうぞ！……」

残っているのは、太陽と、雨と、風と、大地だけだった。それらすべては自由だった。すべてが人間から解放されていた。それらは人間とは関わりがなかった昔の大いなる生活を謳歌しはじめていた。


村役場の前にある石のベンチに老婆が坐っていた。エプロンの下で両手を交差させている彼女は、慎み深い女性だった。

「ああ！　ミおばさん」爺ちゃんは言った。「こんな日陰でいったい何をしているんだい？」

「子供を待っているんですよ。あの上にいるんですが、調べられているところです」

「あの上って、どこなの？」

「もちろん、村役場ですよ。審査委員会にかかっているんです」

役場の大きな両開きのドアは開け放たれていた。廊下には大量の埃が漂っていた。

「ああ！　ミおばさん、あんたは屁理屈を並べているんですか。それとも冗談を言っているんですかね？」爺ちゃんは言った。

「冗談なんか言ってませんよ。まじめに議論しているんです」老婆は言った。「息子は審査委員会にかけられているんです。そこで、私はこう考えたのよ。とても興奮しやすい質《たち》なので、あの子に発作が起こるようなことを考えたら、私がここにいる方がよいだろうと。この前は小川に落ちこんでしまったのよ。ほとんど窒息死しそうだった。だから今日は、ここまで出かけてきて待っているのよ」

爺ちゃんは向こうの窓を見つめる。たしかに、カーテンはあがっており、窓ガラスは磨かれていた。その窓ガラス越しに、縁なし帽が艶やかに光るのが見えた。ついで作業服の白が、いくらか緑がかった蒼白な色が、さらに上半身裸になっている男の皮膚が見えた。

「アルベリック」廊下で守衛に出会った爺ちゃんはこう言った。「バチスタンにここまで出てくるように伝えてほしい。ほんの一言だけ言いたいんだ」

「なかに入ってください」アルベリックは言った。「しばらくお待ちください。審査委員会の仕事をしているところですから」

彼がドアを開くと、家畜小屋と汗の匂いが漂ってきた。なかに入ると彼らは衣服を脱いで、裸になって待っていた。向こうの部屋ではいくつかの名前が大声で呼ばれていた。そうすると、そのうちのひとりが履物を脱いだ足で、獣が歩くときのような物音をたてて歩いていた。彼が中に入っていくと、「体重を計るんだ」という声が聞こえた。天秤の竿の上で、分銅が軋んだ。

「五十キロ」という声が聞こえた。

爺ちゃんがそこにいる人物たちが誰なのか、見分けられるようになるにはしばらく時間が必要だった。いつもは衣服を身につけている彼らの姿を見ている。普段は上着とズボンの下に多くのものが隠されていたのだ。ヘルニアは腹に茸を作っているし、肩のまんなかは砕けており、胸は内側に傾いているし、脚は湾曲し、腕は折れ曲がり、頸部にはリンパ腺が膨れており、皮膚にはかさぶたがついている。尻が血で赤くなっているのは、公証人だ。彼は鼻眼鏡をつけている。何とか笑おうとした。

「それじゃ、あなたもどこか悪いところがあるんですかね、お爺さん？」

「そのうちがたがくるだろうよ」爺ちゃんは言った。

村長が入ってきた。彼の目は顔をはみ出てしまいそうで、膨れた首はセルロイド製のカラーからあふれ出ていた。村長は爺ちゃんを片隅に連れていった。

「分かっているよ、シャブラン」彼は言った。「あんたは羊のことでやって来たんだろう。これですでに三人めなんだ。何も差し出す必要はない。そんなことは決まっていないよ。アラブ人たちのために羊を買っているのは、マルセイユの男なんだ。しかし、奴の金で買っているのであって、国の金によるものではないんだ。だから、事態を早く進めるために、奴は要請書などという代物を考え出したんだよ。奴は憲兵たちに百スー与えている。そう、何も差し出すな。何も差し出す必要はないからな」

「前もって言ってくれていればよかったのだよ、バチスタン。奴は、俺から取り上げなかったとしても、他のところで何か徴収したにちがいないからな」

「こんなことまで言ってしまおうか」がっかりしたように両腕を下ろし、村長は言う。「私は自分がどうなっているのかもう分からないんだよ。頭が狂っている。ここにいるかと思えば、あそこに行っている。竈《かまど》にいたり、風車小屋にいたり、どこにでも現れ、何でもこなし、何でも考えているんだ。こんなことは私の仕事じゃない。もう自分がどこにいるのかさえ分からない始末だ。今日は、私の農地アン＝ショに行って、馬鍬をかける必要があるんだが、それなのに、ご覧のとおりこんなところにいる始末だ！」

爺ちゃんは裸の男たちを眺めていた。

「ところで、下でミエットに会ったよ。それで、彼女の息子の方はどうなった？」爺さんは言った。

「それで、俺たちは奴を採用したよ」

「奴は大地の病気［癲癇《てんかん》］にかかっているとあんたは言っていたじゃないか？」

「ああ！　たしかにそう言ったことはある。もうひとり別のライオンのような男がやってきて高圧的にしゃべりはじめたものだ。

『俺は命令を受けている、村長さん』奴はこう怒鳴った。

『俺は命令を受けているんだ。こうして点検をやっているのは、男たちを手に入れるためだ。体重はいくらある？　六十キロ……。結構だ！　こうして身長や体重を調べる。俺にはそんなことしか分からない。奴が倒れても、そのあとは何とかなることだろう。さあ！』

じゃあまた」村長は言った。

爺ちゃんは帽子を目深にかぶった。そしてため息をついた。

「どうしたんだい？」

「何も」爺ちゃんは言った。

彼はミおばさんの前を通りかかったが、彼女には話しかけなかった。彼女は相変わらず、エプロンの下で両手を交差させたまま、そこでおとなしくしていた。

それじゃあ、みんな徴兵されてしまう。あんな子まで！

そんなことをして、男たちの泉を涸らしてしまうつもりのようだ！……


兵士が、照明のついていない三等車の待合室から出てきた。彼は見張り番に近づいた。

「ルイ！」彼は話しかけた。

答える前に、その衛兵は、駅の監査員の事務室のなかを見た。なかにいる男はゆったりした服のボタンを上から下へとはずしてしまっていた。カラーまで取りはずしていた。彼はテーブルの端っこに上質のシャツで包まれている大きな腹を押しつけていた。紙ばさみの吸い取り紙に、赤と青の鉛筆で彼は丸花飾りの模様を念入りに描いていた。

「何ですか？」見張り番は言った。

「水筒はあるかい?」

「ベッドに吊り下げてあります」

「というのは」兵士は言った。「ギュスターヴの奴が、線路の向こうの円盤後部標識のあるあたりで、ボルドー・ワインの樽を見つけたんだ。銃剣で突き刺したところ、穴があいてしまったので、その穴を指で塞がねばならない。一メートルも吹き出る。桶や大皿はすべていっぱいになってしまった。あんたのその水筒にも詰めてやるよ」

がらんとした駅舎の建物のすべてが、夜の風に吹かれて、鉄製の翼の歌を歌っていた。その向こうの退避線の線路では、疲れきった長い列車が喘いでいた。貨車のなかでは、牛たちが、月の光に満ちあふれている自由な草原を思い、人間的な悲嘆のうめき声で訴えかけていた。

人間たちを載せているずんぐりした列車が、いくつかの大砲で毛羽立っている長い芋虫のようなプラットフォームに沿って音もたてずに眠っていた。

仲間の二人が円盤後部標識のレバーの近くで言い合っていた。

「開くんだ! 俺が言っているじゃないか」

「閉めるんだよ! 俺こそ言っているんだよ。五〇四号はちょうど時間通りなんだ」

「開くんだって!」

彼らは二人ともレバーの取っ手に手をかけていた。

駅の監査員は、そのとき、ペーパーナイフでテーブルの端を叩いていた。彼は口ずさんでいた。

ある時は頭を下げ、
またある時は頭を上げる。

足も頭もないが見事に描かれたまん丸の丸花飾りの模様の前でのことだった。彼は二リットル入りの水筒からワインを飲み、鷹揚な笑顔を見せて、電気ランプのフィラメントを見つめた。人間たちを載せている列車は長い汽笛を鳴らした。そして列車は出ていった。

その村を出るとすぐに、街道の穴を塞いでいる粗朶《そだ》の上を歩くことになった。そうすると、靴の周りからまっ赤な汁がしみ出た。水の流れは血だらけであった。犬たちの群れが、尻尾を下げ、険悪な表情で、濃厚な大気のなかで蛇行する死の匂いをたどっていた。

開放された納屋の暗闇のなかには、短い腕の白くて大きな物体が壁を背に十字架にかけられていた。それらはパンのような大きなどっしりした死体で、まるでパンのようにまんなかを切り裂かれていた。大きく開いたその裂け目は赤かった。

それは肉屋がある村だった。石でできた分厚い壁は、腹を割られた牛が脚を鉤に掛けてずらりと吊り下げられており、低い音をたてて軋んでいた。

男が手に桶を持って通りすぎた。彼は、内臓と凝固した血がなみなみと入っている桶を持ち、左腕と頭の全体で平衡をとっていた。そのうしろを歩いているもうひとりの男は、道いっぱいになって歩いていた。

「そんなに早く歩くな。お前は桶を持っているんだから」

死んだ牛から切り取られたばかりの血のついた大きな枝肉を、彼は簀子《すのこ》に載せて運んでいた。振り下ろされる槌がにぶく反響する音が中庭から聞こえていた。皮膚と毛を叩いているようだった。牛が倒れた。蹄が中庭の敷石を引っ掻いた。羊の腹を大きなふいごで膨らませている者がいた。その膨れた腹を鉄の棒で叩いていた。

「ドアを支えてくれ」簀子の男は言った。

その時、別の男が出てきた。彼は小さなナイフしか持っていなかった。それは小さかったが針のようにじつに鋭利なナイフだった。血がこびりついた手袋をつけている大きな拳の先で、そのナイフはきらめいていた。

「どれくらい?」彼は言った。人が通過できるように、彼は大きな背を壁に押し付けた。

「六十キロだ」と桶を持った男は言った。「それは除いてだよ」(血のなかにある屑肉を彼は指差した)

開いたドアから、中庭を照らしている日差しと、まさにその中庭にある肉切り台の上で肉切り包丁を振りおろして牛の頭を断ち切ろうとしている男の姿が見えた。脳髄の断片がこびりついている口髭を拭うために、彼はときおり動作を中断し、指を動かしていた。飛び散る肉の破片に襲いかかるために飛びまわっている鶏やアヒルのただなかで、彼は奮闘していた。

「ルゴタス！　ルゴタス！」オリヴィエはそっと呼びかけた。

地面にうつ伏せになっているその男には彼の声がもう聞こえないということが、オリヴィエには分かっていた。広げられたがっしりした肩、頑丈な上半身、足がねじ曲がってしまっている太い脚、こうしたものを目にしたので彼はつい呼びかけてしまったのであった。

顔を見ようとして、オリヴィエは男の背中を押そうとした。男は重すぎた。男は重いと同時に柔らかだった。オリヴィエは死人に沿って横たわった。その髪の毛を鷲づかみにして、その顔を持ち上げようと試みた。

もう顔というものがなくなっていた。口も、鼻も、頰も、視線もなかった。肉は押しつぶされ、白くて細かい骨がささくれだっていた。額だけがいくらか残っており、それが土のなかに吸収されていくところだった。

「ルゴタス！」

死者の手は小さな草の茎が混じっている土くれを握りしめていた。

ジョゼフは小径の坂を駆けあがっていた。彼は右腕を支えていた。大きく広げた左腕で、彼は右の肘に穿たれた穴を塞ごうとしていた。その骨と肉が雑然と重なり合っているところから、泉のように血が噴出し、その血は押さえている指のあいだから流れ出てきた。彼は何とかしてその穴を塞ぎたかったのだ。二、三歩走ったかと思うと、二、三歩あえぎながら歩いた。さらに彼は走りはじめた。どうしてもその穴を塞ぐことができなかった。左手で強く締め付けてみたが、血はその指の間からあふれ出てきた。身体のなかから血が出ていった。その穴から空気が彼の身体のなかに入ってくるので、彼の肉体はもう完全な状態ではなく、有害な空気を入れたまま閉ざされているなどと彼は思った。さらに、混乱のきわみにある大地や、火や、火薬や、血などというような外部の世界のすべてが、彼のなかに入ってくるようにも思われたのであった。こうしたことがもっと続くなら、もう少しすれば、彼は、ジョゼフはそういうものに混じりあってしまうだろう。彼の肉体は、砂糖が水のなかに溶けていくように、そういうものすべてのなかに融解してしまうであろう。

柳の木の皮に歯で噛みついている黒くなった死者が、相変わらず、運河の岸辺にうずくまっていた。

攻撃の準備の奔流のすべてを、空は上空で運んでいる。こちら側では、地上すれすれのところに、いくばくかの平穏がある。緑がかっている多少の陽光が、火薬と焼き焦げた骨の匂いを発している。

「運河、運河だ!」ジョゼフは呼びかけた。

運河は目の前にあり、大地のなかで平らだった。不動の運河は、腐敗の光を放っていた。

「そしてポプラ、ポプラ、ポプラだ！」ジョゼフは呼びかけた。

彼はポプラを見た。切株だけになってしまっているポプラを。それはポプラの木片だった。その木片には、赤十字の板が釘で打ちつけられていた。

土の入った袋をヘルメットで叩いて、彼は戸口を探した。

「ここだ」という声がした。

彼の外套の端を引っ張る者があった。軍医が振り向いた。

「こいつを支えてくれ、この男を」と彼は言った。

彼は軍服を着ておらず無帽だった。そしてシャツを肘の上までまくりあげていた。

彼は、手に鋸を構えて、目隠しされている男の上にかがんでいた。男は、苦痛と疲労と静けさのあまり、口を開けて大きな声でうなっていた。

「そこにいるんだ。待っていろ」衛生兵はジョゼフに言った。

「俺の腕が！……」ジョゼフは言った。

「分かっている。待つんだ」

軍医が呼びかけた。

「ファーブル！」

「はい！」

彼は血だらけの手を伍長の肩の上に置いた。

「この男は、奥へ」

彼は手首の時計を見て、髭の奥で大きなため息をついた。

口を大きく開けて呻いている男は向こうに連れていかれた。

「ファーブル！」

「はい！」

「しばらくしたら、君は下の奥に行くんだ」(彼は伍長の耳もとに身をかがめた。)「死人たちは外に出してくれ。死者たちを避難させておく必要はない。場所をあけておくんだ。さあ！」

「君の番だよ」彼はジョゼフにこう言った。


彼はその大きな包帯に触れた。もう自分の腕に見覚えがなかった。傷口をしっかり塞いでくれたんだろうか、少なくとも？　彼が、ジョゼフが空中に流れ出ていってしまった穴はしっかり塞がれたのだろうか？　しっかり確かめ、安心するために、彼はその穴を自分で見つめて、自分で塞ぎたかったであろう。だから彼は大きな包帯に手を触れた。しかし穴はその奥にあった。痛みがすでに始まっていた。背骨のなかを、焼けるような痛みが、さらに熱を持った氷のような冷気が蛇行していった。

そのなかからものすごく濃厚な匂いが漂ってきたので、その匂いはまるで泥のように喉のなかに満ちてきた。

ときおり、伍長はカーバイド・ランプを揺り動かしに行った。そうすると、向こうの奥の方に、もう大地のことも生命のことも気にかけることなく、かすかに呻いている男たちの姿が見えるのだった。伍長は、まるで赤ちゃんを揺するように、ランプを揺り動かした。ランプは炎の舌を奥の方に投げかけていた。向こうにいる男たちは並んでいた。中央の男は栗色の髭の大男だった。身体の下に、こけた頬、うつろな目、ナイフの刃のような鼻があった。その額は重々しい包帯の王冠を戴いていた。血で膨れ上がった包帯から滲みでた血が、顔を流れ落ちていた。

「終わりにしよう」軍医は言った。

伍長はランプを下に置いた。

エーテル、血、さらにヨードの匂いが漂っていた。汚れた包帯は隅々で醗酵していた。

「何時だ?」軍医は訊ねた。

軍医は横たわっている男と格闘しているところだった。男は両腕を使い叫びながら防衛していた。

「奴を押さえつけろ！　ここに来て、押さえつけるんだ！」

「五時です」ファーブル[伍長]は言った。

「ここに来て、押さえつけろと言っているんだ！　奴の両腕を持ち上げてくれ。叫ぶな！　締め付けるんだ。それで結構！　ファーブル、エーテルだ、大きな包帯だ。上着を切るんだ。まず心臓だ。心臓を見せるんだ。よし。そうじゃない。それでいいぞ……。担架だ、こいつはすぐさまヴレニに移動させろ！　フリポ、お前だよ。そして次の者。ヴレニに行くんだ。だが、街道を通るんじゃないぞ。塹壕だ。聞こえているのか？」

軍医は額を拭った……。

「ファーブル！」彼は弱々しくて小さな声で呼びかけた。「蒸留酒だ！」

伍長は軍医に水筒を渡した。軍医はラッパ飲みした。

「ああ！」唇をなめながら彼はこう言った。

彼の美しい目は絶望をあらわしていた。しかし今ではすでに厳しい表情からすっかり解放されていた。彼は疲労の混じった微笑を浮かべた。伍長もまたかすかにほほ笑んでいた。

「奴にもやってくれ」軍医は言った。

彼はジョゼフをさし示した。苦痛と、恐怖と、喉を塞ぐエーテルの泥、こうしたもののなかにジョゼフは埋没してしまいそうになっているところだった。


外では不意にものすごい静寂が訪れたが、それはまるで濃密な空のなかを落下しているようだった。そのためにジョゼフは腹のなかがすっかり空になっているように感じた。軍医は血まみれの鋏を空中に持ち上げた。

「攻撃だ」と彼は言った。さらに、付け加えた。「ファーブル！　見てこい」

ファーブルは外に出た。夜明けだった。もう砲弾は飛んでこない。運河の水がぴちゃぴちゃ音をたてているのが聞こえてきた。向こうの果てで、夜明けとともに明るく緑色に染まっているあたりから、人間たちの小さくて刺すような叫び声が聞こえてきた。それはまるでネズミたちの闘いのようだった。機関銃が発射した銃弾が柔らかく着地していた。手榴弾の房が風車小屋の方で炸裂した。「そうだ」戻ってきたファーブルは言った。「そのとおりだ。みんなは出発してしまっている……」

「そういうことなら、これで」軍医は言った。

彼は周囲に点在する血と人間の殺戮現場を見つめた。

今、運河の斜面に掘り下げられているこの小さな洞窟のなかに、担架に山盛りに積んで運ばれてきた肉が降ろされたばかりである。激怒した堰が、運河の向こう側の貯蔵物を押しつぶしていた。砲弾の火と煙が、男たちの上で華々しく踊っていた。運河のなかで水は馬の皮膚のように細かく震えていた。カーバイド・ランプの炎は、いったんはひるんでいたが、やがて天井に向かって跳躍していった。洞窟の全体が、船の腹のように震動していた。

外で、誰かが呼びかけていた。

「ファーブル！　ファーブル！」

負傷者たちが列をなして横たわっていた。彼らは身体がねじ曲がっていたり、軍用コートや上着のなかに包みこまれていたりした。包帯がはためいていた。そうした負傷者たちの中央から、むき出しの目がひとつ、瞼を動かすことなく、じっと見つめていたり、ひとつの腕がつぶれた葡萄の房のような手を持ち上げていたり、水たまりが腹のところから広がっていたりするのであった。

「ファーブル！　そこに立ち止まっているんだ」軍医は言った。「土を探してきてくれ」顎を使って、彼は血の海のなかで滑ってしまう足を示した。

ファーブルは袋のなかに入れた土を運んできた。そしてその土を軍医の足の下にぶちまけた。軍医は負傷者の肉のなかをナイフで探っていた。

「奥に運んでくれ！」

「次の負傷者を！」

「必要なし。奥へ！」

「……」

「土だ！」

ファーブルは出ていった。彼はランプの炎の核心のように蒼白だった。

「包帯」

「ファーブル！」

「息が苦しい！　息が苦しい！」

「ファーブル、奥だ。死者たちを投げてくれ」

「ファーブル！　ファーブル！」外ではこう叫んでいた。

ファーブルは、身体を折り曲げ、歯を食いしばって走っていた。彼は滑って、ジョゼフの上に倒れた。

「やあ！」彼は謝るためにこう言った。

ジョゼフは、エーテルの臭気のせいで憔悴しきった視線でファーブルを見つめた。

「場所をあけるんだ、ファーブル。死人は外に投げ捨てろ。運河に」

二人の男が担架を抱えて入ってきた。

「そっとやるんだ」後ろ向きに歩いてきた男が言った。

軍医は調べた。

「死んでいる。外に運んでくれ。ファーブル、土だ」

軍医は血まみれの手で額を拭った。

「軍医どの！　軍医どの！」男は呻いていた。

「分かっているぞ、君」軍医は言った。

彼は男の胸に触れた。泥まみれになっているその柔らかな胸は、ゼラチンのように震えていた。

「息が苦しいんです」

「みんな、余裕のある者は俺を手伝ってくれ」ファーブルは叫んだ。「死体を外に出そう。奥ではみな息苦しい思いをしているんだ」

「待ってくれ」軍医は言った。「みんな、おい、そこにいる君たち、聞こえているかい。いいかな、ここにはもう場所の余裕がないんだ。仲間たちが次から次へとやってきている。彼らの方がもっと重傷なんだ。脚がある者は、立ち上がってほしい。そしてヴレニに向かうんだ。向こうの方がいい手当をしてくれるはずだ。ベッドもある。さあ！　ファーブル、みんなに蒸留酒をふるまうんだ」

「離れ離れにならないように。みんな、一緒に行くんだ。ヴレニは、まっすぐだから」

「きみは走れるかい？」ファーブルはジョゼフに訊ねた。

「何とか」ジョゼフは言った。

彼には分かっていた。ヴレニは向こうにあり、森を通っていけばよい、池のそばに病院がある。

「大丈夫だ」ジョゼフは言う。

前方にある堰は、砲火があるし射向束［連続して発射される砲弾が少しずつずれながら着弾する装置］を備えている。

「運河を越えたら、走るんだ」ファーブルは言う。

彼は、巻いた包帯で重々しくなっている負傷兵たちが立ち去って行くのを見つめている。運河を越えると、彼らは走ろうとした。しかし遠くまで走ることはできなかった。やがて彼らは歩きはじめた。ときおり煙が彼らの姿を覆いつくしてしまった。背をかがめて、彼らは砲弾と砲火の大包丁の下に入っていった。

「気の毒なことだ！」うんざりしたような分厚い唇のなかでファーブルは言った。

四　五人目の天使がトランペットを鳴らす

昨日の午後、肉屋は、不意に家に帰っていったところ、娘が見習いの弟子と寝ているのを見つけてしまった。最初、胸をはだけたフォンシーヌが、ベッドを押しつぶさんばかりの巨体を仰向きにして、寝ているのが見えた。

「具合が悪いのか？」と彼は言おうとした。

そのとき、娘の脂ぎった裸体の向こうの空間に、小僧が隠れているのが見えてしまったのであった。

今日の朝、肉屋は天井部屋にあがっていった。

「こんなところでぐずぐずしているのか？」彼は訊ねた。

「そう」弟子は答えた。

「起き上がるんだ。見回りに行くからついてくるんだ」

朝の通りは尿とタイムの匂いがする。朝日が少しだけ差しこんできており、いくらか山の気配を感じさせるような涼しい風が漂っている。彼らは厩舎の前へ二輪馬車を出す。

弟子は仕事台を運んでくる。肉屋は馬具と留め金をいじくりまわす。そして唸る。

「豚！　豚だ！」

それから、彼は決然として視線を弟子に向ける。

「お前は豚だ！」

「そうだよ」弟子はこう言う。

「さあ！　乗るんだ。これからお前を厳しく鍛えてやるからな」

彼が灰色の大きな眉を動かすと、弟子は子山羊のように震えながら車に乗りこんだ。

高原に通じる入口のところを出ていこうとしているところで、彼らはネーグル親父に遭遇した。

「元気でな、ギュスターヴ」手を挙げてネーグルは言った。

「ありがとう！　あんたも、元気で何よりだ」肉屋は言った。

穏やかで心地よい風が吹いている朝だった。こういう朝は、七月の雨嵐の騒ぎのあとで訪れることが時としてある。

熟した小麦に覆われている大地は、いくつかの丘のあいだにある青くて大きなお椀のなかで、端から端までバターのように茶褐色である。大気が流れるのにまかせて、雲が大きな船のように遠ざかっていく。こんな日には、棒の上を歩くように足を揃えてみんなで一列になって家から出ていこうというような気持になる。心の底から歌が自然と湧きおこってくるような天気なのだ。ずっと遠くまで見渡すことができる。ボンヌ・メールの丘や、バラの棘のように鋭く褐色で逆光の太陽を浴びているエスカリヤッド山などが見えている。

ジュリアは開いている窓の前までやってきて服を着た。シャツの上にアンダースカートを身につけたばかりだった。彼女は呼吸している自分の姿を見つめる。階段状に盛り上がっている山々の上にあるルキエールで鐘が鳴っている。風によって持ち上げられた丸い空が、女性の胸のように呼吸している。ジュリアは素足のまま台所へおりていく。足の下のひんやりした石の感触を彼女は楽しむ。コーヒー沸かし器を手に取り、彼女はコーヒーをカップに注ぐ。彼女は敷居のところまで行く。美しい樹木あるいは上質の陶器のように、彼女は直立している。アンダースカートの紐が肌に溝のような形を作っている。左手の拳を腰に当てて、彼女は尖らせた唇の先でコーヒーをそっと吸う。ときおり彼女は足で草を柔らかく蹴り、足を露で湿らせる。その丈の短い草は、その短い舌で彼女の足の指のあいだを吸う。ジュリアの全身はまるで花が開いているようだ。

マドレーヌは、両手にそれぞれ三個の卵を持って鶏舎から戻ってくる。

「黒い鶏は卵を産んだ?」ジュリアは訊ねる。

「黒と、それに灰色、さらに肢に赤い筋のある鶏が産んだわよ」

マドレーヌは手を開いて見せる。

「見てごらん。この卵は先が尖っている。まああの大きさよ。あの鶏も産みはじめたのよ」

ジェロームがやって来て、訊ねる。

「何だい？」

「赤い筋のある鶏が卵を産みはじめたの」

彼はマドレーヌの手のなかにある卵を見つめる。そして言う。

「町に行って郵便物を見てくる。明日になればもう三週間もジョゼフから便りが届かないことになる」

マドレーヌは小さな壺の底に卵をそっと置く。ジュリアは流しで自分のコーヒー・カップを洗う。彼女は訊ねる。

「今日は仕事の予定はあるの？」

「洗濯物を広げようと思っているわ。天気もいいし」

「スーコット［畑の呼び名］の小麦を刈り取るのにふさわしい天気とも言えるわ。私がひとりではじめてみよう」ジュリアは言った。

彼女は素足のまま大きな靴をはいた。敷石を踵で叩いて、靴の履き心地をよくした。大鎌に視線を向けた。刃の尖り具合を親指で確かめた。水がたっぷり入っている牛の角をベルトにくくりつけた。その水で砥石を湿らせるためである。大鎌を肩に背負って、彼女は出かけていった。

肉屋の車は高原に印された轍の上をスピードをあげて走っていく。風が車を押しているかと思うと、風は車を追い越してしまい、前方で戯れに埃を舞い上げたりしてから、アーモンドの木々を揺すぶり、小麦畑のなかに吹きぬけていく。

ときおりギュスターヴは手綱をゆるめ、太い眉をしかめ、振り返る。

弟子は身体を硬くしたまま、自分の殻に縮こまっている。髭が生えていない小さな顔は、ネズミの鼻面のようにほっそりしており、風を吸いこむ。彼は親方を見ない。こちらに迫ってくる前方の道路をまっすぐ見ている。両手を丸めて膝の上に置いている。弟子は荷枠に身体をもたせかけるというようなこともしないで、馬の走り具合に合わせて上半身と頭を活発に動かしている。


郵便局には何もなかった。郵便物は届いていなかった。ジェロームは老人たちに並んで石のベンチに腰かけた。

女性が三人、泉のほとりにいた。ひとりは泉水の縁石の上で小さな握り拳くらいの白い下着をこねていた。他の二人のうち、ひとりは水差しに水を入れており、もうひとりは両手を腰に当てて待っていた。

「普段の日には、青いシャツがあるのよ」洗濯している女が言った。

濡れた指でブラウスの切り込みを持ち上げ、彼女はシャツの青い縁を見せた。

「これは日曜日の晴れ着用なの。レースを見てよ」

石鹸だらけの塊から、彼女は二本の指で肩吊り紐を取り出し、それを手の上に広げて見せる。

「これがレースなのよ……」

泉の太い筒は歌を歌っている。その歌は水差しに入ると高音になっていく。若いアモドリックが水を飲ませるために馬を連れてきた。馬が鼻孔を膨らませて息を水盤に吹きつけたので、水面が破れてしまった。石鹸の泡が馬の鼻を突きさす。馬は息をいっぱい吸いこみ、尻から頭にいたるまで全身で踊りはじめる。

「馬をしっかり捕まえてよ。お願いだから、ちゃんと捕まえてよ」洗濯している女が叫んだ。

「あんたの石鹸のせいで暴れているんだよ、この役立たずの馬は」

馬は落ち着きを取り戻して、桶から水を飲んでいる。若者と女は、泉水の水を手にすくってかけ合っている。

「マルゴット、この子を捕まえて」

マルゴットは水差しを下に置き、少年を両腕で抱きとめて捕まえた。彼女は彼を胸に当てて締めつける。少年が暴れるので、彼女は膝を大きく開いて、両脚のあいだに少年を挟みつける。

「そう、マルゴット、しっかり締めつけて。鼻水を垂らしているので、この子を洗ってやるから」

少年はまるでトカゲのように身体をくねらせるが、洗濯していた女は、石鹸がたっぷりついている女性用シャツをその顔にこすりつける。

ジュリアは小麦畑までやって来て、その前で仁王立ちになっている。マルメロの垣根に挟まれて池のように平らに拡がっているその畑の全貌を見つめてから、彼女は、取っ手を地面に立て刃を上に向けて、鎌を立てかけた。そして鎌の刃を砥石で研ぎはじめた。それは年代物の青い砥石で、彼女の指はジョゼフの指の痕跡を認めることができた。その砥石を鷲づかみにして、鎌のわん曲に沿って動かしながら刃を研いでいると、砥石の重さが存分に感じられるのであった。

太陽が昇ってきたので、風は温かくなっていた。高原に横たわっている風は、ほとんど眠っていると言えるほどだった。ときおり風は小麦畑のなかで腕や指や髪の毛を動かすので、重くて黄色い小麦はまるで水のように揺れ動いた。

ジュリアは一歩進んだ。それが毅然とした最初の一歩であった。その時、彼女は小麦畑の縁にいた。彼女の前に広がっている小麦畑は、豊かに実っている小麦の重さでかすかに軋んでいた。まるで腕のように脇腹を締めつける、固くて熱いこの幅広の革のベルトを彼女はうまく留めていた。さらに彼女は牛の角を股の付け根の傾斜しているところに固定していた。男たちがその角を置くのもその場所である。彼女はかがみ、力をまず右側に移し、その力を滑るようにして左の方に投げた。そうすると、大きな鎌は小麦のなかに入っていった。

こうして今では小麦の束が並んでいる。じつに見事に並んでいる。全力を投入して、鎌の先端をいくらか持ち上げると、刈り取られた茎が滑り落ち、それは美しいレース状に切り株の上に落下する。ジョゼフの手がやっていたのと同じくらい上々に事が運んでいる。この腕のなかにも充分な力が潜んでいたのだ！

かがみこみ、両脚を広げ、牛の角が自分の腹に当たるのを感じながら、その平らで大きな鎌の刃を左右に動かして均衡を保ちながら彼女は前進していく。鎌の刃は、まるでツバメのように、地面をかすめて小麦を刈り取っていく。

そうやって中央あたりまで進んだとき、二輪馬車がやってくる音が彼女には聞こえた。速歩で歩いていた馬が立ち止まり、誰か叫ぶ者があった。

「おおい！　そこにいる者！」

前に出した鎌を引きよせ、彼女は立ちあがった。彼女は目の上に手でひさしを作った。

「ああ！　ギュスターヴ。行くわ」彼女は返答した。

そこで、鎌は下に置いて、彼女は二輪馬車の方にやってきた。皮膚の上を流れ落ちていく汗がひんやりと感じられた。それにつれて、彼女に大きな口が近づいてくるかと感じられるほどに、太陽が熱い息吹を吹きかけてきた。

彼女は馬の前にいる。鬐を結びなおすために彼女は両腕を挙げた。黒く濃密に毛が生えている脇の下が見える。馬は鼻面の向きを変え、耳を揺り動かす。

「例の雌豚はどうした？」とギュスターヴは訊ねた。

「相変わらず向こうにいるわ」とジュリアは言った。

「よくなっているのかい？」

「駄目なのよ。お腹の下がやられているらしい」

「決心するんだな」ギュスターヴは言った。「すぐに決心すれば、うまく行くだろう」

ジュリアは、ヘアピンを唇でくわえて、しばらくのあいだ何も言わずにじっとしていた。

「やばいと思う？」

「雌豚がある日の朝くたばってしまったら、それはやばいさ」

「そういうことが起こる天候じゃないよ」板ガラスのようにどんよりした大気を見て、ジュリアは言った。

ギュスターヴは屈みこんだ。

「こういう情け容赦もないご時世だから、何をやっても大丈夫だぜ、お前さん。俺が豚を殺し、氷室に入れる。病気のことなど心配いらない。兵隊さんたちが食べるんだから」

「で、値段は？」ジュリアが訊ねる。

「すでにはっきり言った通りだ。変えたりしないよ」

彼女はためらっている。

「あんたの気のすむようにやりな」こう言ったギュスターヴは手綱を束ねて、鞭を手に取る。

「ああ！　実のところ……」こう言ってジュリアは、馬車の踏み台に足を乗せる。

「ああ！　そうかい！」ギュスターヴは言う。「あとはうまくいくさ。乗っていくがいい」彼は弟子にこう言う。「少し場所をあけるんだ」

少年は親方とジュリアのあいだに挟まれる。まったく身動きがとれない。座席は狭いし、女の身体は大きく弾力がある。

クッションの悪いぼろ車の振動のせいで、彼らはぴったりひっつきあった。

彼は丸めた両手を膝から離すことはなかった。彼は硬くなっている。親方にあまりもたれかかるわけにはいかない。太陽のように熱い女にぴったり身体を押しつける。シャツと薄いスカートの奥で汗にほどよくまみれている女の身体は、そうした衣服を通して彼を湿らせ、彼はよけいにぴったりと彼女の身体に張りついていく。


「マドレーヌ、雌豚のことなのよ！」

「ああ、私はレ・ガルデットまで行って、パンを三個もらってくるわ。父さんが出かけたときに、頼むのを忘れたのよ」マドレーヌはこう言った。

「ギュスターヴと私でうまくやれるかどうか分からないわ」ジュリアは言った。「豚は具合が悪いので、病気が腹のなかまでむしばんでいるにちがいないのよ」

ギュスターヴは笑っている。

「任せてくれ。俺たちだけでうまくやれるさ。心配はいらない。扱い方を心得ておれば、問題はない。まるで女のように豚は身づくろいをするからなあ」

彼は目を細めてきらめかせ、ジュリアの胸や、若々しい肩や、脇の下からはみ出ているカールした脇毛を見つめる。

アーチ型の大きな地下室が豚小屋として使われている。ドアを開けると、冷たい息づかいが漂ってくる。中はまっくらだ。暗闇と、冷たさと、尿と腐った麦藁のすえたようなきつい匂いに慣れるために、戸口でしばらくじっとしている必要がある。

「見えてきた。雌豚はあの奥にいる。捕まえてくる」ギュスターヴは言う。

「気をつけてよ。丸腰ではだめよ」ジュリアは言う。

彼は三歩進んだ。しかし、彼が雌豚の近くまで行くと、豚が急に起きあがったので、堆肥は豚の水分のすべてを吸いこんだ。ギュスターヴは横に飛びのく。

「戸を閉めろ！」

中の様子をうかがっていたジュリアは半戸［上下に分かれ別々に開閉する二枚戸の一枚］を閉じる。ギュスターヴが仕切り板を乗り越え、まっ赤な顔で出てきたので、ジュリアは笑う。彼は息を切らせ、視線がいささか落ち着きをなくしている。

豚は鼻面で戸にぶつかる。歯を剥きだしにして、鼻を捩り、荒い息づかいをして、黄色い歯で板戸の材木を引きちぎり、顎を大きく動かして噛み砕く。豚の目は、奥に凝固した血を持った穴に似ている。

「何も持たずに近寄ってはだめでしょうが」笑顔を頬まで大きく膨らませて、ジュリアは言う。

ギュスターヴは呼吸を整え、豚を見ている。そしてジュリアを見る。さらに口髭を噛む。

「素手で捕まえるさ」と彼は言う。

「歯で噛まれて、腕を引きちぎられてしまうわよ！」

「引きちぎられたりするもんか。下がってくれ」

「まるで子供だわ」ジュリアは言う。

「子供か、そうでないか、ともかく下がってくれ」ギュスターヴはそっけなく言う。「もっと離れてくれ、もっと遠くに行ってくれ。こんなことをやるのに女は役にたたない。俺がやろうとしているのは、男の仕事だよ」

そして彼は半戸の掛け金に手をかける。

小麦用のローラーのところまでジュリアは後退した。二歩飛べば、納屋の梯子にたどりつくことができる。いいわ、あの人は何とかやってのけるでしょう。

ギュスターヴは掛け金を引く。彼は一言、そしてもう一言、口にする。彼は動かない。何の身振りもしない。イグサのような口髭に隠れている口から言葉が漏れ出てくるだけだ。彼は何か言葉を語りかける。それは規則的なごぼごぼという音になり彼から流れ出ていく。そこには細心の警戒心がこめられている。まるで猫が火の燠に話しかけているようだ。彼は腕も肩も頭も動かさない。そして戸が自然に開く。まるで彼のそばに肉屋の優秀な働き手が控えているようだ。

ジュリアは身体の奥底で息を凝らしている。歯を剥きだしにした豚の鼻面が近づく。ギュスターヴは動かない。彼は自分の声を出している。自信があるのだ。彼は自分がすることを心得ている。ただ蜘蛛の巣を見ているようなものだ。垂れ下っている手に噛みつき、引き裂こうと構えている大きな歯が、ギュスターヴの脚のすぐ前まで接近している。古くなっている骨のついた肉片は、ぱくりと噛まれると、剥がれてしまうだろう。豚は口を開ける。［彼の口からもれる］歌がズボンと手に沿って敷き藁の上へと流れていく。

豚は後退する。男は一歩前進する。豚は家畜小屋に入る。男はそれを追う。

ジュリアは大きく息を吸いこんで胸を膨らませる。火の炸裂を思わせるその光景に彼女はすっかり魅了されている。彼女にはもう何が何だか分からない。彼女の存在はもう無でしかない。彼女は空気で身体を膨らませてそこにじっとたたずんでいる。もう何も考えることなく、身体が膨れている。太陽が彼女の頬を焼く。彼女は湿った手のひらで頬に触れる。

男だ！　男だ！　この支配力こそ、まさに男の仕事だ！

先ほど彼女は、小麦を刈り取っていたときにつけていたベルトを外したばかりである。外してしまったのにもかかわらず、彼女は今でも腹の下で、水がいっぱい入っている雄牛の固い角が揺れているような感触を感じている。


彼らが豚に没頭しているのを見たマドレーヌは、素早く巻き毛を指でなでつけ髪の毛を整えた。エプロンをぱんぱんと叩いてから、彼女はレ・ガルデットに出かけていった。

谷間のこちら側は、レ・ショラーヌの方より、かなり快適である。古い樹木が満ちあふれている。爺ちゃんの考えは次の通りだ。病気やかさぶたを満載した古いアーモンドの木々、あちこちに傷があるため今にも枯れそうなサクランボの木。このサクランボの木は、樹液が赤茶けた長いしたたりになって流れおち、それは下草にまで及んでいる。さらに野生のイチジクの林があるが、そこにはイチジクの実よりも鳥の方がたくさん住みついているので、鳥たちの争いが絶えない。

こうしたことすべてはシャブラン家の者たちと似ている。彼らはよく話すし、よく口笛を吹くし、よく歌うし、美しい視線でよく眺める。彼らは、小銭や紙幣にはあまり関心を払うことはないが、立派な態度をしているかどうかということには思いのほか注意を向ける。


「そのとおりよ、娘よ」母さんは言った。「自分で、こね桶のところに行ってごらん。左の桶の底を見るといいわ。糠を押して探せばいい。そこになかったら？　そのときは、右の方を見ればいい。いいわね。分かった？」

フィーヌ母さんから「娘よ」と言われるたびに、マドレーヌは、まるで蒸留酒を飲んだように、喉のところが熱くなる。そこに、つまり糠という腐植土のなかにあるパンは、白くて柔らかい。

「三つで足りるかしら？」母さんは訊ねる。

「ああ！　大丈夫だわ。明日暮らしていくだけだから。お宅の方こそ、無くなったりしないかしら？」

「心配いらないわ、娘よ！」

マドレーヌはパンを腕で抱えた。小さな子供たちを抱くときのように、パンを抱え持った。オリヴィエの母さんが言う「娘よ」という言葉は素晴らしい。そして、胸に当てているこの固くて重いパンや、糠や麦藁や分厚いパンの身などの匂いや、オリヴィエが麦打ち場で、ぐるぐると回っているラバたちのなかに立って、脱穀しているときの匂いなどが感じられる。

「何か便りがありますか？」マドレーヌは訊ねる。

「受け取ったのは、四日前だけど、手紙はかなり前に書かれたようだったわ。大したことは何も書かれていなかった。心配はいらないって。だけど、私たちは心配してしまうわね……」

オリヴィエは母親に何とよく似ていることでしょう！　この顔つきは、まさにあの人だわ！　震えるようなあの人の優しい目は、まるでランプの小さな青い炎のようだわ。あの赤い紐のような唇、あの鼻、あの丸い頬。すべてあの人のものだ！　ミルクのなかに浸されているような風に、女性の顔の枠のなかに入っているけれど、あの人の顔そっくりだ。

「私が何かお手伝いできるようなことがあれば、昼でも夜でもいつでもいいですから、皆さんの都合のいいときで結構だから、何でも気にしないで言ってください、フィーヌお母さん。お分かりだと思いますけど……」マドレーヌは言った。

「分かってますよ」目の前にいて、何でもすると言ってくれているこの娘に、母さんは言った。皆さんの都合のいいときと言ってくれているのだ。「分かっていますよ、娘よ！」

そこで、マドレーヌがパンを腕に抱えて戻っていると、まるで大きな赤ちゃんを運んでいるようで、その赤ちゃんは産着のなかから滑り落ちそうだった。中庭のベンチに赤い羊毛のベルトが置いてあるのがマドレーヌには見えた。そのベルトはよく知っているものだった。オリヴィエのベルトだ。彼女はパンを草の上に置き、周囲を見まわす。誰もいない……。素早くベルトをエプロンの下に隠した彼女は、パンを拾い上げ、下り坂を走っていった。

ジュリアは馬車が走り去っていくのを見つめていた。縛りあげられ、木片の猿轡《さるぐつわ》を口にはめられた雌豚は、頭を垂らしているので、車輪が耳にやすりをかけている。馬車は街道の曲がり角を曲がっていった。

ジュリアがふたたび畑に出かけようとしていると、弟子が走って戻ってくるのが見えた。

「豚が逃げてしまったの？」ジュリアは訊ねた。

「そうじゃなくて、親方がスカーフを忘れたんです」

彼らは家畜小屋に行った。スカーフは秣桶《まぐさおけ》の上の高い梁《はり》の上に載っていた。ジュリアは弟子を見つめる。

彼女は両手を腰に当てる。

「飛びあがりなさいよ！」彼女は笑いながら彼に言う。

弟子は飛びあがってスカーフに触れはしたが、爪の先でかすかに触れただけだった。

「まるでマルモットね」ジュリアはからかった。

「あんたはどう言われているか知っているかい？」視線を上に向けて弟子は言った。

むき出しの美しい肩の高みからジュリアは笑っていた。彼女の黒い目はまるで炭のようだ。そういう風に、両手を腰に当てていると、彼女の乳房はシャツを大きく膨らませており、そこから飛び出しそうだ。

「そうだよ、あんたのことはみんな雌豚だと言っているんだぜ」

ジュリアは手を伸ばして、少年の腕をつかまえた。彼女は彼を振りまわす。そして彼女は笑う。

少年も笑っている。

「もう一度言ってみなさいよ」

「繰り返してやるよ」

「こらしめてやろう」ジュリアは言う。

「俺こそ、こらしめてやるさ」少年は言う。

彼は、彼女を引き抜こうとでもするように、ジュリアの腰を締め付けようとする。だが、彼女は力強い手で少年のズボンをつかみ、彼を持ち上げ、麦藁の上に倒す。彼は身体をかわして、立ち上がろうとする。彼女は彼にのしかかり、体重で彼を圧倒する。彼を仰向けに投げ飛ばす。

「それ見ろ。これでは青二才の闘いだよ」彼女は言う。

彼女は両脚を踏ん張って彼の上に馬乗りになっている。彼女は彼を押さえつけ、自分の体重で威圧している。少年の腹の上に、むき出しの身体で坐っている。

急に彼女は立ちあがり、シャツの肩吊り紐をつけなおす。

「さあ、もう起きあがるのよ」彼女はぶっきらぼうに言う。

彼女の頬は火のように赤く染まっている。額まで赤くなっているのは、まるで病気のようだ。少年は麦藁に寝そべったまま、笑っている。

「早く起きあがるのよ！」

ジュリアの口から、鳩たちが出すような陰鬱な声が出てきた。

そして彼女は少年の脇腹を足で蹴る。ジュリアの目つきは厳しい。彼女は恥ずかしさのあまり血がわきたぎっている。そこで彼女はシャツの切れ込みに開いた手を入れ、熱い乳房に触れた。


三人は同時に戸口まで帰ってきた。ジェロームは村から戻り、マドレーヌはレ・ガルデットから戻り、ジュリアは家畜小屋から戻ってきたのだった。

ジェロームは言った。

「手紙はなかったよ」

二人の女は言った。

「ああ！」

彼女たちはそれぞれ、自分自身の思惑にしたがって、頭のなかでいろんなことを考えていた。

ジュリアは、しばらくして、ため息をついたあとで訊ねた。

「それはいったいどういうことなの？」

正午が迫っていた。

農場のその広い部屋はすっかり閉ざされているので、まるで地下にある池のそばにたたずんでいるような涼しい暗闇が支配していた。そして沈黙。ミツバチが一匹だけ、鎧戸の継ぎ目から入りこんでくる平らで大きな光線のなかで踊っている。

ときおり、テーブルの端で両手を広げ、腰をかがめ、何物かに向かって跳躍をはじめようとしているように両腕を折り曲げて、ジュリアは食べるのを中断する。そして彼女は急いで食べ物を口に入れはじめる。しかし彼女の目から不安の色は消えない。まだ最後の一口を噛んでいるのに、彼女は立ちあがる。

彼女は、朝と同様、革製の大きなベルト、牛の角、大鎌など、刈り入れに出かけるための装備を整えた。

「昼寝はしないの?」マドレーヌが訊ねる。

「しない」ベルトを締めながらジュリアは答えた。

「日差しがすごいから、病気になるわよ」マドレーヌは言った。

「そうかもしれない」歯を噛みしめてジュリアは言った。

それ以上何も言わずに、彼女は肩に大鎌を背負って出かけていった。

彼女が開け放ったドアは、午後の大気に向かって開いたままだったが、外ではまるでパン焼き竈が燃えているようだった。

陰のない灼熱の街道を彼女は歩いていった。生垣の下に鋸の歯の形をした陰がわずかにあるだけだった。死んだような気配を漂わせている生垣のなかでは、ありとあらゆる鳥たちが眠っている。風も眠っている。アーモンドの木々は動かないが、軋むような音をたてている。巨大な太陽がアーモンドの木々の上に分厚い身体を横たえていた。

足もとにからみついてくる草のなかを彼女は狂ったように歩き、靴を激しく動かすことによって草を振りほどいていく。

彼女は口をぎゅっと引き締め、水平線のはるか上の方にある空の一点に視線を突き立てた。そこは自由な青い空間で、石のように固く水のように鮮明で大地の照り返しのない一角であった。彼女は進んでいく。唇を緩めることなく、視線を下げることもない。

今は、これがすべてなのだ！……

干し草だ、すでに！　家畜小屋のあの干し草の匂い、あの堆肥の匂い、働き汗をかき生きている動物たちのあの匂いだ。それは彼女自身のあの匂いであり、彼女の皮膚の匂い、彼女の髪の毛の匂いである。すでにあらゆるものが、彼女に働きかけ、彼女を捏ねあげ、彼女に準備させている　彼女はまるで酵母を待っているパン生地のようだ。さらに今では物音が聞こえてくる！　畑の向こうの方から呼びかける男たちの声！　年取った男たちだ！　そして急に、それは若者たちのように感じられる。

これだけだ！　これですべてなのだ！……

そして、もう打開策はない！

神経を痛めつけるあの仕事さえない。頭のなかをからっぽにするあの重々しい疲労さえない。あの疲労が今あれば、あの疲労が太腿の上にのしかかるのが感じられたら、楽になれるだろうに。ああ！　いったい、どうやって身を守ったらいいのだろうか？

そして、いったい何を支配しようというのだろうか？　女の身体だけで、何の支配者になれるのであろうか？　男の子を、平静さを失うことなく、麦藁の上に倒すことさえできないではないか？

空にある太陽まで役に立たない！

ああ！　あんたの足でこの首の上を踏みつけて、私を押しつぶし、足の重みでのしかかってきてちょうだい。そうすれば、私の身体のなかにあるものが頭のなかまで登っていったりしないでしょう。

ジュリアの横腹は、歩くときには柔軟に動く。彼女の身体の中央にあるこの丸い腰は、海の波のように流れていく。彼女の視線や唇や頭や心臓の厳しさを、腰まで下ろすことはもう不可能である。ミツバチの下で震える桃のように、そこは穏やかで成熟している。

彼女は畑の前までやってきた。そうすると、またもや両脚のあいだに、彼女が麦藁の上に押し倒したあの少年の熱気と動作がよみがえってきた。彼女は、身体の全体で、たっぷり両腕を使って力いっぱい猛烈に小麦に飛びかかった。

「えい！　えい！」麦藁の束をかたわらに投げながら、彼女は叫ぶ。

そうすると、大いなる欲求が、まるで油のなかを流れるように、彼女の中央を流れる。

打開策はない！

今ではどこでもこういう風になっているのだ！

今ではそれは彼女の肉体全体の歌になってしまった。刈り取る女のこのリズム、小麦のこの揺れ動き、彼女の腹を叩くこの角《つの》、彼女の首筋を焼くこの熱気、倒れる赤茶色の植物のばさっというこの音、翼をひとつしか持っていない鎌のこの飛翔……。

あの男の子！　彼女の身体の下で、身をよじっていたあの生命に満ちた熱い身体！

ああ！　命だ、これが生命だ！

それに、ギュスターヴは、雌豚に何と言ったのだろうか？

太陽のような熱い視線を持っている彼は、寡夫になってから、いったいどうしているのであろうか？

ジョゼフだ！

もうあれしかない。乳のような骨でできているあの少年たちだ。彼らは、両手で押しつけられたら、白いチーズのように水分を噴き出すだろう。それとも、あの年取った男たちだろうか……。

ギュスターヴはいったい何歳なのだろうか？　あの目の輝きのなかに、あの大きな骨のなかに、またドアほどの大きさの背のなかに、あの男はどのような力を隠しているのだろうか……？

彼女は立ち止まる。腕の裏側で、彼女は髪の毛と額の汗を拭う。

「私はいったいどうなるのだろう？」

彼女は手を腰に当てる。


アーモンドの林の向こう側の街道を、二輪馬車が轍の溝を飛び越えて走っている。馬はありったけの鈴を鳴らしている。

ジュリアは鎌を投げ捨てる。彼女の目つきは相変わらず厳しく、唇は固く結ばれている。彼女は街道の方に跳躍していく。その跳躍はしばらく前から用意されていたものであった。彼女は声を出して呼びかけることはない。大きく膨らませた鼻孔で呼吸する。草のなかの長い距離を走りはじめる。

向こうでは、馬がギャロップで走りはじめた。高原は土の波を持ち上げている。馬車は向こう側におりていった。

ジュリアは土手の斜面に身を投げる。彼女は悲嘆と疲労の息で喘ぐ。空全体が彼女の上にのしかかってくる。山国の住人たちが愛用している大きなラッパを彼女の耳の近くで鳴らしているような感じで、彼女の頭はがんがん鳴り響いていた。


その夜、マドレーヌが先に寝にいった。ジュリアが廊下を通りかかると、すでに衣服を脱いでいたマドレーヌは、何かを素早くシーツの下に隠した。

しばらくすると、ジュリアの部屋からベッドが軋む音が聞こえてきた。ジュリアは横たわった。ついでベッドが軋み、また軋んだ。さらに、藁布団が叫び声をあげた。まるで誰かが、そのなかで腕や脚を振りまわしながら、転がりまわっているようだった。

マドレーヌは裸足で走った。

「ジュリア、具合が悪いの？」彼女は戸口で訊ねた。

「大丈夫よ」ジュリアは言った。

部屋に戻ったマドレーヌは、ドアをしっかり閉めた。先ほどシーツの下に隠した物を取り出した。それは赤い羊毛のベルトで、オリヴィエの持ち物なのだ。彼女はそれを長い間見つめ、それに触れ、それを愛撫した。自分のシャツを持ち上げ、そのベルトを腹に何重にも巻きつけた。

彼女は黙って笑った。それほどそのベルトは熱く優しかった。それがオリヴィエだったからである。

第三部

一　ヴェルダン

森は、夜の闇のなかで、低い声で歌っていた。雨が通りかかり、枯葉や水たまりをかきまわし、やがて鉄板を叩きながら口を大きく開けて笑いはじめた。

「ここです、大尉殿。枝に注意してください」男は言った。

彼は足で地面を探った。固い音がした。

「ここが道です」彼はこうも言った。

大尉は向こうの雑木林のなかで話していた。息切れしている太った男のような声だった。

「こちらに来いよ。休んだらどうだ。道も見つかったことだし」彼はこう言った。

彼はやってきた。彼についてきたもうひとりの男は、石ころがあるたびにつまずいていた。そして、そこまでやってくるとすぐに、湿った草の上に寝転んだ。彼はすでに眠っていた。身動きひとつしなかった。口を大きく開けてひたすら深く呼吸していた。そして、道に迷った小さな動物がもらすようなため息をつきながら、空気を吐き出していた。

「あいつはしばらくこのままにしておいてやる必要がある」大尉は言った。「君は疲れていないか？」

「疲れています」

「俺は」大尉は言った。「オムレツが食いたいな。焼いた卵の周囲が泡のようになってるやつを。ふう！」

彼は厚く茂っている口髭のあいだから空気を吸いこんだ。

「そうですね」相手の男が言った。「本当にそうだ、それに熱いやつがいいな！……」

「君はどこの小隊の所属だね？」大尉は訊ねた。

「第四小隊です」

大尉は二度、三度とかなり深く呼吸した。

「残っているのは何人だね？」

「二人です。私とあいつです」

「あいつとは？」

「私とあそこで眠っている男です。あいつが誰なのか私は知りません。曹長は、引き継ぎをしている最中に殺されました。機関銃士たちが入っていた穴のなかでした。私はそこから飛び出て、あなたの近くにたどり着いたのでした」

「名前は？」

「オリヴィエ・シャブランです」

向こうの奥の方の林のなかで、雨が叫んでいた。

「それでは第四小隊が二人。君とあいつだ。私を入れると三人」大尉は言った。「第一小隊の十二人を加えると、十五人になる。第三小隊は四人だから、これで十九人。第二小隊はゼロだから、十九人に変わりなし。自転車隊員が俺たちのあとからうまくトンネルを越えてくることができれば、二十人になる。出発しなければならないが、俺もまず眠ることにする」

オリヴィエは草の上で眠っている男を揺さぶる。

「分かった。何だい？」

「出発だ」

馬が速歩で歩いてくるのが聞こえてきた。

「やあ！」大尉が叫んだ。ついで「ヴィロン大尉、百五十九連隊です」という声が聞こえた。

馬に乗っている男は並み足で近づいてきた。砲兵にちがいなかった。

「まっすぐ進んでいけば」彼は言った。「あなた方は、兵舎を経由して、ヴェルダンに行きつくでしょう。ベルリュプトに行くには、森を越えてから左手に進んでください。今オムレッツを食べるためには、百五十砲兵連隊の向こうに行くと、道端に家があり、そこに女たちがいます。しかし砲兵連隊のところは素早く通過してくださいよ」

それは舗装されていない土の道だった。大尉が先頭を歩き、歩きながら眠っている男がそのあとに続き、そしてオリヴィエが続いた。

時おり、男は穴に落ちこみ膝を曲げてしまうので、オリヴィエが薬莢入れの帯をつかんで彼を引きとめた。

「しっかりしろ！」

その大きな背に触れるたびに、オリヴィエは自問するのだった。

「誰だろう？　ルゴタス、ヴェルネ、それともポワロン？」

だが彼は思い起こそうとしていた。

「いや、ヴェルネでもないし、ポワロンでもない。それではルゴタスだろうか？　いったい誰だろう？」

彼らは谷間に下りていった。水の流れの音が聞こえてきた。イグサのあいだを流れる水の音は、耳と心に心地よかった。血が目覚めてきた。

時おりオリヴィエは手で自分の顔に触れてみるのだった。

「これは俺だ」彼は言った。

大きく開いた指で、あちこち隆起している自分の顔に触れていった。鼻や、小さな目玉や、口や、首などに。さらに彼は両腕と上半身に触れた。これはたしかに俺だ！

彼は左腕に触れた。肘の曲がっているあたりの軍服の毛屑のなかに、胡桃くらいの大きさの何か柔らかな湿ったものがくっついていた。彼はそれをはぎ取り、泥のなかに捨てた。彼は袖に触れた。その袖はべとべとしていた。

「あれは家らしいぞ」大尉は言った。

それは道端にある、夜の闇よりも暗いかたまりであった。

大尉は足でドアを蹴った。その衝撃は家のなかの片手鍋や大鍋のなかで反響した。上の階で椅子を動かし、鎧戸を開く音がした。

「どうしたの？」女の声が訊ねてきた。

「百五十九連隊のヴィロン大尉と二人の兵士です。休憩したいのですが」

「すぐに行って開けるから」女は言った。

それはナイトガウンを着た老女だった。彼女は蝋燭の火を手で隠していた。

「ともかく入ってください。早く。ドアからなかの光が見えてしまうからね」

なかは生温かかった。人の肺から出てきた空気の匂いがした。洗濯と流し台の匂いも漂っていた。女の灰色の髪の毛や厚い皮膚の匂いも混じっていた。彼女の手は、洗濯人に特有の水につるつるにされた手だった。

大尉は両腕を真横に広げた。

「ああ！」彼はため息をついた。

「これで全員なの？」あとの二人を指さして、女は言った。

「これだけだ」大尉は言った。「卵はあるだろうか？」

「もちろん……」

「オムレツを作ってほしいんだが」

「了解だわ。ちょっと遅いけど……」彼女は言った。

彼女は蝋燭をテーブルの上に置いた。オリヴィエは連れの男を見た。

「いや、ルゴタスじゃない」

蝋燭は震えていた……。

その男の顔には泥がついており、大きな目はどんよりしていた。

「ラ・プールだ！」

「眠りたい……」ラ・プールは言った。


その黄色くて大きな皿に山盛りになって出てきたオムレツは、濃厚で分厚いものだった。テーブルの上でよだれを垂らしていた。湯気が蝋燭を窒息させていた。ラ・プールは地面に長々と伸びて眠っていた。

「そこはどうしたんだい？」大尉は訊ねた。

オリヴィエは左の袖を見つめた。

「血じゃないか。負傷したのか？」

「負傷じゃないんです」オリヴィエは言った。「向こうのトンネルで、マロワが俺の上でくたばったからです。頭の半分が飛び散ったんです」

「そこは切り取っておくように！」

大尉はかがみこんで、口髭の全体でオムレツの匂いを嗅いだ。

「箱を蝋燭の前に置いてください」女は言った。「鎧戸の継ぎ目からなかの光が見えたりしたら大変だからね。外から見たら暗くなるようにしておいてくださいよ、みなさん」

大尉は目くばせした。

「シュニック［粗悪な蒸留酒］はないだろうか？」

「クエッチェ［クエッチェ（スモモ）から作る蒸留酒］でよかったら、あるよ」

「それを持ってきてくれ」

水差しに入ったクエッチェを彼女は持ってきた。

「みんな飲んでしまったら、その時は、あんた……」

彼女の足は裸足だった。タイルが冷たいので、左右の足を交互に使いゆっくり踊るような動きをしていた。

「もうこれ以上ほしいものはないかね？　私は寝るよ。娘は独り身で寒がっているからね。これで何とか楽しんでちょうだい」

背を椅子にもたせかけて、オリヴィエは大きなげっぷをした。口のなかはバターと焼けたハーブの匂いが充満していた。人生の半ばに達している自分が重々しく頑丈なのが、彼には今感じられていた。大尉は両脚をテーブルの下に投げだしていた。

「シュニックをちょっと飲まないか？」彼は言った。

「けっこうです。飲まない方がいいんです」オリヴィエは言った。

彼は舌を総動員してハーブの緑色の味覚を味わっていた。その味覚で頭がいっぱいだった。

「眠ります！」彼は言った。

「シャブラン」大尉は言った。「若いということは美しいことだよ、君。君には自分の幸福が分からんだろう。ぐっすり眠るがいい！」

コートの裾を寄せ集めているオリヴィエを見つめて、彼は優しく微笑んだ。コートは左側が重くなっており、その袖が今では固かった。オリヴィエは背中合わせになってラ・プールと並んで地面に寝そべった。自分にぴったりとくっついているラ・プールが呼吸しているのが彼には感じられた。

「ルゴタス！　そして他の男たち！……」彼は考えていた。

彼はこわばっているコートの袖をそっと押しやった。

彼はふと目が覚めた。大尉は相変わらずテーブルについていた。蝋燭は短くなっている。箱、酒の壜、水差し、さらに椅子の背もたれが、震えている大きな影を持ち上げていた。大尉はしゃべっていた。身体の脇に垂れていた右腕を、彼はゆっくりと持ち上げた。挨拶するための動作を機械的にこなした。

「第四小隊が二名、そして私で、三人になります、大佐殿。全員で二十名です。全員がここにいます、大佐殿」

疲労とアルコールで重くなった腕で、彼はがらんとした部屋と大きな影を指さしていた。

二　年老いた馬の近くで

どこに隠れたらいいのだろう？　どこに身を隠したらいいのだろうか？　彼女は走っているが、すべてが彼女の邪魔をする。彼女の足は、脱穀場も、通りの舗装も、泉の近辺も、牧草地の一端も、もうまったく何も心得ていない。万事が彼女に逆らってくる。彼女は石ころを踏んでよろめき、スカートが脚にからまる。どこに隠れたらいいのだろうか？

いやだ。両手を見つめて泣いているあの年老いたジェロームにはもう我慢できない。老いに由来するあの大きな皺や古くからの苦しみを抱えているあの土のような表情、老人たちに特有の苔を生やしているような表情、そういうものすべてが白い大粒の涙で湿っているあの顔の表情、こうしたものに私はもう耐えられない。あの震える唇、唾や涙をなかに閉じこめているために上にあがるということがもうできなくなっているあのだらっとした顎、そしてもう何の未来もないあの男の呻き声。それに、ただそれだけだったら、まだいいのだけれど！　あの人はあそこに陣取っている。そして、泣きながら、自分の歪んでしまった大きな右手を見つめている。

だめだ。彼女はエプロンで頭を隠した。そして彼女もまたその場で泣いていた。しかし急に、彼女は泣いておれなくなった。出かけるわけではない！　隠れるのだ。動物のように、片隅に行くのだ。地面をころがり、地下の穴に入って小さくなり、そこにじっとしていればいい。肉も涙も苦しみも、何でもかんでも積み重ねて、じっとしていることだ……。

ジュリアは厩舎のドアを押し開く。年老いた馬が頭をこちらに向ける。牧草をもらえる時間ではない。馬は女を見つめる。

「どいてちょうだい」ジュリアは言う。

彼女は馬のところまで滑りこむ。奥にある秣桶の下まで進む。麦藁の上に彼女は横たわる。そこは温かく、その暗闇は人間的であり、そこの匂いや温かさは快適だ。鎖がかちゃかちゃと鳴る音や、麦藁を柔らかく叩く蹄の小さな音が聞こえる。そこは年老いた馬のすぐそばだ。

それじゃあ、あんな風に、ジョゼフは腕を切り取られてしまったのだ！　右腕を。そうなんだ。もう終わったことなので、やり直したりできない。手紙にそう書いてある。もう終わったことだと……。腕なんだ！　手も、そのほかのすべてもまるごと！

ジョゼフは腕を切り取られたのだ！　そんなことが、ありうるのだろうか？　どういう風に腕を切ったのだろうか？　あの人は苦しんだにちがいないわ！……ああ、ジョゼフ！　可哀想なジョゼフ！……そして今ではあなたの右側には何もないの？　もう腕がないんだ？

この長い沈黙はそういうことだったのだろうか？

そうだ。三週間のあいだ何の便りもなかったはずだ。あの人は、インク消しでインクを吸い取ってしまうように、抹殺されたような状態だったのだ。ジョゼフはもういなくなっていた！　昼の大気のなかから消え去っていたのだ。そして、そのあいだにあの腕が切り取られてしまった。どこからだろう？　肘のあたりだろうか？　いくらかでも腕が残っているのだろうか？　それとも根元からなくなっているのだろうか？　ああ！　可哀そうなジョゼフ！

「ああ！　ビジュ［宝石］よ！」とジュリアは言った。

年老いた馬は、頭を彼女のところまで下げ、彼女の匂いを嗅いでいる。そして鼻面の二つの鼻孔から彼女に重々しい息を吹きつける。

「お前は幸せだね、お前は！」

馬は、生涯のあいだずっと大地と樹木を見つめてきたので、その善良で大きな目は緑色であると同時に赤茶けている。

その目のなかには、優しく古いものがいっぱい詰まっている。

彼女もまたかつては幸せだった。向こうの村のダンスの会場。会場は、日曜日ごとに柘植《つげ》と楢の枝で飾りたてられる。そしてジェレミがアコーデオンを肩から斜めに吊るして、丘から下りてきた。息子のメルシエも、ぴかぴかに磨いたコルネットを携えて、普段住んでいる峡谷から出てきた。午後一時になるとすでに、ベンチに坐った娘で会場はあふれていた。しかし彼女は、家々が並んでいるうしろから進んでいき、林檎の木々の向こうの端まで行くのだった。そこからだと下っていく坂道がよく見えたからである。そうすると、マドレーヌの青いドレスが現れる。彼女は大きな太陽を浴び赤みを帯びている。しかし、彼女はいつでも青くて美しい空気を発散している。彼女の目が反射しているからだ。

「あの人がやってくる。美しい帽子をかぶっているわ」彼女は言ったものだ。

そこで、彼女は果樹園のなかを走って、舞踏会場に向かっていった。ドアの近くのベンチの端に他の女の子たちに並んで坐る余裕がかろうじてあった。すぐさまジョゼフが、広い肩幅と大きな帽子で戸口を塞いでしまうような格好で、姿を現した。帽子はまっ黒ではあるが、頭の左上のあたりにハトの羽根の美しい飾りがついている。

馬がジュリアの肩に額をこすりつけてくる。

「はい、ビジュ、分かってるわよ、お前さん！」

あのジョゼフを、彼女はすぐさま全身全霊をこめて愛しはじめた。身体も何も見なくても、彼の物腰に一挙に魅了されてしまった。彼が歩くときの肩の動かし方、どっしりした態度、赤茶けた目のなかに流れているはちきれるような健康、こうしたものが彼女をとりこにしたのだった。

そうすると、ジェレミはアコーデオンを押し鳴らし、息子のメルシエは「いち、に」と言ってから、コルネットを口に当てる。そうするとジョゼフは彼女を大きな腕で抱きかかえるのだった。

「ああ！　可哀そうな人！……ああ！　ジョゼフ！……」

あの人の腕、あの腕が切り取られてしまったんだ！　私の腕、私を抱きかかえてくれた私の腕。ワルツを踊っても何をしても、あんなに熱く、あんなに固く、あんなに頑丈だった腕！　私の身体を愛撫してくれたあの手！

はじめて彼が私のこの頬や目や口に触れたのはあの手によってだった。秣置場でのことだった。丸い屋根窓から見える七時の夕べの光は、杏のように紫色だった。私たちは秣のなかに坐っていたので、押しつぶされた秣の匂いがたちこめていた。そして私たちはあの幸福で重々しくなっていた。蟻の巣のようなところであの喜びに私たちは酔いしれていた。そして、あの喜びは私たちの指の先にいたるまで身体中を走りまわっていた。彼がはじめて私に触れたのはあの手によってだった。あの手はこうして近づき、私の頬に触れた。あの手は頬の膨らみにくまなく触れた。私の口や目にも触れたのだった。そしてそのあと、あの人が私のことを知ったのもあの手によるものだった……。

ジョゼフ！　可哀そうな人！　それでは、あなたは半分になって人生を歩んでいくのね。それでは、あなたはもうあの手で私に触れることはできないのだ。あの手はとても熱かったし、とても頑丈だったし、小さな動物のように素早く反応することができたし、私のすべてをあんなによく知っていた！　それじゃ、もうあの手はまったくなくなってしまったの？　何故なの？　あの手はいくらか私のものだったのに。それじゃ、あなたはもう一方の手で私に触れることを学ぶ必要があるのね？

彼女は麦藁のなかに坐っていた。年老いた馬は頭を下げ、舌の先を少しだけ出し、ジュリアの頬をなめようとする。だけどうまくいかない。綱が短すぎるのだ。

「ジュリア」男の声が呼びかける。

ジェロームだ。

「ここよ」ジュリアは言う。

彼女は馬小屋から外に出る。

「探したんだ、お前を。心配したよ。まるで木の葉のように回転して出ていくのを見かけたのでね。しっかりするんだ」

彼らは二人で向き合っている。彼らはもう何も言わない。彼らは二人とも目を大きく見開いている。そこから涙が止めどもなく流れる。

「ああ！」ついに腕を持ちあげてジェロームは叫ぶ。「どうやって小麦の種をまけばいいんだろうか。いろんなことをこれからどうやったらいいんだろうか？　息子よ！……」

三　大きな星が水の上に落下した……

大尉は部屋から出てこなかった。樹木が生い茂っている森のなかの家に彼は宿泊していた。薄汚れた窓ガラスの向こうに、軍服を着ないで、太い腕にシャツをまくりあげている彼の姿が、外から見えていた。ズボン吊りをたるませ、机に向かって、彼は部屋のなかにいた。ゲートルも巻かず、靴も履いていなかった。ラ・プールは彼のためにスリッパを買ってきたのだった。もう乗馬ズボンの脚のところについているボタンを留めることもしなかった。ラシャが、泥のような毛で覆われているふくらはぎにはみ出ていた。

濃密に樹木が広がっている穏やかな森林が、その雨の音とその葉叢で第六中隊の野営地を締めつけていた。しかし、地平線の奥では、長い大砲が木々のあいだで首を持ち上げて鈍い唸り声を発していた。

大尉は窓を開いて、叫んだ。

「カマンベール！」

空地の向こう側で、それまで納屋の戸口に坐っていたラ・プールが立ち上がり、頭陀袋のなかをかきまわし、茂みを横切ってチーズの箱を持ってきた。

別の時には大尉は口笛を吹いたりした。そこで、ラ・プールは自転車を探しにいき、自転車道路を下り、猛烈な勢いでペダルを踏んで村の方に走っていった。

その時、彼は夜になっても納屋に戻ってくることはなかった。オリヴィエはひとり留守番をしていた。増員の知らせはまだ届いていなかった。彼はマスクを入れる箱の上に蝋燭を固定していた。そして横たわっていた。彼のまわりにある麦藁は、まるで平にならされた土のようだった。彼は血のめぐりをよくして身体を暖ためて、余計なことはつとめて忘れようとした。そして蝋燭の火を吹き消した。

マロワ、ドッシュ、ルゴタス、さらに娘のような頬の小柄の伍長、そして額のまんなかに愛嬌のある巻き毛を見せている男。彼らのまわりにある麦藁は、闇夜のなかで、恰好の敷き藁であった。

いびきをかいているマロワや、寝言を言っているドッシュの声がオリヴィエには聞こえていた。おまけに、このドッシュは、小麦を脱穀する殻竿《からざお》のように腕を振りまわしていた。

彼は目覚めていた。納屋の壁は、フェルト製の大きな拳で叩かれて、低い唸りを発していた。ベルリュプトから榴弾砲が発射されるので、天井から石膏が落ちてくるのだった。

オリヴィエは頭をまわした。そして右の頬を麦藁に当てた。

寒さが身にしみる時節柄だった。

陰険な凍結がその手で茂みを締めつけていた。葉が落ちた枝は軋みをたてていた。

「ルゴタス！」オリヴィエは低い声でそっと呼びかけた。

虎斑《とらふ》のある小さな白樺にもたれかかっているルゴタスの姿が見えた。白樺にできている緑色の傷をルゴタスが優しく指で触れている様子も見てとれた。相変わらず孤立しているその自由な森林は、月と凍結の重みの下で、呻き声を発していた。


戸口に影がひとつ現れた。

「君はそこにいるかい、シャブラン？」ラ・プールが問いかけた。

「いるぜ」オリヴィエは言った。

彼は蝋燭を吹き消してしまっていたのだった。

「どこだい？」

「横になっている。そっと進んでくるんだ。俺はここにいる」

ラ・プールはオリヴィエの近くでしゃがみこんだ。

「あの老人にはもう耐えられない」彼は言った。「君に来てほしい。おそらく君なら、冷静だから何とか……」

樹木に囲まれた家に着くと、ラ・プールは泥落とし用のへらで大きな靴にこびりついている泥を削りとった。

「先に入ってくれ」彼は言った。

暖炉の火が部屋を照らしていた。大尉は、部屋のまんなかで太い両脚を開いて立っていた。彼は、まるで風に吹かれているように、前後に身体を揺らしていた。その影が彼の正面で揺れ動いていた。

「答えるんだ、ろくでなしめ！」大尉は言っていた。

彼は自分の影に向かってこう叫んでいた。いったん後退したその影は、自分以外の生きている動物に食いつく動物のように、彼に向かって飛びかかってきた。テーブルの片隅を大きな手で叩くことによって、彼は何とか自分を抑えている。

「ろくでなしめ！」

「大尉殿！」オリヴィエは小さな声で言った。

大尉は猪のような身体をゆっくり回転させた。そして視線を肩越しに投げかけてきた。

「ああ！　君が来ていたのか、若者よ？」

大尉はすっかり向き直った。オリヴィエに向かって二歩進んだ。彼がひとりで、テーブルの助けも箪笥の助けも借りずに、震えながら二歩前に進み出た。そして大きな上半身を起こした。

「シャブラン君、手をこちらに出して、ここに入れてくれ、若者よ」こう彼は言った。

大尉は毛だらけの大きな手を開いて差し出した。まるで刺激された大きな神経が手を押し広げているようだった。オリヴィエは自分の手をそのなかに置いた。

「若者よ、若者よ！」大尉は言う。「俺を見てくれ。君が俺を見つめてくれるのが俺は好きだ。君の目を見せてくれ。シャブラン、君は眠れるだろう。ぐっすり眠るがいい！　君の目はまるで羊のようだ。俺を見るんだ。いいかい、若者よ、俺たちに残されているもので、いったい何ができるのだろうか？　眠っていないあいだに、何をする時間が残っているというのだろうか？」

自分の背のうしろに控えているあのろくでなしの影を見つめるために、大尉は痙攣的な動きをした。

「俺たちに残されている命を、シャブラン、眠っている君に、俺はこうしろと命令する……」

「大尉殿、横になってください」オリヴィエは言った。

オリヴィエは大尉の手を引っ張って鉄製のベッドまで導いた。

「坐ってください」

大尉はベッドに坐った。オリヴィエは彼が履いているスリッパを脱がした。大尉は半ズボンの留め金をはずし、脚を交互にあげた。オリヴィエはその半ズボンを脱ぎ、大尉をベッドの上にそっと押しやった。

ラ・プールが柔軟な足取りで滑るようにして入ってきた。彼は靴を脱いでいたのだった。背筋を反らせて陰になっているところまで行き、酒壜が収められている戸棚をそっと開いた。

「若者よ」大尉は言った。「振り向いてくれ。君の目の白い部分を見せてほしい。顔全体を見せてくれ。骨に肉がついている君の頬を見せてくれ。皮膚を通してしか血は見えない。皮膚を通して見る血は美しい。血は、しかるべき場所に収まっているわけだ。君の腕の先に触れるだけで、血が脈打っているのが聞こえる。生き生きしている君の姿を見せてくれ」

大尉はオリヴィエをじっと見つめた。彼の力強い手は、オリヴィエの手首をひきつるようにして握っていた。

「誰だって同じようなものだ。指のあいだにはもう塩のようなものしか残っていないのだ」大尉は静かにこう言った。

彼は起き上がろうとした。

「しかし、俺たちに残っているものを何とかする権利を俺たちは持っているんだろうか？　権利だよ、若者よ、分かるかな、権利なんだぞ。俺たちの人生に残されているものをどう利用したらいいのか……」

ラ・プールは、この言葉を聞いて、口笛を吹き、ドアの方に合図した。

「待って」オリヴィエは唇の端で言った。

「権利ですって？」オリヴィエは訊ねた。

大尉は眠りこんでいた。彼はまるで鎖を厄介払いするような仕種をベッドの上でしていた。

「そう、権利だよ」彼は小さな声で言った。

こう言った彼の口は開いたままだった。腕は下に落ちた。すでに彼は寝息をたてていた。

「火を覆い消しておこう」オリヴィエは言う。

彼らはつま先立って部屋から出て行った。

「大尉は自分の権利を使って俺たちにどうしてほしいんだろう？」外に出ると、ラ・プールは訊ねた。

オリヴィエは返事しなかった。誰も人のいないはずの納屋のなかで、一晩中、血まみれで視線も虚ろなルゴタスやさまざまな兵士たちが麦藁の上に横たわっている姿が彼には見えていた。ありとあらゆる樹木や星が奏でる柔らかくて美しい音が聞こえ、草の生えている林間の空き地を緑色に染めている凍結が手に取るように分かっていた。

ラ・プールは軍服の下から壜を取り出した。

「サン＝ジャムだぜ！　麦藁を見るだけでサン＝ジャムだということが分かるよ」「ラム酒のサン＝ジャムの瓶は麦藁で包まれている」。君のコップを出せよ」


援軍が到着した。伍長は紙のページと吸い取り紙のページが交互に続いている新しいノートと、鉛筆削りで円錐形に尖らした鉛筆を持っていた。

「名前は？」彼はオリヴィエに訊ねた。さらにラ・プールに言った。「君たちは同じ隊の所属かね？」

若い少尉は脚絆をあまりにも見事に巻き付けていたので、まるで丸くて美しい新しいふくらはぎができたかのようだった。

少尉は訊ねた。

「大尉殿。大尉殿がどこで暮らしておられるか、教えてください」

彼は、絹の紐の端に結び付けられている銀色の呼び子を人差し指で振りまわして戯れていた。

彼らは平らになった麦藁の敷き藁の上を歩いていた。彼らはドッシュとマロワのいたところに身を落ちつけた。そして、かつかつと音をたてる新品の美しい靴で陰を押しつぶしていた。彼らは呼びかけた。

「ジョリヴェ！」

「ミュシェール！」

「ベルフ！」

「ランディヴィジュ！」

彼らは新しい外套と新しい革服を着こみ、革製の三枚の小さなポスターのようなまっ平らな弾薬入れを腰に巻きつけている。地面に投げだされた彼らの袋は形が崩れてしまっていたが、そこにはつややかな紐がいっぱい詰まっていた。彼らが身につけているラシャは、毛屑が揺らめいていたが、空のような美しい青色だった。彼らの表情は穏やかな暮らしぶりがうかがえる造作だった。彼らの目や、肌や、口の皺や、顎鬚や、彼らが指を鉤型にして艶出ししている口髭の尖り具合などに、そうしたことはすべて記入され、刻印されていた。すべてをそこに見てとることができた。丘の向こうにあるもの、湿り気、健康、生きる力などのすべてが見えていた。貯蔵庫へ脂身を探しにいく腸詰のような指の可愛い年長の女の子や、灰色になった髪の毛を耳のうしろに押しやる母親や、小学生の上っ張りを着て〈チール・ロ・ロ・ロ〉と歌っている末娘や、草地のなかの透きとおった水源のようにベッドでうつ伏せになっている妻など。

彼らの顔にはこういうものが刻みこまれている。そこには辛い体験にもとづく苦味も読み取ることができる。彼らは新しい鉄砲を持っている。そして彼らの向こうから、薬筒を積んだトラックが唸っているのが聞こえてくる。

四　……そして泉の水は苦くなった

風は唸り声をあげてアルプスを飛び越えてくる。丘また丘の起伏と、その向こうにある大地の平らで緑色の線を前にして、風はしばらくのあいだ驚嘆のあまり動きを止める。風は一瞬空のなかで屹立し唸り声をあげ、ついで飛び出していく。

風に吹かれるたびに、農場は石と瓦でできた鎧のなかで身体を引き締める。納屋では、半月鎌が壁から外れ、下に落ちる。アーモンドの木々が、地下から湧き出てくるかすかな叫びをあげて呻く。松の木々の根が岩に噛みついて唸っている。街道では、ひとりの女が、まるで獣が跳躍するように、両腕を大きく振りまわしスカートを利用して風から身体を防御している。男がひとり、身体をふたつに折り曲げ、太腿を緊張させて風に向かって果敢に歩いていく。

猟犬が牧場の縁まで進んだ。そして鼻面を風のなかに突き刺した。匂いを嗅ぎ、目を閉じ、耳を折り曲げ、頭を揺り動かす。そのあたり一帯の丘という丘に生息しているすべての動物たちの匂いがその犬に充満している。その風は、犬にとっては、血と樹液の香りである。そうした香りのすべてが、犬の鼻面に当たりうごめいている。イノシシ、乳ばなれしていないノウサギ、ヤマウズラ、ウズラ、大きなヘビ、トカゲ、フヌイユ「フェンネル」、ヒソップ、ミツバチの巣箱、キリギリス。こうしたもののすべてが犬の脇腹に沿って流れている。こうした生命のすべてが、まるで小川の泡のように、犬の鼻に命の息吹を跳ねかける。

オリヴィエは、レ・ガルデット農園の正面に置かれている石のベンチに坐っている。そこで彼は風と向き合っている。彼は風のなかに、すでに土色になっている痩せた顔を突き刺した。目が眩んだ彼は、大気を長々と吸いこんでいる。

二度、母親が彼の様子を見にやってきた。母親は息子の頭に手を当てて、何か言葉をかけた……。彼女が何を言ったのか、正確なことは分からない。自分が言いたいことを彼女が言ったかどうかも、よく分からない。それは彼女もまた、生命の風を飲んでいたからである。彼女は息子の顔の土のような頬を見つめて、言った。

「寒くないかい？」

「寒くない」オリヴィエはこう答えた。

三日前からそこにいる彼には、馬が飼い葉桶に頭を突っこむように、人生のなかに頭を突っこみ、人生をむさぼり食ってみたいという欲求の他には何もない。

昨日彼は、小麦用のローラーのかたわらで、卵から出てきたばかりのトカゲの子を観察した。すでにすっかり緑色になっていたそのトカゲは、すべての鱗の端に光り輝く小さな水滴をつけていた。そして太陽の光をたっぷり浴びていた。トカゲは草の下の紫色の場所を探した。草の奥は、熱くて暗かったからである。それに、その暗いところは、花によって照らされているのである。

すぐさま風が立ち、すぐさま太陽が姿を現すだろう。すぐさまあの大きな塊の葉叢が輝き、灰色の水が入っている桶のように、ひっくり返るだろう。すぐさまあのタイムの味覚が、鼻孔に達すると上昇し、まるで矢のように脳髄に突き刺さるだろう。すぐさまあの純粋な大空が広がるだろう。風は木の葉を引きちぎり、ウマゴヤシの畑のなかにその葉を投げつけるだろう。

オリヴィエは、息を切らし、呼吸を撹乱されて、人生のさなかにいる。いろいろな匂いが彼の肉体のなかでいつもの轍をたどって流れ、さまざまな物音がそれぞれの道を見出し、彼の心の方に下りていく。さあ、早く人生を味わうがいい！

オリヴィエは、一日が繁茂しているとき、人生をがぶりと噛みとり、頭を垂らしてそれを噛みしめる。かすめ取った干し草のように。

「爺ちゃん……」

新しい柳の枝で葡萄の収穫用の籠の底を編んでいる爺ちゃんの近くまで、オリヴィエはやってきた。

「爺ちゃん、下に憲兵たちが来ているけど……」

「ブラの男のためだよ」爺ちゃんは言う。

爺ちゃんは編みはじめていた結び目を仕上げる。

「破産したブラの男だ。外出許可をもらって戻ってきている。奴は何かをじっと見つめている。学校に行っている子供たちと石けりをして遊んだりしていた。狩猟用の銃を手に取り、『何故だか分かっているぞ！』と言い、山の斜面に出かけていった。奴は脱走してきたのだ」

オリヴィエは小さなイチジクの実の端をかじっている。もっと若かった頃の情熱、それが戻ってきた。彼は手が小さかった頃の昔の身振りを思い出した。乳白色の茎を噛んでいたら、彼には急に、人生が大きなものに見えてきた。彼は忘れていたんだ。彼は、今、生命を具えた乳液で膨れあがっている若い樹木の断片を歯で噛みしめている。そして彼は苦い樹液を吸っているのである。


「あんたはもう食器を洗ったの？」ジュリアは訊ねる。

「洗ったわ」

マドレーヌは顔を赤らめ、手芸品の入った籠のなかを探しはじめる。

「それじゃ、豚肉入りのスープは？」

マドレーヌは頭をあげる。頬にたっぷりと血が満ちている彼女の顔はまっ赤である。その赤い顔の中央にある彼女の視線は、じつに穏やかだ。

農場の大がかりな家事はすでに片付けてしまっている。家中磨いたし洗ったたし、ぴかぴかである。床は湿らせた革で拭いた。椅子は壁際に並べてある。テーブルはまるで石のように清潔だ。

「てきぱきと片付けるわね」ジュリアは言った。

彼女は丸い腰の波に乗って立ち去る。ドアを引いて開けるときに、ジュリアはマドレーヌの方を見つめる。マドレーヌは手芸品の籠のなかをさぐっている。

ジュリアの部屋では、しっかり閉められた分厚い鎧戸が陰を保っている。家の外のミツバチが板戸の継ぎ目のところで羽音をたてているのが聞こえる。風が建物の壁を平手打ちしている。

彼女は薄暗くて涼しい部屋のなかに立っている。ヨシの薄板の上で乾燥している葡萄や杏の匂いがたちこめている。

彼女はやはりいつもひとりだ！　そうした甘い果実やかすかな物音とともに彼女はひとりでいる。人生にひとりで向き合っている。だから彼女の唇は焼けるようだ。美しい舌で唇をなめてみる。以前は、血液の反抗が生じたこともあった。しかし腕をむきだしにしたジョゼフがそばにいた。彼の胸は雄羊の背のように毛が密生している。まわりの土地にはどこも彼の足跡と、彼の靴底に打ちつけられている釘の印がついている。

下でドアがそっと音をたてる。ジュリアは鎧戸を押し開いて、下を見るだろう。マドレーヌだ。彼女は、昨日のように、風に突き飛ばされながらも、うっとりした表情で、昨日と同じ時刻に外出する。

大地が万事を取り仕切っている。

「石膏でできたイエスのようだ。あの人はまるで石膏のイエスのようだわ。オリヴィエ、オリヴィエ！」

マドレーヌはブドウ畑のなかを走る。

すべてをはぎ取られ孤立している空が、鋭利な縁で、丘たちの地平線にのしかかる。高原の上には風の他には何もない。木々は自分の陰のまわりで、まるで紐でつながれている雌山羊のように、飛び跳ねている。

太陽の色を見ると、彼がすでに向こうで彼女を待っており、男の身体の全体で彼女が来るのを期待しているのが彼女にはよく分かる。エニシダに覆われているあの斜面の、大地に生えている草のベッドのなかであの人は待っている。

ああ！　この風や、この欲求や、大きな義務に従わねばならないというこの必然性などのために、彼女は息切れしてしまう。

はじめて彼がそこにやってきたのは、季節は秋で夕方の六時だった。それは風が吹きはじめ、血が沸きたぎるあの大いなる夕べのことだった。そして彼は口笛を吹いた。

彼は口笛を吹いた。彼女は、グラスの水分をふき取る布巾を手に持ったまま、全速力で彼に向かって走っていった。

「オリヴィエ、私の大切な人！　ずっと前からよ！　ずっと以前から、私はここでひとりであなたのことを思い死にそうだったのよ！」

彼は両腕で彼女を抱きしめた。彼は軽く喉を鳴らしていた。

彼は石膏でできたイエスのようだ……。

ああ！　何を与える必要があったのだろう！

いいや、彼女はすべてを与えた。みずから進んで、充分な同意とともに、自分が持っている物のすべてを愛する者に与えるという素晴らしい喜びを味わいながら……。従うことなのだ！　あの最初の逢い引きのときに見ておく必要があったものを、ふたたび見るということはもう決してありえないのだ。あのときのオリヴィエはまるで打ちのめされた馬のように全身で震えていた。あのオリヴィエは飢えと渇きで満ち満ちていた。あの男は死と戦闘によってすっかり憔悴しきっていた。

彼女はパンだった。「私を食べてちょうだい！」彼女はこう言った。唇はすっかり熱くなり、身体は開いて、彼女は進んで歯の下にやって来た。身と皮を併せ持っているパンであった。軽いところも重いところもあった。彼に混ざり合い、彼に全身で合体し、彼の心を和らげ、彼を養い、彼に真新しい女の肉体から乳を吸わせるのだ。平和と喜びで満ちあふれた自分の乳を彼に与え、自分の身体を彼に与えるのだ。彼女こそ、男の大いなる飢えと不幸を鎮めるためのパンなのだから。

日中にこういうことを考えていると、彼女は顔が火照ってくるのを感じる。しかし、その時を知らせる色がすでに訪れた。彼は待っている。彼は向こうの草のベッドのなかに来ている。彼女がやって来て、自分の身体に沿って横たわるのを、彼は待っている。

昨日、彼女は母親に会いに行った。

「最初の夜のうちは、あの子はものすごい勢いでベッドから飛び上がっていたのよ」母親は言った。「私は起き上がって、あの子を毛布で覆ってやろうとして、話しかけたの。だけど、あの子には何も聞こえなかった。彼は歯を食いしばって呼吸していた。肘を振りまわしたりしたときには、私はもう少しでランプを手からとび跳ねさせてしまうところだったわ。今では、あの子はまるで小さな聖人のように、おとなしく眠るようになっている。石膏でできたイエスのように物音もたてないのよ」

マドレーヌはブドウ畑のなかをうしろを振り返らずに走り、膨らんでしまうスカートを手のひらで押さえつける。

「私には血の気《け》がありすぎるわ」ジュリアは言った。

こんな風に考えることができるという分別を頭のなかに持っているのに、彼女は激しい労働に自らを駆り立てている。そのあと、彼女は働きすぎていよいよ疲労が重なり身体が痛くなってくる。

今日、強い風が吹いているのに、彼女は一日中取り入れに精出した。その結果、頭がおかしくなってしまった。彼女は、台所で、震えながら両脚で立っている。

「この風に私はまるで船乗りのように酔いしれてしまったわ」彼女はこう言う。

彼女は微笑みはじめたが、急に、それでもやはり自分の内部で、まるで囚われの蛇のように、その血が身体をくねらせているのを感じた。彼女はこう言った。

「鉈鎌を置き忘れてきた」

こう言うと、一歩ごとに大地を大またぎしながら、彼女は高原へと出かけていった。

彼女はアーモンドの林を通り抜け、斜面を下り、アン＝ショの丘を迂回していった。

夕闇が訪れる。そのとき彼女は冷たい山陰に来ている。彼女はそこまでイノシシの巣窟のような場所を歩いてきたのであった。そしてそこまで来ると、急に、何物かが彼女の足もとから浮き上がってきたような気がした。黒い獣が大きく跳躍しているようだった。

その獣は跳躍を中断したり、向きを変えたりする。それは猛犬のようにがっしりした男で、何でも歯で食いちぎってしまおうというような気配が感じられる。

男は銃を持ち上げる。銃尾のあたりに素早く触れたが、それは戦争用の銃ではないということを彼は思い起こし、引き金に指をかけた。

それと同時に、自分の目の前にいるのはたったひとりの女でしかないということを彼は見てとったにちがいない。彼は動かずに、彼女をじっと見つめていた。大きな左手は銃身を支えている。

そして彼女の方も男を見た。彼女は突然、空虚で脆弱な存在になった。そこで草を見つめた。草は相変わらず緑色であった。

「ブラの男だわ」彼女はこう考えた。

彼は彼女に向かって一歩進んだ。彼がどういう男なのか彼女にはとても分からない。それほど彼は毛深い。さらに、毛の下にまで、目のなかにまで毛が生えているので、どこの誰だか認めることはできない。

「誰なんだろう？　誰でも分かっているはずなのに……。誰だろう？　フォークかしら？　それともクロドミールなのかしら？」

「君かい、ジュリア？」男は言う。

「そう、私よ」ジュリアは言う。「だけど、あんたは誰なの？」

「トワーヌだ」男は言う。

「トワーヌですって？　まさか！　あんたなの？」

後ろ向きに、また前向きに、目を閉じてワルツを踊っていたあの男だ。彼の両足は皿ほどの大きさの円の中で回転していた。とても優しい男だったので、みんなからトワネットと呼ばれていた［(アン)トワーヌは男性の名前だが、(アン)トワネットは女性名である］。

「俺だよ」男は言った。そして銃を下げた。

彼はもう一歩近寄った。そうするために、獣たちに特有のあの柔軟さと筋肉の滑らかさを発揮した。

「憲兵たちを見たかい？」

「心配しないで。彼らは向こうのルッセの方に行ってるわ。私は見たのよ」

彼女は男の顔を見る。それを見ていると、閃光のように、昔のイメージが次々と浮かんできた。花飾りのなかで開催されたダンスパーティ、ワッフルを売る女、アコーデオン、いつも床板を踏みしめていた音楽家の足など。だが、この視線のなかには何か真新しいものが感じられる。飢えと、渇きと、男の欲望が。

「トワネットなのだ！」ジュリアは思う。

厳しくまた情け容赦のないさまざまなことがあったのだ。

「必要なの、パンや塩やワインなどが？」彼女は言う。

「いや」

彼女は一歩後退した。

「必要なら……」

彼女には何が起こったのかよく分からない。おそらく彼が跳躍したか、それとも、大きな石のように彼が彼女の方に転がってきたのだ。それとも……。彼女には分からない。力強い腕が腰を締めつけるのを感じた。熱いものが膨らんできて、彼女の乳房を押さえつけた。風と樹木と男の洪水のなかで、彼女は後ろ向きにたわんだ。彼女にはそれだけで充分だった。彼女の方が先にトワーヌの唇を噛み、歓迎の呻き声をもらしたのであった。

レ・ビュイッソナードでは、一日中葡萄の収穫が行われていた。低い高原の葡萄畑の取り入れはこれで終了した。葡萄の入った籠を荷車に積みこむと、フェリシが板張りの御者台に坐りこみ、ポール坊やを両脚のあいだに据えつけた。荷車はがたがた道を進みはじめた。

囚人が馬の手綱を引いている。

馬は一日中風が吹き荒れたので興奮している。馬はもう陰を見分けることができない。陰のところを通るたびに、まるで火で焼かれているかと思えるほど、馬は轅《ながえ》のあいだで飛び跳ねる。幸いなことに人間の手がそばにある。その手はしっかり馬をつかんでいる。男は小さな丸い縁なし帽を頭にかぶり、緑色の上着を着ている。そして背中には大きな白い二つの文字が記されている。PとGである［Prisonnier de Guerre（戦争の囚人）を意味するPとG］。フェリシは手綱を握りしめている男の手首を見つめる。頑丈で、仕事を心得ている手首だ。

村長がこう言ったのだった。

「あんたは戦争で寡婦になっている［働き手の息子をなくしている］から、捕虜を使う権利がある」

荷車が船のように大揺れすると、囚人は振り向いて女主人を見つめる。訊ねるようなかすかな微笑を浮かべている。

「はい、大丈夫よ」フェリシは答える。

ポール坊やは全身葡萄の汁にまみれている。手を握りしめて葡萄の房を砕き、それをすべていっぺんに口のなかに入れるからだ。荷車が飛び跳ねると、坊やは葡萄の粒を頬でつぶす。そうすると、彼は舌を伸ばして汁をなめる。

レ・ビュイソナードに着いたときには、もう暗くなっていた。葡萄の入った籠を家のなかに運び入れた。料理をするにはもう遅すぎる。山羊のチーズを三等分し、家の前の石のテーブルに坐って、そのチーズを口もきかずに食べた。フェリシは、身体をかしげ、両腕で太腿に寄りかかって、パンを引きちぎりそれを口に運ぶだけのために手首を動かして食べた。

そのあと、坊やは脚のしびれを直した。彼は男に近寄り、二人は一緒になって戯れた。

「くすぐるよ」ポールは言った。

男は怖いというふりをしていた。

「ウーラ、ウーラ！」

そして男は坊やの腕をつかまえ、本気になって両手の指を使って坊やをくすぐってやる。

美しい夜である。風が不意に止んだ。空は星が出ているためにすっかり灰色になっている。

フェリシは立ちあがる。

「さよならを言いなさい、ポール」

「さようなら」坊やは言った。

「さようなら」フェリシも言った。

男は立ち上がる。彼の踵が草のなかでかさかさ音をたてているのが聞こえてくる。

台所に入って、フェリシは蝋燭に火をつける。その光を受けて彼女は行ったり来たりしている。家の外から、彼女の顔や髪の毛が見える。台所の片隅が見える。片手なべが吊り下げられており、コーヒー沸かし器が暖炉の上にあり、壁には祝福された柘植《つげ》の枝が架かっている。

男は悲しそうに長いため息をつく。

彼は農場を一周した。馬は首尾よくつながれている。山羊たちにも必要なものはすべて与えた。鶏たちはすべて鶏舎のなかにいる。何かが焦げているような匂いはない。大丈夫、万事が大丈夫だ。囚人は麦藁のなかで横たわる。万事がうまく収まっているかどうか、危険なことは何もないかどうかを確かめるために、麦藁のなかでしばらくのあいだ彼はあたりに注意を払う。


自分の姿を見られることはないだろうということが分かったので、ジュリアは戸棚のところに行き、手のひらに油を少し注いだ。

彼女は言った。

「おやすみ」

そして彼女は階段をあがっていった。油を注いだ手を身体にぴったりつけた。油をこぼさないよう注意した。

自分の部屋にたどり着くと、彼女は聞き耳をたて、ドアを開いてから、両側の蝶番に油をさした。彼女は手のひらの油のなかに指をつけ、その油を蝶番に塗りつけた。蝶番のなかに油が入っていくように、力いっぱい押しつけながら。最後に、彼女は暗闇のなかでドアを開けたり閉めたりした。こうしておけば猫の足音のように誰にも聞こえないだろう。

五　サンテール

「彼はやりたいように俺たちを扱うだろう」ジョリヴェは言った。ラ・プールは雨の水たまりに唾を吐くのをやめた。彼はかなり離れている道路まで唾を飛ばしていたのであった。いくら頑張っても、それ以上は飛ばせなかった。彼は納屋の内部の方に向き直った。

「誰が？　誰が俺たちをいいように扱うんだい？」彼はこう訊ねた。

海のように波打っているこのサンテールに彼らがやってきてから、もう随分と月日が経過していった。彼らは、まるで外洋のまっただ中にいるような具合に、この広大な土地のまん中にいる。そのためにすべてが消え去ってしまった。ヴェルダンの苦しみも、かつての戦友たちの死も、一滴のラヴェンダーのエッセンスとともに小さなハンカチに印されていたマドレーヌの香りも。

「司祭だよ、連隊長の司祭だよ」ジョリヴェは言った。「君、俺たちがここにいるからこんなことを言うんだが、神様は親切なことをする必要なんてないんだよ。神はいつでも来たいときに来る。そしてありのままの姿を見せればいい。それでも俺たちをうまく扱えると確信しているのさ」

その難破船のような村は、大地の長大な波の上を漂っていた。夕闇が押し寄せると、すぐさま灯火はすべて消された。だから、納屋のなかに漂っているのは、幸いなことに、あのような人間の重々しい匂いだけだった。

日中のあいだはずっと、小麦のような空が、その分厚い大気であらゆるものを窒息させせつつ、上空で眠っていた。人が話す言葉は、跳躍していくということはなく、まるで唾液のように、ただ口から力なく流れ出ていくだけだった。

運搬車が道路の上を通過していくのは見えたが、その音は聞こえてこなかった。木が生えていない小さな丘の稜線を運搬車が通っていくのが確かに見えていた。馬たちは煙でできた足を高く上げていた。トラックたちは、木の皮の破片が波の上を流されていくように、大地のうねりのなかを滑っていった。物音が遠くに立ち去っていくということはなかった。物音は男たちや、動物たちや、木製の車輪のかたわらにとどまっていた。物音は空のなかに吸いこまれていかなかった。

ラ・プールは頬のあいだで美しい唾液を寄せ集め、もっと遠くまで、道路のところまで何とかして飛ばそうと工夫していた。

村はすっかり静まっていた。寒気が進出してきたために、大気の奥底の様相が悪化してきた。みんなは中庭で板きれを燃やして火をおこした。火はそれほど燃え上がらなかった。炎もなく、またほとんど熱を発することもないその板きれは、赤い色で化粧しているにすぎないようだった。やがてその板はばらばらになり、崩れ落ち、生気のない灰になった。兵士たちはその焚火のまわりに集まり、手をかざし膝を前に出した。まるで煉瓦でできた暖炉のまわりに集まるように、兵士たちはその焚火を取り囲んだ。そうすると、その焚火は何がしかほっとしたような様子を見せていた。小さな炎が燃え上がることも時にはあったのである。

大がかりな匂いのことも心配の種だった。その臭気は力強い勢いで押し寄せてきた。腐っている肉を口にするときのように、その臭気はすぐさま頭のなかで感じられた。そのあと臭気は消えていったが、空から漂ってくる小麦粉の酸っぱい味を、私たちは楽しみながら嗅いでみたりしていた。

時として、泥と雨を満載している通りが、暗くて重々しい大層な言葉を話したりすることがあった。それは大気が動いたからである。その動きは湿っている手でさえ感じとることができなかったであろう。その言葉は病んでいる納屋から出てきていた。納屋のなかに入ることは禁じられていた。開かれた大きなドアの中央に打ちこまれた杭に、木炭で〈鼻汁〉という単語が記された張り紙が釘付けされていた。その向こうには、穴だらけの木材の残骸と、崩れ落ちた壁の断片が腐っているむきだしの地面が光っていた。

前線に進んでいった兵士たちは、赤茶けた砂丘のような土地の斜面に馬用の集合柵を放置していった。それは、皮を剥いだ木の幹で作られた、屋根のない、長方形の大きな避難所だった。そのなかにはまだ十頭ばかりの馬と二人の男が残っていた。柵のなかにいる馬たちは、一頭はここに、別の馬はあそこに、さらに別の馬は向こうにというように、すべての馬は離れ離れに配置されていた。二人の男たちも同様に離れていた。彼らが村まで下りてくるということは決してなかった。彼らが往来する姿は私たちには見えていた。彼らは互いにあまりにも近くまで接近すると、ひとりは立ち止まったり、またもうひとりはその男のまわりを大きく迂回したりして、自分の持ち場に戻っていくのだった。彼らは白くて大きな手袋をはめていた。時おり、目が見えるように穴があけられている白い頭巾を頭にかぶっていることもあった。彼らは細口のガラスの大瓶を持ち上げ、そこに入っている液体を桶のなかに流しこんだりした。棒でかき混ぜたあと、その液体をたっぷり馬の尻の上に注いだ[詳細は不明であるが、消毒を行っているものと考えられる]。エーテルとフェノールの匂いがゆっくり砂丘から流れてきた。夕闇が押し寄せてきた。そうすると、馬たちは互いに呼びあうのだった。馬たちは、夕闇がまだ灰色の束の空に埋没しているときに、早くもその夕闇の到来を嗅ぎつけるのであった。馬たちは震えるような小さな声を発していた。神経と胸の努力が満ちあふれているそのどろどろした声は、彼らの血の苦しみから絞り出されているようだった。そういう響きを持ってはいるが鳥の嘆きのように軽快な馬たちの声は、夕闇のなかを、ある馬から別の馬へと伝わっていった。馬たちはどうしても言いたいことを伝えあっていたのであった。

日中のあいだ、馬たちは鼻面を板に向けていた。遠くにいる私たちにも見えていた白い馬は、その場で疲れる様子もなく絶えず足踏みしていた。その馬が最初に死んだ。二人の男は穴を掘ったが、相変わらずそれぞれ離れて向き合うようにして鶴嘴《つるはし》を振るっていた。

「ちくしょう！」しばらく考えてから、ラ・プールは言う。「あんな風にやるなんてうんざりしてしまうよ！　ずっとあんなところに離れていて呼びかけあうなんて苦労をしても何の意味もないよ」


第二小隊の経緯などが原因で、空《から》の納屋を私たちは警戒しはじめた。

レーヌが外出許可から戻ってきた。彼はまっ暗闇のなか、もう少しで夜明けといった時刻に到着した。汽車をおりてからこの村にいたるまで、この長距離の波打つ大地を彼はずっと歩いてきたのだった。彼は疲労と夜の闇と蒸留酒のために酔っていた。彼は納屋に避難した。

二日後、彼はみんなのなかに混じっていたが、驚いたように大きく見開いた目で、灰色の空の奥底にある物体の理由を探っているようだった。彼は重い両手をシャツの襟のところまで持ち上げ、自分の首を露出させるためにゆっくりすべてを引き裂いた。驚いた表情で、口を開いたまま、彼はじっとしていた。彼はもう話せなくなっていた。

彼は二人の看護兵に渡された。抵抗したので、彼は肩から足先までロープでぐるぐる巻きに縛られた。

「ああいう風になってしまうと、もう自分の力が感じられないんだ」ラ・プールは言った。

彼は手押し車に乗せられて、大地の向こうへ運ばれていった。二人の看護兵のうちのひとりはよく知られていた。彼はピッコロを吹くことができたからである。鼻をつまんでヴァイオリンの音を模倣しながら、『トスカ』のなかの数曲を演奏するのだった。

夕方になると、相棒の看護兵とともに、彼は戻ってきた。

「それで？」

「これでおしまいだよ」彼らは言った。

翌日、ピッコロを吹く看護兵は、馬のいる例の長い砂丘の方に、たったひとりで出かけていった……。その日のうちに、大尉はラ・プールに訊ねた。

「俺のピストルを見なかったかい？　ここに吊るしてあったはずなんだが」

「私は、知りません」ラ・プールは答えた。

自転車兵は膝まで泥が積もっている道路はたどらずに、平原を横切ってきた。その平原にはまばらかな草が生えていた。

「男の死体を見つけました」到着すると同時に彼はこう言った。

それは例の看護兵の死体だった。頭に弾を撃ち込んでいた。彼は右腕を下にして横たわっていた。顔は折れ曲がっている肘に隠れて、見えなかった。ピストルは血だらけだった。

大尉が現場にやって来た。ピストルの血をハンカチで拭った。夜になると、彼はラ・プールにピストルを分解し、油を差すよう命じた。

「溝にしっかり油を差すように。いつもそこで詰まるんだ」彼は言った。

彼は弾を込めずにピストルを試してみた。弾倉は回転し、撃鉄がかちっと音をたてた。大丈夫だ。

彼はピストルを鞘に収め、その鞘を自分のベッドの頭部に吊るした。

次に自転車兵がやってきた時、彼は新たな情報を持っていた。

彼は地面に足をつけた。

「俺たちは戦列に加わることになるぞ」と彼は言った……。

その日のうちに、連絡係が位置を確認するために出発していった。彼らは冷えた食事とワインの水筒を持って出かけた。戦列はその村から遠かった。彼らは武器を持たずに、歩行者用の杖だけを持っていった。

翌日の夜明けに、彼らは戻ってきた。大尉は門の前で彼らを待っていた。軍服を着こみベルトを締めつけた大尉は、それまでと変わった新しいやり方で美しく身なりを整えていた。彼はもう髭は剃っていなかった。もっと現実的なやり方を見つけたからである。鋏で髭を皮膚すれすれのところで切っていた。そのために、彼の顔はまるで熊のようだった。その上、彼は太ってしまっていた。

彼の身体はドアの開口部のすべてを塞いでしまった。

一番の警備兵をつとめてきたジュラスが戻ってきたとき、夜はすでに白みはじめていた。彼が〈友愛〉の細長い道［兵士たちの志気を高めるための命名の一種］をはるばる歩いてくる足音が、オリヴィエには聞こえていた。塹壕の開口部のちょうど正面に、その道は見えていたのだった。

「みんなは眠っているんだ」塹壕に入りながら、彼は言った。

彼らは睡眠の瀬戸際にいた。少し前から、さまざまな事柄が音とともに彼らに意識されはじめていた。そして彼の足音は普段聞き慣れている音ではない小さな物音だった。地面から吹きこんでくる隙間風や、まるで風のように塹壕のなかに滑りこんできた柔らかな物体。

「それで？」オリヴィエは訊ねた。

「静かだ」ジュラスは言った。「静かだ。静かなんだよ」自分のコップのなかに冷たいジュースを注ぎながら、ふたたび彼はこう言った。

彼はジュースを飲んだ。

「何から何まで見てきたのか？」とカムーは訊ねた。

「頭を働かすんだよ」ジュラスは言う。「見たのは周辺のことばかりさ。俺にはそれで充分だ。俺は、自分が見たことと自分が理解したことをお前に伝えておく。じつにひどいことばかりのようだぜ、本当に」

その日は長かった。じつに長かった……。空は大地の上で老けていき、いよいよ白くなり、いよいよ低いところに下りていった。塹壕の上に顔を持ち上げることにみんなは慣れていった。そうしても危険なことは何もなかった。新しいことは何も見えなかった。サンテールの大地は波打ち、くぼんでいるところには靄が立ちこめ、そこはすっかり湿っている。物資を供給している車が走る音が遠くから時として聞こえてくるが、その他には何も聞こえる音がない。正午というまだまだ濃厚なこの時間のなかを、鴉が一羽通り過ぎていった。周囲の雰囲気は相変わらず何も変わったところがない。

「それでは、俺には」ラ・プールがスープの入った桶を置いたとき、ジョリヴェは言った。

「シャブランあての一通しかない」ラ・プールは言う。

「それじゃ、俺はどうなるのだ。俺も手紙が一通届くのをずっと前から待っているんだ。もうこれで……」ジョリヴェは言う。

「俺の足を踏みつぶすつもりか」ラ・プールは言った。「届いていたら、持ってきてやったよ。これは、シャブランあてだ」

「見せろよ」ジョリヴェは言う。

「困った奴だ」ラ・プールは低くため息をつく。

彼は上着のポケットから手紙を取り出した。

ジョリヴェはその手紙をさっと取った。手紙を見ることなく、手の先でしばらくのあいだそれを持っていた。それから彼はあて名を読んだ。

「オリヴィエ・シャブラン……、なるほど」彼は言った。

午後になるといつも、穏やかな沈黙が続き、丸太の木材のひび割れしているところから階段に雨のしずくが落ちてくる音が聞こえる。

「おおい！」ジョリヴェは低い声で呼びかける。

オリヴィエは振り向く。

「手紙が届いたのか？」

「そう」

ジョリヴェはオリヴィエに近寄った。しかし彼はオリヴィエの顔を見ていなかった。蝋燭の火の下でブール遊び［トランプ遊びの一種］をしている男たちを見つめていた。

「それをしばらく貸してくれないかな。君の手紙の内容を読んだりしないよ。友情があふれている言葉をちょっと読みたいだけなんだ」と彼は言った。

オリヴィエはポケットに手を入れた。ジョリヴェはその動作を制した。

「やはりいいよ。手紙は君のものだ。あいつもそのうちに書いてくるだろう」彼は言った。

そして彼は階段の上の方にあがって、白い光線の冷たい陽だまりの向かいに坐った。

連絡係は毎日のように出かけていった。右の方に進み、七連隊のところに行った。彼がマスク入れの箱で丸太を叩いている音が聞こえてきた。彼が戻ってきたのだ。

ある夕べ、彼が呼んだ。

「ちょっと見にきてくれないか」

ズアーヴ兵［アルジェリア歩兵］たちが掘った塹壕のなかを長々と歩き、〈青い内臓〉をたどり、石切り場を横切らねばならなかった。目的地はそこだった。斜面が崩れ落ちたばかりだった。シーツの切れ端が泥まみれになっていた。その結果、石切り場の側面に、天窓のような穴があいていた。男の腕がそこから突き出てきていたが、その先には鉤のような形の手がついていた。近づいてみた。そこは死体が埋められている大きな穴だった。まるで水がたまっているように、そのなかからぴちゃぴちゃという音が聞こえてきた。


夜になると、当直の場を離れ、地下壕の入り口にやってくる者がかならずひとりいた。彼は、眠っている兵士たちのいびきや、呼吸や、叫び声などを聴いていた。寒いので、暖を求めて火に近づいて行くときの感じだった。

地下壕のなかでは、兵士たちはいつでも眠っているわけではなかった。彼らはしばしば不安にさいなまれていたので、その不安は、まるでたちの悪い病気のように、身体のなかで膨れ上がっていくのだった。

「よく聞くんだ！」奥に横たわっていたジュラスは言った。

真夜中のことだった。外から、霧が地面にこすれる音が聞こえてきた。

「耳をすますんだ！」

地下壕のなかから、留針のように尖った、規則的で小さな物音が聞こえてきた。

「聞こえるかい？」

「聞こえる」

それは目標を持ったひとつの生命のように規則的であった。それは意図を持ち、ある目標達成に向かっている生命であり、その意図を実現するために緊張している生命であった。その音はきわめてかぼそかったが、尖ったような特徴のあるその音は地下壕を隈なく満たしていた。

「ここだ。このなかだ！」

「蝋燭を！」

「シャルル、蝋燭だよ！」

「どいてくれよ！」

「ライターをつけるんだ！」

「君のライターだ、君のライターをつけてくれ！」

彼はライターを打った。そうするとかすかな炎が燃え上がった。

微光が届いている先で、男たちの不動の顔があった。彼らは耳をすましていた。彼らの目でさえもう動いていなかった。

その音は男たちのなかから聞こえてきていた。

「蝋燭を灯すんだ！」

ラ・プールは蝋燭に火をつけた。炎はまっすぐに燃え上がることなく、木の葉のように揺らめいていた。彼はまわりを見わたした。

「ああ！　時計だよ！」彼は言った。

腕時計が羽目板の釘にぶら下がっていた。

普段は、その兵士は当直には時計を持っていくのだった。

翌日、彼はこう言われた。

「時計を忘れるなよ」

「いや、時計は置いていくよ。寒すぎて、時計が動かなくなってしまうんだ」彼は言った。

しばらくしてから、ジュラスが立ち上がり、その時計を釘から外し、地面に置いた。音は飛躍的に小さくなった。

それはたんなる注意力の問題だった。挙句の果てには、カムーが時計を持っていく場合でさえ、時刻が動いているのが聞こえてくるようになってしまった。

「で、俺の時計は？」カムーは訊ねた。

彼は釘を眺めてから、自分の身体のあちこちを探ってみたのだった。地下壕のなかにいるみんなは眠っているふりをしていた。

「俺があいつに手をかけたら……」彼はこう言った。

彼は横になった。そしてみんなに背を向けた。

ジュラスは目を開けていた。掛け布団から手を出し、髭をこすった。釘を見つめていた。

その夜が深まった頃、連絡係が息を切らして戻ってきた。暗闇のなかで、ところ構わず、彼は寝ている兵士たちを荒っぽく叩き起こした。

「おい、おい、このなかだ。立ってくれよ！」

彼は自分のライターを灯した。

「いや、待ってくれ」彼は言った。「君たちの蝋燭はどこにあるんだい？」

彼は喉仏を飲みこもうとしたが、うまくいかなかった。喉仏は相変わらず上昇していた。

「何だって？　おい、いったいどうしたんだ？」

彼はついにうまく唾を吐くことができた。

「いいかい」彼はラ・プールに訊ねた。「俺たちの頭がおかしくなると、それは自分で分かるんだが、それとも、何か？……」

外では、機関銃がゆっくり掃射されていた。

「しかしながら、俺ははっきりと奴の姿を見た」男は言った。「だけど、俺の頭は狂ってはいない。さあ、いいかい、奴はたしかにあそこにいた。俺は見たんだ、俺の目はたしかだ。そんなことは習慣になっている。それでどうした？　などと言ってほしくない。つまり奴は穴から出てきていたにちがいないんだ！　俺はちょうどその時にそこを通りすぎたんだ。

俺は第七連隊から戻ってきたところだった。俺はすでにあの曲がり角までやって来ていた。すでに地下壕の黒いところが見えていた。あそこだった。『あれはおそらく大尉だろう』と俺は考えた。そこで俺は小さな声で『大尉殿！』と言ったが、反応は何もなかった。その男はもっと痩せているということが分かった。太って見えていたのは、外套のせいだった。その外套は猟師の外套のようだった。こういうときには、何も言うことができない。俺は『おお！』と言って、奴に手をかけた」

「俺もあいつの姿は一度見たことがある」ラ・プールは言った。「ドアは塞ぐほうがよさそうだ。テントの布を張ろう……。あいつはドイツの軍曹だ。俺たちの仲間じゃない。これがまさに最悪のことなんだ」

「そのとおりだ」ジュラスは言う。奴はドイツの軍曹だ。俺も奴をこのあいだの夜見たことがある。俺は何も言わなかった。奴が通りすぎたので、身体を縮ませ反動をつけて、銃尾で奴の顔をなぐりつけてやった」

「まさか？」ラ・プールは言った。

「本当だよ」ジュラスは言った。

「それで、どうなった？」

「それで、何も起こらなかったさ」

時計の残骸を手にいっぱいに持って、カムーはやってきた。

「こんな馬鹿なことをやってしまった男を捕まえたら、しばらくのあいだふざけ合うだろうよ、きっと……」

ジュラスは起き上がって、言った。

「俺は行く」

彼は仲間のすべての顔を次々に見つめた。

「注意するんだぜ。さようなら！」しゃがみこんでいるオリヴィエの前を通りすぎるときに、彼は言った。

〈友愛〉の坑道を通って彼は立ち去っていった。

夜になっても、彼は戻ってこなかった。みんなは彼のスープ用の飯盒に料理を入れた。

「肉を蓋に入れればいい。彼は肉が汁につかるのが好きじゃないんだ」ジョリヴェは言う。

ついに、彼はいつまでたっても戻ってこないので、ジョリヴェは肉をスープのなかに入れて、飯盒を閉じた。

「こうすると、スープは冷たくなるばかりだ」カムーは言った。

「温めたらいいんだ」ジョリヴェは言った。

翌日、ジュラスはもうそこにはいないのも同然であった。

彼の飯盒はテーブルの上に放置されたままだった。みんなはそれを押しやって、そのかたわらで食事をした。蓋に蝋燭をくっつけて立てたりした。ついに、ジョリヴェは飯盒のなかにはいっていたものを外に捨てた。スープは酸っぱい匂いがしていたし、肉片には黴の糸が張っていたからである。


ディザントリの方ではしなければならない仕事があった。その場所は、鉱山が破裂してできた傷のなかにある泥の湖だった。

有刺鉄線と木の杭が貯蔵されているところに、彼らは連れていかれた。彼らは防御柵を横切り、〈毛皮帽〉を頭に巻きつけた。彼らは駐屯場のようなところにいた。目の前には泥の湖があり、人気《ひとけ》のない荒涼としたその地方の大部分を見わたすことができた。地平線は空に触れていた。

カムーは働くのを中断した。遠くを見ながら、彼はこう言った。

「あの向こうには、森があるぞ」

それは例の影の戯れだった。影は、真昼間でも、彼らの目の前を漂っていた。

「あれは森だ！」

そして夢中になっている彼の目は、彼だけが見つめている空がその目のなかにいっぱいに反射しているかと思えるほど、青くなっていた。

「向こうでは誰かがノロジカ用の輪差をしかけているところだと思わないか？」有刺鉄線を使って、彼の指は高度な密猟者にしかできない巧緻な結び目を作ろうとしていた。

「滑らかな針金か美しい縦糸があったら、人間だって捕らえることができる輪差が作れるんだが」

「作ってみせてくれよ」ジョリヴェは言った。「俺が材料を探してくるから」

「いいかい」カムーは言った。「こういう風にまわすんだ。靴のために作るような飾り紐がこんな風にできる。きつく締めずに、その端を結び目のなかに通し、そこで引っ張る。そうだ」

「人間でも捕らえられるんだって？」

「この針金だと、きわめて丈夫なので、ひとりというよりも二人捕まえることもできるだろうよ」

今では森は誰にでも見えていた。木の葉がみんなの頬をなでることができるほど、その森は近づいてきていた。

「松の木だ」オリヴィエは言った。

「お前の頭はおかしいぞ」カムーは言った。「あれが松だって？　あれはブナだぜ。あの緑、いいかい、あの重々しい緑は、地面から生え出てきているブナの森だよ。試してみる必要はない。森のことや森の匂いについては、わざわざ俺のあとについてくる必要はないんだよ」

ラ・プールは視線を上げて、森を見つめた。森は消えてしまっていた。見えるのは、小麦粉と水でできている空だけだった。

「燠の上に、パセリとバターをまぶした茸が乗っているようなもんだ」彼は言った。

「ああ！　そのとおりだ！」カムーは言った。

しかし、急に、言いかけた言葉を彼は歯を打ちあわせてひっこめた。穴の端っこに坐っている夕闇が、大きな暗い目で彼らを見つめていた。


向こうには、ありとあらゆる樹木が生えている森林や、緩やかな流れや野生的な流れを擁する河があった。また広大な平原があり、そこには密生している木立や、白樺林の向こうには黒い鐘楼などがあった。羊の群れもいたし、丘の群れもあった。それは白くて大きな雄牛だった。そしてその雄牛を見た者は、立派な種牛になる雄を市場に連れてきたときのように、鐘を振り鳴らす動作をするのだった。

兵士たちはみなこのような夢を地下壕に持ち帰ってきているので、その夢は彼らのまわりで濃い霧のようにざわめいていた。そしてそれは、人生が向こうから、遠く後ろの方から送ってくる挨拶でもあった。

「罠にかかったノロジカはどうするんだ？」ジョリヴェは訊ねた。

「ノロジカは頭を動かす。そして引っ張る」カムーは言った。「そうすると糸が喉を締めつける。ノロジカは頭をねじまげて、暴れる。ノロジカが頭をねじまげて引っ張ると、糸が締め付ける。こういう風な具合だ」

カムーは頭を傾け、長い舌を出した。

「こうなって、よだれが口にあふれてくる」

「それじゃあ、男たちは？」ジョリヴェは言った。

「同じだよ」カムーは言った。


伍長のメモンとラ・プールは、トランプ遊びをしていた。オリヴィエはそれを見つめていた。ジョリヴェは、ライターの蓋にするために、手で硬貨を磨いている。カムーは向こうの暗闇の奥にいた。

「ジョリヴェ」カムーは呼びかけた。「俺が何度も話したあの動物たちは、夜じゅうかかって死ぬんだよ。一晩中、身体をねじったり、よだれを出したり、口いっぱいに土を食べたりするんだ　腹のなかの肺は黒くなってしまう」

「そんなことは何も訊ねていないぜ」ジョリヴェは言う。

「俺が言っているんだよ」カムーは言う。

トランプ遊びは静かに行われていた。

「それに、人間だって同じことだよ」カムーはふたたび言った。

ジョリヴェは硬貨を磨いている。

「聞こえるかい？」

「聞こえるぜ。それで?」

「お前は最高の馬鹿だよ」カムーは言った。彼の簡易ベッドが軋む音が聞こえた。彼は起き上がろうとしていたのだった。

「おい!」伍長は言った。「そんなに大声でしゃべるな! どなり合うのなら、外に出てやってくれ。静かにしている者の邪魔はするな」

「馬鹿だよ。馬鹿のなかの馬鹿だ!」カムーは叫んだ。「奴は俺に、人間を捕まえるための針金の輪差を作らせた。そのとおりだ。そして『それをよこすんだ』と奴は俺に言った。奴はそれを受け取り、防御柵の下に置いた。さらにそれは前方に広がる土地に設置されることだろう。そうするとその輪差は人間を捕らえ、離さないだろう。その男は針金で締めつけられるだろう。男は一晩中、よだれを垂らし、土を噛み、死を待つだろう。俺がこの指で結んだあの輪差の針金のせいで、男は死ぬだろう。男が死ぬんだ! そんなことがあってはいけない!」

「奴は何を言っているんだ?」ラ・プールは言った。

「そうだ」カムーは言った。

彼はまるで雄牛のように喘いでいた。

ジョリヴェは手で硬貨を磨いていた。

「それは本当かい?」伍長は訊ねた。

ジョリヴェは答えずに口笛を吹いた。

伍長は立ちあがった。

「ジョリヴェ、君に訊いているんだが」

「やれるでしょう」ジョリヴェは言った。

「そうかちがうのか、はっきりと答えるんだ」

「そうです、それで?」ジョリヴェは言う。

「こいつの頭を殴ってやろうか」カムーは叫ぶ。

「ジョリヴェ」少尉は言う。「お前はあの針金の輪差を取り除いてこい。すぐにだ。分かったか? やらないのなら、お前を地下壕から放り出して、締めつけるぜ……」

一瞬の沈黙が訪れた。蝋燭の炎が飛び跳ねる音が聞こえてきた。ジョリヴェは彼らを見つめた。彼の大きな目は悲しく優しそうだった。

「さあ、行ってこいよ」オリヴィエが穏やかに言った。

オリヴィエはマドレーヌの手紙が自分の肌に当たってかさかさと音をたてているのが聞こえた。そこには友愛の重要な糧になるはずの、「美しいあなた!」や「愛しているわ」というような平和の言葉が書き連ねられているのだった。

「……行くんだよ!」

ジョリヴェは立ち上がり、出ていった。

「カードをやろうぜ」少尉は言った。しばらくしてから彼は言った。「あいつは俺たちの仲間だからな」

「みんなも同じような仲間なんだ」ラ・プールは言った。

大尉はオリヴィエとラ・プールを探しにやってきた。地下壕の入り口に近づいた彼は、口笛を吹いた。ズボンの縫い目にいる蚤をつぶしていたラ・プールは、ズボンをはき、あがっていった。しばらくしてから、彼の呼び声がした。

「シャブラン！」

「さて、俺は君たちに頼みたい」大尉は言った。「俺の戸口で毎晩見張りに立ってほしい。ひとり半分ずつだ。前線への進軍や、薪作りの作業や、食事当番や、便所当番など、他の務めはすべて免除する」

袖章のついた腕で、彼は生活を徹底的に帳消しにしてしまうような身ぶりをした。

オリヴィエがまず見張りから戻ってきた。

「時間だ！」

ラ・プールは蝋燭の火の下で書きものをしていた。他の兵士たちは眠っている。

「外の様子は？」

「暗い」

「寒いか?」

「毛布を持っていくがいい」

「何と暗いんだ」地下壕の入り口までやってきて、ラ・プールは言った。ヘルメットで丸太薪を叩いた。

蝋燭はほとんど針金のところまで燃え尽きていた。

ジュラスが出かけているので、空いている場所に放り出されているヘルメットの上で、その蝋燭は脂の涙を流していた。メモンはいびきをかいていなかった。この夜は、雑音がなかった。板張りの亀裂からしみ出てくる水の、立て続けに聞こえてくるぽたぽたという音だけが響いていた。

兵士たちはみな睡眠のなかにぴったりはまりこんで眠っていた。

オリヴィエは毛布のなかで身体を伸ばし、暖をとるためしばらく動きを止め、ついで両肩をそっと動かして新たな暖を求めた。彼は目を閉じた。

地下壕の階段から足音が聞こえた。

「奴が戻ってきているのかな? もうそんな時間になってしまったんだろうか? もう四時だろうか? それとも、どうしたんだろう?」

彼は蝋燭を見つめた。蝋燭は相変わらずほぼ針金のところまで燃えていた。それはラ・プールの足音ではなかったし、他の誰かの足音でもなかった……。そこを歩く習慣のない足どりで、踏み段を探していた。その男は小さな声で言った。

「おい、おい！」

彼は両腕を真横に挙げていたにちがいない。身体の両側で薪用の丸太に手で触れて探りながら歩いていた。

男が現われた。身体をふたつに折り曲げているにもかかわらず、彼は、土でできた入口から入るには背が高すぎるようだった。彼は姿勢を立て直した。蝋燭は、彼が持ち運んできた空気に向かって炎を投げかけた。

ルゴタスだ！

それはルゴタスだった！

彼はじつに暖かく、明るく、頑丈だった。大きく分厚い彼の申し分のない手は、蝋燭を優しくなだめていた。

オリヴィエは片肘をついて身体を起こした。

それでは、これは人間の体液のためにすっかりごわごわしている外套の袖や、肘の折れ目の布のなかにこびりついたこの脳味噌の小さな切れ端なのだろうか？　その脳味噌は、彼が引きちぎって泥の中に投げ捨てたはずである。ルゴタスのむき出しの脳味噌に触れたためにまだ指に残っている不快感なのだろうか？

「おお、あそこだ！」眠っている男たちの方を見つめて、ルゴタスは小さな声で言った。

「ああ！」オリヴィエは言った。

「やあ、君はそこにいるのかい？」

彼は近づいた。大きな男が通過したあとを、蝋燭は舌のように大きな炎を動かして舐めはじめた。

「君はこんなところにいるんだね？」彼はふたたび言った。「君を探していたんだ」

毛布にくるまっているオリヴィエの身体にくまなく、彼は触れた。

「君はここにいたんだ……」

彼は重い手をオリヴィエの脚に載せた。

「……ずっと長いあいだ、俺は君を探していたんだよ」

オリヴィエは片肘をベッドの格子に固定した。

「……起き上がらなくていい」ルゴタスは言った。

「それじゃあ、どうして？……どうしてここにやって来たんだい？」オリヴィエは言う。「いったい、君はどこにいるんだ？　ずっとあそこにいるのかい？」

向こうで、伍長が眠ったまま大きなため息をつき、両脚を動かした。

ルゴタスは言葉を唇に載せたままでいた。

「みんなは眠っているんだ！　俺は大きな声で話しすぎた！」

「そうじゃないけど……」

「そうだよ」

彼はオリヴィエの上にかがみこんだ。そして蝋燭に背を向けた。しかし、彼の目と髭は見えないた。それらは光り輝いているようだった。髭の奥では、彼の湿っている口の穏やかな光がきらめいていたからである。

「君にこれを持ってきたかったんだ」

彼はポケットのなかを探っていた。そしてそこから乾いた音をたてる物を取り出した。

それはマツカサだった。

「君にこれを持ってきたかったんだ。こうしようとずっと前から考えていた。松の実はおいしい。これはナツメグのような味がする。どういうものを選べばいいのか俺にはわかっている。そこで『これならきっと喜んでくれるだろう』と考えたんだ。それに、音のなかから、この音の奥底から、聞きとってくれ」

彼の腕がゆっくりと伸びた。そして彼はオリヴィエの耳元でマツカサをかさかさと鳴らせた。

「聞こえるだろう。樹木や、リスが！　この音をよく聞いてくれ……」

オリヴィエは呼吸を止めた。そして耳をすました。その音は、ありとあらゆるきらめきを放ちながら、小川のように彼のなかに流れこんできた。その音は、彼の心のなかで、森のようにわきたぎった。唇に土が感じられた。風が頭のなかを通りすぎていった。

「どうやってこれを手に入れたの？……」オリヴィエは言った。「俺もいつかそんなことを考えたことがある。ある欲求が……。どうしたんだい？　包みに入っていたのかい？」

「木からとったんだ」

「外出許可のあと戻ってきたのかい?」

ルゴタスの全身が、まるで煙のように、ゆっくり震えた。

「酔っているのかい」オリヴィエはそっと言った。

湿った口が口髭の奥で光っていた。蝋燭の炎が下の針金にあたりジジと音をたてた。ルゴタスは音を消すためにゆっくりと手をあげた。濃厚な沈黙があたりを包んでいた。

「君に小さな蛇も持ってきてあげたかったんだが、怖がるんじゃないかと心配したもんだから」

「何だって?」とオリヴィエは訊ねた。彼は「もう一度繰り返して言ってくれ!」と言いたかったのである。彼にはその言葉は聞こえていたのだが、もう一度聞く必要があった。はっきりと。だが、ルゴタスは続けて言った。相手を説得しようというつもりのない、抑揚のない平坦な口調で彼は話した。

「また、このトカゲは麦打ち場の小麦用のローラーのそばの草のなかで丸くなっていた。卵から孵化したばかりのトカゲの子供だが、すべての爪に早くも水滴がついているのですっかり緑色になっている。さらにすみれ色の部分もあり、そのすみれ色が隠れてしまっているところには草陰の薄暗さが見えている。そして小さなヘビは、小川のまんなかを泳いでいるところだった。首をもたげ、小さなヘビにふさわしい小さな美しい怒りをあらわにしているそのヘビは、水鳥と形容できるほどだった。俺はそのヘビの中央をつかまえた。ヘビは頭と尻尾で俺の腕を叩いた」

「ルゴタス! ルゴタス!」低い声でオリヴィエは叫んだ。「俺も同じことを俺たちの小川でやったことがある。俺もヘビをつかまえた。まるで鳥のようだった。緑色の尾を回転させていたので、それはまるで翼のようだった。俺もそんなことをやったよ。ルゴタス！　だが、しかし……」

ルゴタスの手はずっと彼の脚の上にのしかかっていた。

オリヴィエは咳払いをした。

「だけど、君は今いったいどこにいるんだ。第七連隊かい？」

「第七連隊だよ」ルゴタスはおうむ返しに言った。

「下の方からやってきたの？」

「下から」

「君とは長らく会っていない」

「ずっと前から君に会いたいと思っていたよ」

ルゴタスの声もまた煙のようだった。湿っている木材が燃えると出てくる濃厚な煙が樹木の葉叢を通り過ぎるときに聞こえる、あの軽快な音のようでもあった。

「すでに長いあいだ、俺はこのことを望んでいた。白樺が生えているところにやってくるように、俺は君のそばにやってきた。『そのとおりだ』と俺は自分に返事した」

「おお！　ルゴタス、俺たちは言ったものだ。『そう、俺はここにいるよ、君！　どうしてほしいのだね？　俺はここにいるじゃないか、君！』と」

「『ルゴタス、ルゴタス、エミール！』と」

「そこで、俺は『行くよ』と言った。俺は君のところにやってきたわけだ。そういう訳だよ！」

彼は重い手でオリヴィエの脚のあちこちに触れていった。

「そうだが、ヘビは」唐突にオリヴィエは言った。「ヘビや、トカゲや、スミレや、マツカサはどうした？　君は酔っているのか、あるいは頭がおかしいのか、それとも俺にはよく分からないが……。今は冬だよ。（憐れみと造詣のために重くなっているその善良な手に、オリヴィエはそっと触れた。）それで？……」

「それでだって？」自分の声の奥底に問いかけるような空気の小さな流れを秘めている声で、驚いたルゴタスは言った。

蝋燭の音を消すために、彼はふたたび左手を持ち上げた。それは世界中を黙らせるための仕種のようでもあった。というのも、その身振りは、夜の隅々まで沈黙を広げていったからである。

「君はラヴェンダーの香りのするあの小さなハンカチを今でも持っているのかい？」と彼は言った。「『私の美しい宝物、美しいあなた、優しい人』と彼女が書いているあの手紙を君は今でも持っているのかい？」

「そうだよ。あれは持っているよ。ハンカチも手紙も持っているよ。ここにあるんだ」オリヴィエは言った。

彼は心臓の上に位置しているそのシャツのポケットに触れた。五月の風を吸いこむときのように、彼は優しさと静けさと希望で満ちあふれていた。

外では雨を運ぶ一陣の風が吹きぬけていった。

「だがしかし、……あいつは死んでしまった」オリヴィエは急にこう考えた。

「それがどうしたんだ?」ルゴタスの輝いている口が大きな声を出してこう言った。

彼は後退しはじめた。彼の手の重みはもう感じられなかった。横に広げた両腕で彼は舵をとっていた。オリヴィエは口髭のなかの善良な湿り気をたたえている口をずっと見つめていた。彼にはその口が一瞬見えなくなった。彼は目を細め、その口を探し求めた。その口は同じ場所にあった。だがそれは、水筒の腹に当たって光っている蝋燭の照り返しだった。


ラ・プールが入ってきた。依然として肘で身体を支えた状態でじっとしているオリヴィエは、ランプの照り返しを見つめていた。

「シャブラン!」

「ここにいるよ」

「来てくれ。聞こえるだろうし、見えるだろう。ともかく、来てくれ!」

オリヴィエは毛布を押しのけた。

「俺には、先ほどあったことはいったい何だったのだろうか、君! ここで、ついさきほど、このなかで……」と彼は言う。

「早く来てくれよ。話はあとで聞くから」ラ・プールは言う。

外に出ると、夜の闇はあまりに濃密だったので、鼻の先でその濃密さがよく感じられた。

「ああ！　そうだ。ああ！　君にこのことが分かっていれば……」オリヴィエは言った。

「君はそのうちに分かるよ」とラ・プールは言う。

彼は右手にある壁を手で探っていた。

「ここだ。ヘルメットを取るんだ。音はたてないように。なかに入って、耳をすましてくれ」

屋根に覆われた小さな踊り場があり、その向こうの階段が大尉の居室の方に下っていた。貧弱で小さな光の塊が水の底で揺らめいていた。誰かが低い声で話しているのが聞こえてきた。

「いったい誰と話しているんだろう？」オリヴィエは小声で言った。

「耳をすますんだ」

上にいることになるので、テーブルの脚と、そのテーブルの下にある大尉の脚が見えた。大尉は木製の肘掛椅子に坐っているらしい。背は背もたれにもたせかけ、両脚は長く伸ばし、身体の両側にだらりと下げた両腕は動かない。声が大きくなった。

「……そうじゃない、娘よ。お前は斜めに縫ってしまう。お前のかがり縫いは斜めになってしまう。それはたるみになる。お前が『たるみができてしまう』と言うたびに、私は説明している。そのためなんだ」

暗闇のなかで、二人の男は息を殺している。

「……ランプを下げるんだ。ランプの火が長くなってしまうんだ。ねじがきかなくなっているんだ。芯が勝手に上がってしまう。明日、ヌーヴ通りに行くようなことがあれば、このランプをブレーズのところに持っていってきてくれ」

ラ・プールはオリヴィエの腕を握りしめた。彼はオリヴィエに近づき、ぴったりとくっついてきた。

「ここにいるな？　よく聞くんだよ」彼は言った。

大尉は両脚を動かした。彼が手でテーブルを軽く叩き、板を軽くひっかく音が聞こえた。

「この猫はよくじゃれるかどうか、よく見るんだ」彼は言う。「いいかい、娘よ、よく見るんだよ。縫い物をして目がつぶれてしまうまでには、まだたっぷり時間がある。よく見るのだ。分かったかな？」

彼は笑うのを止め、テーブルを手で叩かなくなった。

「お前は今日、イザベルを中庭で遊ばせておいたんじゃないだろうな？　イザベルは少し咳をしていた。『具合が悪いのか？』と俺は訊ねてみた」

深い沈黙が訪れた。

「彼女の目はお前といっしょだ」彼は言う。「彼女の髪の毛は俺と同じだ。顎や口は俺と同じ。額はお前の額だ。肩幅は俺に似ているだろう。このことはよく分かる。腕の動作はお前と同じになり、俺のような長い脚になるだろう。手は俺と同じだ。ねえ、娘よ！　かがり縫いはもうおしまいにしろ。こちらにおいで、お前。さあ、こちらへ！」

「奴はひとりだ！」ラ・プールが耳打ちした。

彼らは、ドアの近くの見張りの穴のなかで、寄り添って寝た。ラ・プールは歯をがちがち鳴らしていた。

「寒いのか？」オリヴィエは訊ねた。

「寒くはない。これは俺より強いんだ。さきほどお前は俺にどう言いたかったのだ？　何があったんだ？」

「あれは、同じことだよ。いつも同じことなんだ」オリヴィエはこう言う。


夜明けの光が、重々しい闇と標高三十四メートルの丘の小さな稜線のあいだに、そのまっ白の光線を差し入れようとしていた。

今ではもう世界の様相が見えていた。傷ついた大地や、空の重みの下で押しつぶされている大きなサンテールの、すべてがあらわになっていた。上にあがってくる大尉の足音が聞こえてきた。戸口から、身体を折り曲げた彼の姿が現れた。そして彼は身体を起こした。羊の毛皮の外套を、毛を外にして、まとっていた。大きなジャックナイフを手に持っていた。もう一方の手は、頭を切り取った大きなニシンを鷲づかみしていた。白子が垂れていた。彼は魚を噛み砕いていた。

「おはよう」彼は言った。

口の奥にはさまってしまった、折れ曲がった長い骨を彼は指で探っていた。


他の者［ドイツ人］たちがどこにいるかということが、急に分かった。この広大なサンテール、この霧、さらに霧の向こうに際限なく続いていると思われるあの地平線、こういうものはこの点に関してさは大したヒントになるわけではない。

ヒントはいつでも静寂から得られる。機関銃の射撃音が二つ聞こえたかと思うと、遠くから飛んできた砲弾が高いところを通過し、どこかに消えていく。最初の見張り番から帰っていたジュラスが言ったとおり、ヒントが得られるのはいつでも静寂からである。

ドイツ人たちの居場所が、急に分かった。夕方になると、霧のなかを風が吹きわたった。少し前から物音が聞こえていた。泥のなかを歩く足音、泥と土を踏みしめる足音が聞こえていたのだが、これまでその足音に注意を集中させるということがなかった。それ以前から続いている生活に大いに関わっている必要があったからだ。その生活は消えていくとともに、静寂のなかで、時間の経過とともに染み出てきたりする。そして、突如として、霧のなかを風が吹き抜けていったので、そこには何もない大地の広大な空間が広がっていた。今ではすっかり見通すことができるのであった。

「こちらに来て、見てくれ。見に来てくれよ」伍長は言った。

塹壕から顔を出してのぞいてみた。ドイツ兵たちは百メートル向こうにいた。彼らは走っていた。風が彼らを面食らわせた。あるところでは、彼らは霧から出てきており、別のところでは、霧のなかにまた入りこんでいった。塹壕の向こうの原っぱのまんなかを彼らは行進していた。風に不意を襲われた彼らは、いくらか屈んで、棒のような銃を持って走った。彼らの群れの薄暗い隊列のなかに、ときおり、こちらを向いている人間の顔が蒼白い斑点となって見えるのだった。

「迫撃砲さえあればなあ!……」

私たちは塹壕のなかの砲兵隊の方を見つめた。爆弾投下装置が置かれているところに、地上に顔を出している砲兵隊員たちの頭が見えていた。彼らもまた見つめていた。

オリヴィエは手をかなり高くまで挙げ、その手をゆるやかに振りおろした。

「注意しろ! 静かにしているんだ」という意味だった。

伍長は返答の合図をした。

「心配いらない」その身振りはこう言っていた。

「はい、喜んで」ジョリヴェはこう言ったばかりだった。

彼の目には不幸の翳《かげ》が色濃く漂っていた! その翳は顔に流れ出て、深いしわを刻んでいた。そのしわは目の下から口まで走っていた。

それ以来、彼は有刺鉄線の前にある前線の小さな穴のなかでひとり夜間の当直を務めた。ちょうど彼が入れるだけの空間があった。彼はそのなかで身を縮めていた。彼が地上に姿を見せることはなかった。霧が、まるで大きな石が上から押さえつけるように、その穴を塞いでいた。だから、ジョリヴェは丸い世界から姿を消してしまっていたことになる。

「あいつにはもう便りも届かないからなあ」ラ・プールは言った。

援軍としてやってきたあのジョリヴェのことをオリヴィエは思い出した。上から下まで真新しかったあの男のことを。あいつは頬が丸く、いたずら好きの微笑みを輝かせていたし、優しい白い歯が花のように咲いていた。

ある朝、彼は泥のなかで縮こまっていた。

「ムッシュー！　ムッシュー！」

穴の縁にみすぼらしい顔がへばりついていた。ジョリヴェは銃を手に取った。

「同志よ！」貧弱な身体の力を精いっぱい振り絞って男は叫んだ。それほどの力を出してしまったので、叫んだあと男は口を開け目を閉じてもぬけのからになってしまった。顔は霧よりも白く、開いた口から流れ出てくる泡のようなよだれより白かった。

「おお！　男よ」ジョリヴェは言った。

ジョリヴェは男の上着の襟もとをつかみ、彼を自分の方に引き寄せた。男は膝と肘を使って協力した。男は穴のなかに落ちこんできた。男がやってきた方角から、機関銃の弾丸が三発音をたてて飛んできた。

「ここにいるんだ。横になれ」ジョリヴェは言った。

ジョリヴェは男に手で合図した。男は穴の奥で口を土につけて横たわった。男は横を向き、手を銃尾に当てて前方を見張っている背の高い茶色のこの大きな男を見つめていた。

機関銃は止んだ。機関銃は霧のなかで別の方角を探っていた。

「立ちあがれ」ジョリヴェは言った。

ジョリヴェは、大丈夫だということを示すために、まず自分が立ちあがった。棍棒を持つような具合に、彼は銃の中央を持っていた。

「立ちあがるんだ！」

分厚く着込んでいる服装に似合わずあまりにも小柄で貧弱な男だった。襟のまんなかにある首はまるで鉛筆のように細かった。肩のところで余ってしまうので、袖はその分長く伸びていた。そして、その顔を見ていると、ランプの炎のように目からあふれ出ている不幸と、頬の皮膚に残っている大きな爪痕が雄弁に物語る男の表情をジョリヴェは読み取ることができるのだった。男がヘルメットを取り去ったところ、棘で刺されてできたような赤い筋が額のまわりに刻まれていた。

「おお！　男よ」ジョリヴェは言った。

「おお！　ムッシュー」かすかな微笑みをたたえて男は言った。すぐさま自分の不安に身を委ねるために、その微笑に男は自分自身のすべてを即座に差しだしていた。

「さあ、君を大尉のところに連れていこう」

ジョリヴェは手で合図した。囚人は彼の前を歩いた。囚人は、視線で訊ねるために、時どき振り返った。

「そう、まっすぐだ」とジョリヴェは言った。そして心のなかではこう考えていた。「あばずれ女め。手紙をよこさない！　一か月以上も！　あばずれめ！　みだらな女にちがいない！」

「待て」

ジョリヴェは階段の上で身をかがめた。下には蝋燭の麦藁色の光のほかに見えるものは何もなかった。彼は呼びかけた。

「大尉殿！」

木が軋む長い音が、ついで唸り声が聞こえてきた。

「機嫌が悪そうだ。こんな男を連れてきたのはまずかったな」ジョリヴェはこう考えた。

「囚人をひとり連れてきました、大尉殿！」

「連れてこい」という唸り声が下から聞こえた。

「はい」と言いながら、「これはまずいことをしてしまったぞ」とジョリヴェは考えた。「さあ！　下りるんだ。下にいくんだ」彼はそっと言った。

下にたどりつくとすぐに、輪差むすびに首を差し出し、顎を空中にあげ、身体がこわばり、手の指が太腿の端で痙攣し、まるで首吊りをしているように、囚人は全身を硬直させた。

木製の肘掛椅子のなかの薄暗くて大きな塊を除くと、なかには見えるものは何もなかった。

大尉は、椅子を押しつぶしながら、立ち上がった。彼は近づいてきた。頭を動かさずに、動転した目のまんなかで、囚人はジョリヴェを見つめた。その哀れな視線に、汚れた青い水の詰まったその穴のなかに、不意にすべてが読み取れた。内面の大いなる狼狽、引き裂かれる苦しさ、精神の傷、心の圧迫。私の妻よ、私の子供たちよ、私の肉体よ、私の喜びよ、世界よ、生命よ。みなさん、殺さないでくれ、みなさん、何とか殺すことだけはやめてくれ！……

ジョリヴェは銃の砲身を握りしめた。彼は大尉を見つめた。

「奴が大尉に触れたら、不幸にもそういうことになれば、俺は銃床であいつの顔をぶん殴ろう」彼はこう考えた。

大きな身体で、大尉は何とかテーブルからすり抜けた。

「奴が大尉に触れたら、奴をぶん殴ってやろう」ジョリヴェは考えた。

銃床は地面を離れた。

その動作は素早く行われた。大尉は両手で囚人の手をとり、その手を優しく叩いた。

今では、温かく大らかに笑っている大尉の美しい顔が見えている。その顔は音もなく周囲を照らしだしている。

六　雌鹿は子鹿を置き去りにした。それは牧草がまったくなかったからだ……

一週間前からそれはずっと続いている。

ジュリアは台所に入る。鎧戸は閉ざされている。誰もいない。スープは鍋の蓋の下で煮立っている。誰もいないようだが、しばらくたち、ジュリアがじっとしていると、スープの音に混じって、抑えつけられたすすり泣きが聞こえてくる。泣いているのはマドレーヌだ。

もう一週間も続いている！　娘の顔はすっかり腫れ上がり、目はまっすぐ前を見ようとしないし、皮膚の下には腐敗した血のような青い色が透けている。彼女がごく小さいときには、顔じゅうそばかすがあったが、その皮膚は杏の皮膚のように繊細で褐色の青春の喜びをあらわすようになってきた。そして今、そばかすが舞い戻り、額と目のまわりにすでにそばかすがちりばめられている。

「あの娘《こ》はどうしたのだろう？」

このたびは、ジュリアが窓辺にいき、鎧戸を開ける。マドレーヌはテーブルの前でひざまずいている。テーブルの上の、これから拭き取るグラスとホウレンソウのあいだで腕を丸めている。腕のなかの隠れ家に彼女は顔を隠して、泣いている。

「おお！　マドロン」ジュリアは言う。

彼女は木の葉のように新鮮な手を開いてマドレーヌの頭を覆う。広げた手の指で彼女はその頭を優しく抱きしめる。

「いったいどうしたの、ドレーヌ、私に教えてよ。私になら何でも言っていいのよ。あの時から……」

手の指を通じて、力尽き震えているこの頭の皮膚の表情がジュリアに伝わってくる。その頭には、何日にもわたる嘆きがいっぱい詰まっているのだ。マドレーヌは右腕で、ジュリアの円筒状の脚を抱きしめる。ジュリアは娘の髪の毛を愛撫する。

「父さんが！」ジュリアは急にこう言って、脚に力を入れ、愛撫していたマドレーヌから身体を引き離す。

マドレーヌは立ち上がり、壁に吊り下げられている布巾を使ってグラスを拭うふりをする。以前は、押しつぶされた目を大きく見開いた視線で、彼女はジュリアに哀れな苦しみのすべてを打ち明けていたのだった。

父はまだ帰宅していなかった。開いた窓の前のベンチに坐っていたのだった。一緒に坐っているのはテスト・マルタンである。

「娘は具合が悪かった」テストは言った。「娘は吐いた。娘があんなに太るなどということは今までなかった。医者がやって来た。医者は娘を診察し、娘を触診した。娘の目はまるで牝猫の目のようだった。医者は手を平たくして娘の腹を触る。俺は見ていた。『ああ、娘は太ったものだ！』と俺は考えた。『何でもない。揺りかごを用意するだけのことだよ』医者はこう言った。俺はびっくり仰天してしまった」

「『娘は十六歳だ』俺は医者に言った。そうすると、医者は言ったよ。『十六歳ではまだ充分ではないとでも言うのかね？　その証拠は……』

相手はミションヌのところの息子だ。ありがたいことに、奴はまだ出発していなかった。少なくとも、なかなかいい奴だ。悪い奴なら、俺をだまそうとするだろう。そこで、俺は奴のところに行って、こう言った……」

マドレーヌは、よく見ずに、手をうしろに投げかけてそのグラスをテーブルの上に置いた。脚が自分の身体をしっかり支えていなかったので、彼女は壁に沿って滑り落ちた。彼女の頬の皮膚が石膏にこすれて擦り剝けた。

「ドロン、ドロン」彼女の上にかがみこんだジュリアが、優しく呻いている。

その夜、ジュリアはマドレーヌの部屋に入っていった。娘は鏡の前にいた。シャツをまくりあげて、彼女は自分の腹を見つめていた。シャツをおろすと、大きな泣き声が彼女の口から飛び出た。

「しー」指を唇にあてて、ジュリアは言った。それから、

「横になりなさいよ、マドロン。何か持ってきてあげるから」とジュリアは言った。

階下の戸棚のなかを手をそっと動かしてジュリアが探しまわっている物音が聞こえてきた。とき

どき、壜や箱が音をたててしまうのはどうしても防げなかった。台所の万事に通じているマドレーヌは、ジュリアがアルコール焜炉《こんろ》や古くなった蒸留酒の壜を取り上げているのがよく分かった。

「これに触っちゃだめよ。ネズミを退治するためのものなんだから」と言いながら、ジュリアが戸棚の奥に隠したあのブリキ製の小さな箱の音も聞こえてきた。

ついで、ジュリアは刻み包丁を手にとり、それほど大きな音をたてずに何かを刻んだ。彼女は布きれを裂いた。そのあと長いあいだ静かだった。もう何も聞こえてこなかった。聞こえるのは廊下の奥から聞こえてくる父親の鼻を鳴らす音だけだった。彼のいびきはみんなを怖がらせるほどすごいものだった。

「さあ」ジュリアは部屋に入ると言った。「だけど、待って。蝋燭はナイト・テーブルの向こうに置くのよ。そうすれば、父さんが目を覚ましても、蝋燭の灯りは見えないでしょうよ」

左手を広げて、ジュリアは緑色の大きな膏薬を支えている。腕の下に蒸留酒の壜を彼女は抱えている。濃厚な煎じ薬がいっぱい入っているため湯気の出ているカップの取っ手を、彼女は右手の人差し指で持ち上げる。右手の残りの指で、彼女は丸薬が入っている箱を締めつけている。

「待って」

彼女は膏薬を箪笥の大理石の上に滑りおろす。彼女はいろんなものを厄介払いした。

「さて。まずは、下着にぴったりするように、熱いままこれをあんたに張り付ける必要がある。いくらか痛くなるかもしれないけど、我慢するのよ。下着をはだけて。貼りつけるからね」

湿布は重々しく、焼けるように熱い。すぐさま、その湿布は、その酸でもって、マドレーヌのもっとも敏感な身体をかじりはじめた。娘は歯を食いしばる。苦しむ動物のように、彼女はただ喘ぐだけである。彼女の頭は枕の上でうしろに反りかえる。

「そのうち楽になるからね」ジュリアは言う。

眠っている大きな農場は、二人の女性のまわりで、重々しく軋む。子羊が一頭小屋のなかで泣いている。雌馬は足で地面を叩く。子馬が乳房を強く吸いすぎているのだ。

「それでは、これを飲むのよ」

ジュリアは腕でマドレーヌの頭を抱き上げる。ジュリアは彼女の唇にカップを近付ける。そのカップは、フヌイユとアニス、アプサントと、大地の黒い陰と言われるものすごいリュ[薬用植物]、こうしたものの匂いがする。

彼女がスプーンでかき混ぜている煎じ薬の奥にはこうしたものが入っており、フヌイユの匂いのすべてが発育不良のライムギの煤のような暗い匂いによって急に弱められてしまった。

「飲むのよ。がんばって。口に、喉に力を入れて。がんばるのよ、マドレーヌ」

下の小屋にいる雌羊は、子羊に優しい呻き声で話しかけている。

マドレーヌはしゃっくりをし、あやうく吐き出しそうになる。ジュリアは自分の手を娘の口に当てる。

「がんばるのよ、ドロン、さあ。みんなお腹に飲みこむのよ。効いてくるから。がんばってね」

「だめだわ」頭を枕にのせたまま、かわいそうな娘は言う。「口をしっかり閉めるのよ。開いちゃだめ。がんばって」

腹から湧きおこってきた波が、娘の胸を揺り動かしている。彼女は歯を食いしばる。大きなくしゃみをする。煎じ薬は、鼻の穴から、ねばねばした二本の鼻汁となって出てくる。

ジュリアは手の甲でそれを拭きとる。

「もちろん、これは自然なことじゃない。自然に逆らっているわ。だけど、がんばる必要がある。間違いないわ、マドロン。時間に逆らって何ができる？　がんばってよ。あんたは立派な女なりだから」ジュリアはこう言った。

マドレーヌは煎じ薬のすべてを口に流しこみ、頭を大きく振って、それをすべて身体のなかに流しこんだ。

「ジュリア」廊下から男の声が呼びかける。

ジュリアは応答しない。蝋燭の灯を吹き消す。呼んでいるのは父親だ。廊下を裸足でやってくる彼の足音が聞こえる。

彼はジュリアの部屋のドアに触れる。そしてそっと呼びかける。

「ジュリア！」

「怖がらないで！」ジュリアは小さな声で言う。

父親はやってくる。そしてドアの取っ手に手をかける。

彼はドアを開く。

「マドレーヌ！」彼は言う。

暗闇のなかで、ジュリアは、平穏に眠っている者に特有の長くてゆるやかな呼吸を模倣する。

父親は聞き耳をたてる。ドアを閉める。そして立ち去る。

しばらくして、ジュリアは、手探りで、手燭を探した。そして蝋燭に火をつける。

マドレーヌはベッドの上で目を閉じて坐っている。彼女は煎じ薬のすべてを身体の上に吐きだしてしまった。ネグリジェはすっかり染みがついてしまった。胸は煎じ薬でよごれてしまっている。

唇の隅には紫色のよだれが垂れている。

「衣服を替えてあげよう」ジュリアは言う。「それでもいくらかは飲みこんだでしょうよ」

彼女はマドレーヌをすっぱだかにする。そして、すでに張りのある丸い腹を眺める。その腹は生命で満ちあふれている。

「さあ、これできれいになったわ。もう大丈夫よ。寝なさい。寝るのよ。向こうに詰めてよ。あんたと一緒に寝てあげるわ。守ってあげるから。心配いらないよ。気持よくなってくるからね。さあ」

七　私の愛しい人！

ジェロームは戸口でためらっている。

「ジュリア、道を歩いて近づいてくる男がどういう人物か、見にいこうよ」彼は言う。

ジュリアの心は飛びあがった。マドレーヌは針を高く持ち上げたままで、急に皮をはがれてしまった枝のように蒼白で湿っぽい。彼女は首筋に一撃食らった者のように低い呻き声をたてた。ジョゼフだ！　ジュリアはしっかり見極めてから、言う。

「そうじゃないわ！」

その男は杖を二本ついている。脚が一本足りないのだ。

「おお！　この家だ」その男はこう叫び、そして笑う。

その声とその笑いで誰だか分かった。

「カジミールだよ！」

「ストーブでコーヒーを沸かすんだ」父親は言った。

父親は彼を家のなかに招きいれ、坐らせた。ジュリアは言った。

「手伝いましょうか？」そして彼女は両手を杖の方に差し出した。

「慣れているんだ」カジミールは言った。

彼は太っていた。肥満して蒼白かった。ぷりぷりと揺れるまっ白な脂肪で肥満していた。その脂肪のせいで、目がほとんど隠れてしまっているほどだった。

さまざまなことで、「それで？」と訊ねたいことが山ほどあった。カジミールはジェローム父さんの膝を手で軽く叩いている。ジェロームもまた叩く身振りをしたが、彼は自制した。中身のない膝を叩くのが怖かったからである。そんなことをするのは礼儀に反するだろう。

「おお！　ジュリア」カジミールは言う。「近づいておいでよ。君はいつでもストーブの近くに陣取っているね。近くにきてくれよ。君の夫の消息を知りたいだろう」

「あなたのコーヒーを作っているのよ」

「ああ！　コーヒーだって。ここにくれば、俺は君の夫の話ができる。彼は退屈しているのが分かるだろう！……いいかい、ジュリア、彼が俺にどう言ったか考えてみよう。俺が出発した朝、彼は窓辺にもたれかかり、俺にこう叫んだ。『彼女に会いにいってやってくれ！』と」

「あの人はどんな様子なの？」ジュリアは言う。

「元気だ。腕の化膿は止まった。傷を見せてくれたよ。小さな星型が残っているだけだ。すぐになおってしまうだろう。これから一か月のあいだ、彼はあそこにいるだろう。ときどき、俺はいくつかある台所を見てまわる。ケーブルを備えている可動式の食品戸棚で持ちあげてもらうんだ。いいかい、彼は四階にいるが、俺は一階なんだ。この狂ってしまった脚では、階段をあがるのは大変なことなんだ。台所で修道女にこう言うんだ。『修道女さん、肉だと思って、俺を上にあげてよ。』笑いながら、彼女はこう言う。『あなたはいつでも同じですね。さあ、なかに入って。』それは大きなボックスで、テーブルのような感じなんだ。俺はそのなかに入り、身体を縮める。『入りましたか?』『大丈夫!』彼女がボタンを押すと、俺は四階まであがっていく。『やあ、カジミール』彼はこう言う。俺は彼のベッドのそばに坐る。そして君たちのことをいろいろと話し合うことになる。君のこと、親父さんのこと、そして土地のことや、さらにマドレーヌ、君のことなどを話し合うのだよ。彼女はどこにいるんだい、マドレーヌは?」

「ここよ」縫い物から目をあげることなく、マドレーヌは言う、

窓が開いているので、子馬と戯れている雌馬が麦打ち場を走りまわっている様子が聞こえてくる。子馬が太陽に向かって跳躍を試みたところ、随分と高いところまで飛びあがれたので、すっかり驚いて自分の脚の匂いを嗅いでいる様子がよく見える。

「俺が除隊すると、鉄製の義足を作ってくれると言うんだ」とカジミールは言う。「膝には蝶番もあるやつを。本物のような義足だよ」

「それじゃあ、あいつは元気だということかな?」ジェロームは言う。

「元気かだって? 俺と同じだよ。俺のように太っている」カジミールは言う。

ジュリアは蒼白くて柔らかいこの男を見つめる。太陽を浴びて生活する男が持っている赤銅色を、カジミールは失ってしまっている。口を開くだけで食事があたるものだから、椅子に坐っていて袋

のように太っていく男に特有の、白くてぽっちゃりした手だ。美しい労働者だった彼の昔の姿をみなは記憶している。当時の彼は、古くなったソラマメのように痩せて固かった。

「栄養たっぷりなんだ」彼は言う。「十時にふた皿、夕方にはふた皿とスープが出る。さらに俺は、台所に出かける。ドアを叩き、『シスター、もう少し肉をもらえないかな』と頼む。『それは禁止ですよ』と彼女は言う。俺は彼女にしかめっ面をしてみせる。そうすると、彼女は肉の塊をひとつ余分にくれるんだ」

見事な脚のバネを利用して、猫はアブに向かって飛びあがった。そしてうずくまる。猫はアブを爪で捕まえている。そして牙を突きだして、木炭のように固い身体の背面をかじる。そのなかには苦味のある蜜がつまっている。口髭のなかにはさまった二枚の青い翅を落とすために、猫は舌なめずりする。

「ジェローム父さん、実のところ、ジョゼフと俺はあれ以上にいいところには行けなかったと思うよ。食べたものを全部吐きださせてしまうような病院だってあるんだよ。ところが、あそこは優しかった。じつに穏やかで、まさに天国だった。町のうしろで、ローヌ河がわん曲しているところにあった。大きな公園があり、ローヌ河がその向こうにあった。ローヌ河はぐるっと弧を描いているんだ。松葉杖をうまく使えなかった頃、正面階段の隅っこに連れ出されたものだ。船が汽笛を鳴らすのが聞こえてきた。急に、木々のあいだから、船のマストや、ロープに吊るされた小さな国旗などが見えてきたりした。それはローヌ河を通り過ぎていく船だった。俺は目でその船を追っていた。船の方は、公園をぐるっと一周していった。それから汽笛を鳴らして遠ざかっていった。ヴァランスの方に下っていくのだと俺は思った。

「砂糖はいくつにする？」

「ありがとう！　二個。自分の指でとれるよ……」

「そうしてね。それが自然だわ」

「そうだな。俺たちの世話をしてくれるのは修道女たちだ。ジュリア、娘だったころの君にいくらか似ている修道女がいるんだ。俺にそのことを教えてくれたのはジョゼフだ。危険なことは何もない。何しろ修道女だからね。何かよいことがあると、彼女はかならず十字を切るんだから。小さなスプーンはあるかな？　俺たちは秩序だって分けられていた。片脚がない者はこちら。片腕がないものはあちらという風に。さらに、両脚がない者、両腕がない者。そして、両脚も両腕もない者がいるんだ」

「何ということでしょう！」マドレーヌは小さな声で呻く。

カジミールはコーヒーを飲む。

「ジュリア、コーヒーのことでは君はいつでも最高だよ。これはモカだね！　ところで、ジュローム、こういうことをあなたはどう考えているんだ？」

「そうだな、若いの！　いったい俺にどう言ってほしいのかな？　君たちがそういう状態だというこことはよく分かるよ」

「今頃の季節は、ありとあらゆる色のバラでいっぱいなんだ。名前が書かれたラベルが並んでいる。〈マダム・エリオ〉、〈マダム・ポワンカレ〉、〈夜の美女〉、〈大ビロード〉、〈フランスのバラ〉、〈マルヌ川の戦闘〉という風に。小さな四角の区画のなかに、こうしたバラの名前が小さな支柱に取り付けられた小さな表示板に説明されている。俺は、残っている脚のためにも、運動をする必要がある。そこで、フォッシュ並木道から出発し、ジョッフル並木道へと曲がり、水辺でペタン通りに入り、ロン・ポワン連合国を通過し、突き当たりまで進んで、盲人たちのアコーデオンに耳を傾ける。

ああ！　盲人たちだ！　その盲人たちはみんないっしょに奥に集められているんだ。このアコーデオンは、ちょっとした見ものなんだ！　想像するがいい。アコーデオンを手に入れる前は、盲人たちは暗闇のなかでじっとしていた。そのために、ほとんど頭がおかしくなってくる。彼らはロー ヌ河の岸辺の一画を割り当てられていた。彼らなら教皇にでもいろんなことを要求してうんざりさせたであろう。ある日、彼らのうちのひとりが二束三文のフルートを買ってきてもらった。彼はフルートを吹きはじめた。その響きには涙を誘うものがあった。修道院長がやってきて、こう言った。

『あなたたちに必要な楽器は、アコーデオンですよ』

『そんなことが、どうして分かるのですか、修道院長さま？』彼らは言った。

『ああ！　想像力で分かるものよ！』

『俺は、アコーデオンが弾けるんですよ』ひとりが言った。

そこで、町の富裕な娘が盲人たちにアコーデオンを買い与えたんだ。それ以来、うまくいっている。彼らはそれ以上何も要求することがない。彼らはアコーデオンに耳を傾けている。日曜に、盲人たちがみないっしょになって外出するとき（盲人たちは、脚のない男たちを乗せた小さな手押し車を押していく）、彼らはアコーデオンを置き去りにしない。彼らはアコーデオンを持っていくんだ。町ではアコーデオンは演奏できないということを、彼らは心得ている。それは禁止されているからね。それでも彼らはアコーデオンを持ってでるんだ。そして、ときどき、彼らは訊ねる。『あれを持っているかい？』

『もちろん、持ってきているよ』という答えが返ってくるんだ」

皿に果物が盛られている。桃にとまっている蝿が軽快で美しい翅音をたてる。また黄金色の太陽光線が草叢に滑りこみ、戯れる。大きな緑色の丘の背骨が戸口を塞いでいる。向こうでは、風がオリーヴ畑のなかを歩き、オリーヴの葉の灰色の泡が風の足もとで沸き立っている。

「ああ！　盲人については、これだけは言っておく必要がある」カジミールは言う。「聞いてくれ、ジュリア。ここに来てくれ、マドレーヌ。あのマチルド修道女は、あんなに美しいのだが、美しいだけじゃなくてじつに繊細な人なんだ。彼女の頬の皮膚の下には血が流れているのが透けて見えるんだ。いいかい！　よく聞いておくんだよ、ジュリア。盲人たちのなかにひとりの盲人がいる。彼は盲人であるだけではない。彼に残っているものをうまく利用して、顔を作ってやる必要があったくらいだ。彼には鼻も、口も、何もなかったのだから。みんなは努力して、そういうものを何とか作ってみた。最悪なのは、穴の奥にある目だ。彼は盲目である。彼は、自分が盲人たちと一緒にいるということ、みんなには彼の姿が見えないということを心得ている。しかし、ハエか何かの虫がたかったりしていると思って手を顔に当てると、まるでやけどをしたように、彼はその手をすぐさま引っこめるんだ。

この可愛いマチルド修道女は、庭に出てくるとすぐに、この男を探し求める。男の方はいつも草のなかにひとりしゃがみこんでいる。彼女はそこにやってきて、彼のそばにしゃがみこむ。

一度俺はそうした場面に居合わせたことがある。彼女には俺が見えていた。彼には俺は見えない。彼女は甘い微笑の眼差しで俺を見つめていた。彼は彼女にこう言った。

『修道女さま、したいようにさせてください……』

彼女は彼がしたいようにさせる。彼は手で彼女の顔に触れる。彼は彼女の鼻を触る。

『鼻！』と彼は言う。

彼は目を触る。

『目！』と彼は言う。

口を触る。

『口』と彼は言う。

彼は手で彼女の口の輪郭のすべてをたどる。

『噛んでみてください、修道女さま！』

彼女は優しく彼の手を噛む。

『強く！　印が残るように』

そして、指を引き抜き、自分に残っている唇で、彼は彼女に噛んでもらった痕跡に触れようと試みるんだよ」

カジミールが立ち去ったあと、ジェロームはジュリアと二人きりで豚小屋の近くで会えるように手配した。

「やあ、ジュリア。マドレーヌを見ただろう。あいつはいったいどうしたというんだろう？　病気なのか？　たしかに病気だ。あいつの顔を見たかい？　カジミールがしゃべっていたとき、あいつは笑っていたことに気づかなかったかな」

豚に餌を与えたあと、物思いにふけって、運命に対する彼女の闘いで打ちひしがれ、ジュリアは戻ってきた。

「マドレーヌ」と彼女は呼んだ。

「ここにいるわ！」

マドレーヌは開いた窓の近くにいる。美しい高原は夕方の方に移動している。高原は東の奥底に傾いている。そこから夕闇がのぼってくる。光り輝く木の葉という高原の積み荷を夕闇のなかに流しこんでしまおうとしているようだ。

ジュリアはマドレーヌのそばにひざまずく。

「それじゃ、まったく効かなかったのね」とジュリアは言った。

「だめだったわ」

「あんたが煎じ薬をすべて飲んでいればねえ。あんたを誰かのところに連れていってあげるわ。エロイーズか、アリカントのところなら。もっと容体が進んでいる人だってうまく扱っていたからね」

「いやよ」

「もう痛くないんだ」ジュリアは穏やかに言った。

マドレーヌは頭を振った。

「病気のせいじゃないのよ」マドレーヌは言う。「オリヴィエを自分のもとに引きとめておきたいからなの。あの人が好きなの、ジュリア、私はあの人が好きなのよ！　あの人の赤ちゃんが生まれるのよ。私のオリヴィエを救うことができるのは、赤ちゃんだけ、赤ちゃんがたったひとつの手立てだと思うの。誰も私からあの人を取り上げることはできないわ。あの人は私ひとりだけのものなの。あの人のすべてが私のものなの！　私の愛する人なのよ！」マドレーヌはこう叫んだ。

「黙って、黙るのよ！」彼女の口に手を当てながら、ジュリアは言った。

八　左手の下で

下のドアをちょうど三回短くこつこつこつと叩く音が響いた。それから、部屋の窓を見るために、麦打ち場の麦藁のなかを誰かが後退する音が聞こえた。ジュリアにはその音は聞こえた。それは彼女の呼吸を止めた。

彼女の横に横たわっているジョゼフは眠っている。彼は五時の郵便馬車に乗って帰ってきた。彼は痩せた太腿についている鉤で、彼女と結びついている。

彼女はもう少し上の太腿の分厚い部分にそっと触れる。彼女は鉤をはずし、ベッドから抜け出て、立ち上がる。彼は相変わらずぐっすり眠っている。

彼女は部屋のドアを開ける。陰の一端が別の陰に当たるときの音以外に何の音もない。昨日もまた、彼女は蝶番に大きな脂身の塊をすべて塗りこんだ。彼女は足の指を高くあげて階段をおりる。爪が石に当たる音は、聞き耳をたてている者にはよく聞こえるからだ。

台所の床にはガラスの破片が落ちている。ジョゼフが、つい先ほど、マドレーヌの頭を目がけて壜を投げつけたのだった。幸いなことにマドレーヌは身体をすくめた。彼女はドアの方に走り去った。彼は水差しを左手でつかみ、それを投げようとした。彼の左手には力がある。

ドアをこつこつと叩く音が続いている。

ジュリアは両手を開いてドアの中央に触れる。そして錠に触れる。鍵には触れない。差し金より上に手を向ける。彼女はのぞき穴だけを開く。

闇夜だが、けっこう外は明るい。ドアの向こうには男がいる。彼は顔を小さな窓にくっつける。

「ジュリア！」

低い声とともに、彼は八月の夜の酸っぱい汗を部屋のなかに吹きこむ。

「私よ」ジュリアはそっと言う。

「三日になる。来てほしい！」

「だめ。私には夫がいるのよ」

「誰の夫だって？」

「私の夫よ」

皮膚と骨だけの大きな男がすぐそこにいる。動物のような髭で、目はまるで星のようだ。餓えた大きな口は、何でも欲しいという渇望で傷ついている。

「パンはいる？」

「お前だよ！」

「煙草は？」

「いるのはお前だよ、ジュリア。やって来るんだ。お前が必要なんだ。俺はひとりだ。ひとりぽっちなんだよ！　一度だけでいいから。一度以上は求めない。来てくれ、ジュリアよ！」

しばらくのあいだ、静寂が戻ってきた。大きな男の身体が、木製のドアの向こうで震えているのが聞こえてくる。

「だめ、何と言ってもだめよ」ジュリアは言う。

男はジュリアの顔の向こうで長くて重々しい呼吸をする。生々しい草と煙草の匂いがする。

「パンをあげるわ。何なら、狩に使う薬莢もあげるわよ」

「パンなどくそくらえだ」

フクロウが鳴いている。

「お前もくそくらえだ！」

彼は小窓に唾を吐く。ジュリアは内側の小さな戸を閉め、かんぬきを入れる。男は身体全体でドアにぴったり貼りついている。彼の骨の軋みと、気力が萎えた動物の大きな呼吸を、彼女は聞き取る。彼は立ち去っていく……。

手の甲でジュリアは額の唾を拭き取る。男の唾は彼女の唇まで流れ落ちてきている。

ジョゼフは眠っている。彼は目を覚まさなかったのだ。寝返りもうっていない。太腿の鉤は相変わらず空中にあり、女の身体を待っている。

ジュリアはそっとベッドにあがる。ジョゼフがひとりでは身体を自由に動かせない右側でしっかり毛布をかぶっているか確かめる。そして彼女は太腿の鉤の下に身体を横たえる。ナイトガウンを顎の下まで引っ張りあげる。そしてジョゼフの左手をとり、その男の指を開く。片方の乳房をその左手のなかにおさめる。そして彼女はその手の下で静かに呼吸し、生きる。

九　大群

「目を覚ますんだ、うしろにいるお前たち！」

誰かがオリヴィエのヘルメットを叩く。

「何?」彼は訊ねる。

彼は泥の地面を滑る。

彼の連隊の兵士はすべて歩きながら眠っていた。

「何だって……。もうあなたのところですか」

輸送隊のところに間もなく着くだろう。

夜の闇のなかで、みんなはまるで河のように唸り声をあげている道路に近づいていく。ガソリンと馬の糞の匂いがする。

向こうでは、電光に引き裂かれた夜が、波打つ丘の上で生きたまま血を流している。

「馬に腹を蹴飛ばされたら、俺はくたばるだろうな！……一巻の終わりだよ！」

「詰めてくれ！」

「シャブラン！」

「俺はここだ。ここだよ！」オリヴィエは答える。

彼はラ・プールの腕を捕まえる。

「終わり！　終わりだ！　俺はおしまいだ！」ラ・プールは叫んでいる。「俺たちを殺すつもりなんだ」

止まれの合図の笛が鳴る。輸送隊は下にある木々の茂みのなかで木にこすれている。

叉銃《さじゅう》が組まれている。男たちは斜面の泥のなかに坐っている。

「プール！」

「ここだ！」地面すれすれのところから、こもったような声が聞こえてくる。

オリヴィエは身体をかがめる。ラ・プールは地面にごろりと横たわっている。

「大丈夫。大丈夫だって。俺は元気をだすよ」ラ・プールはこう言う。

けばけばしい緑色の日差しがもどってきた。今では使用されていない大がかりな鉄道を私たちは横切っていく。遮断機が取り外されている。小さな無人の家が、兵士たちが動くたびにその足音に反響している。ある窓は袋で塞がれている。麦藁を積んだ車が次々と線路を横切っていく。

生垣が霧のなかから出てくる。ついで輝かしいトネリコが現れたかと思うと、その向こうには野原が広がっている。左手では、熱くなっている村が牧草地におりた露のため水蒸気をたてている。

村や丘の向こうまで、まっ黒い街道が兵士たちの波を運んでいる。大地のありとあらゆる起伏に沿ってゆっくりと兵士たちは流れていく。兵士たちは谷間を満たし、くぼ地からはみ出し、林から湧き出てくる。村の近くで、大きな湖のような兵士たちの塊が、くぼんだ果樹園の草地のまっただなかで眠っている。街道は樹木たちの間をとうとうと流れていく。

「プール!」

オリヴィエは痩せた首を空に向かって伸ばす。彼はネクタイをひきちぎり、カラーを取り外した。生気を失っている口で空気をくわえようとする。

「プール!」

「俺は君を捕らえておく」

ラ・プールはオリヴィエの肩に腕をかけた。

「前進だ、それ、前進だ!」

「おい」ラ・プールは言う。「君の銃をしばらく俺に貸してくれ。俺にもたれてくれ。さあ、いっしょにいようぜ」

オリヴィエは歩く。そして胸の上で交差させている紐に両手を通す。全力でその胸を解放して、呼吸しようと試みる。

「前進だ!」

彼は歯を食いしばる。彼は泣いている。彼の唇は歯の上でまくれあがっており、まるで笑っているようだ。

「前進だ！」

「寄りかかるんだ！」

カムーは、足を滑らせ顔から道に倒れる。立ちあがり、泥と鼻汁と血を吐きだす。

固い道の上で、足音のリズムがごく小さな音でとどろきわたる。前を歩いている兵士は二十人以上いる。彼らは本能的に同じ歩調で歩く。そうして歩くと、もうひとりでなくなるからだ。身体の重量と辛さをみんないっしょになって運んでいけるからでもある。そうすると軽やかになるのである。

カムーは歩行のリズムを取り戻そうとしている。オリヴィエは、歯を食いしばって激怒している。苦痛が身体中を走り、鉄のように固い涙が目に穴をあけている。

「前進だ！　相棒」ラ・プールは唸る。

「前進だよ！　相棒よ……」

彼の身体を下から上まで引き裂くほどの大きな努力をして、オリヴィエはみんなの歩調のなかに入っていく。カムーだけがひとり闘っている。彼は足をひきずっている。

「気をつけろ！」と彼は言う。

彼は隣にいる兵士たちを腕で押す。そして流れから外に出る。斜面にどさっと倒れこむ。銃は負い革に吊るし、背嚢は背に背負い、装備一式をつけたまま、両脚を開いて、そのまま彼は動かない。

ズボンの奥は黒くなった血がこびりついている。彼はもう動こうともしない。伍長がやってきて、匂いをかぐような身振りをした。カムーが目を挙げて二言、三言言うと、伍長は隊列に沿ってうつむいて戻っていった。

道端の木々の茂みのあいだから、窓がひとつしかない家が待ち構えている。大きな農家で、中庭の中央に鍛冶場がある。上半身裸の砲兵が、火で白くなるまで熱した鉄を力強くハンマーで叩いている。火花が飛び散っている。そのかたわらでは、乾いた泥に覆われた大きな大砲が待っている。

「村だ」ラ・プールは叫ぶ。「この村で、休もうじゃないか」

兵士たちは村を突きぬけてしまった。軍団の長い隊列は壁に身体をこすりつけて前進していた。兵士たちは納屋や、麦藁が敷かれている家畜小屋などを見つめた。しかし、ずっと遠くの野原の向こうでは、大群の先頭が隊列を引っ張り、隊列のすべてを引き連れていった。

その向こうには、また野原があり、さらに野原があり、そして丘があり、その上に森林があった。

昼ごろ、食糧輸送隊がいる大きな野原を突きぬけた。輸送隊のゆるやかな水の流れ[隊列の動き]は、渦を巻きはじめ、装備や武器の音とともにゆっくり泡を出しながら眠っていた。そこで、兵士たちは大砲や車のまんなかに伸びていく街道を歩いた。手や顔にはべっとりと泥がへばりつき、頭のなかには血の苦さと酸っぱさが巣くっていた。

血のように鮮やかな夕陽が、靄のかかった村の堆肥のなかに沈んでいった。シンバルの響きが壁にぶち当たっている。ラッパが鳴り響いていく。液肥が傾斜した道路に流れ出ている。いくつかの納屋の向こうに広場がある。道が曲がっている。その曲がり角に、ひとりの男が立ち止まっている。背の高い太った男は、黒いレインコートをまとっている。艶のあるケピ［庇つきの円筒形の帽子］をかぶっている。

将校が美しい家から出てくる。彼は手に椅子を持っている。彼は近づき、ヘルメットの端に手を触れ挨拶し、その椅子を差し出す。男は椅子を受け取り、外套の裾を開き、背もたれのところまで深々と坐る。両脚のあいだにサーベルを立てている。両手と顎でサーベルの取っ手にもたれかかる。男は兵士たちが通り過ぎていくのを見つめている。

夜明けの太陽が、地球全体に比べられるほど広大なその平らな野原の向こうの端にある柳の林のなかを昇ってくる。兵士たちは白樺が生えているあの道を歩いてきたのであった。ヘルメットは霜で白くなっている。男たちは、まるで馬のように、頭から足の先まで湯気を出している。彼らは歩きながら蒸気を持ち運ぶ。中隊の全体が、自ら発する汗の靄のなかにいる。

兵士たちは動きを止める。

「水筒をくれ。カフェに行ってくる」オリヴィエは言う。

砲撃のとどろきが、まるで海の嵐のように、地平線で響きわたる。

「バイユールの方角だ」

英国の兵士がたったひとりで野原を横切り、低くて小さな農家の方に向かっている。痩せた脚の端に大きな土の塊を引きずっている。戸口に近づくと、彼は背嚢をおろす。

曹長が命令を伝えにやってくる。

「これから、散開隊列［各兵士が広い間隔の隊形をとること］を組んで進め」

一列になっていた兵士たちは、野原のなかに広がりはじめる。英国人が入っていった農家の近くにいる兵士たちは、窓から中の様子をうかがっている。ドアの近くの泥の上に、兵士の背嚢と銃が置かれている。

街道は、まだ葉が出ていないがすでに春の軽やかな息吹をまとっている樹木の長い行列に沿って、向こうの方まで続いている。太陽は昇った。いくつもの小さな部分に区切られているその地方を見わたすことができる。平らな土地は木立の向こうに隠れている。草原は兵士たちの膝を濡らす。一列になった兵士たちが通り過ぎたあと、草は、大きな熊手の歯で引っ掻かれた時のように、倒れたままである。背の高い風車が、樹木の上から見つめ、大きな腕をゆっくり動かすことによって、草のなかをその人間たちが前進してきているということを知らせている。

居酒屋があるところで、道は二つに分かれている。そこで休憩となった。兵士たちの列はその家の周りに折れ曲がった。家の窓にはもうカーテンがなくなっている。家のなかでは、少年が箱の上にあがり、釘を使ってねじをまわし、外套掛けを取り外そうとしている。壁には何も架かっていない。手押し車で酒甕を運ぶ者が動きやすいように、カウンターは斜めの角度に移動されている。「みんな外してしまった」少年は言った。「イギリス人がいっぱいやってきて、立ち去っていった。ドイツ兵は一発で何もかもぶち壊してしまった。ケメルの方で音がしているかどうか耳をすましてよく聞いてみて」

冷えてしまった窓ガラスが震えている。

大砲の大音響が空にとどろいた方角で、黒い泡が立ちのぼっている。街道を、ひとりの男がマットレスを満載した手押し車を引いて通り過ぎていく。荷枠がサラダ菜の入っている籠を揺り動かしている。女がひとり、湿った畑を横切っている。彼女は子供たちを連れている。マットレスを運んでいる男は立ち止まる。女は子供をはなし、髷を整える。

足の不自由な男が、片方の足で水を跳ね飛ばしながら走る。女はニワトリを胸に抱きしめる　別の荷車が、脚が上向きになっている箪笥と、釘のはずれているため表面の上部が揺れている食器棚を運んでいる。食器が入っているそれぞれの籠を載せているために互いにつながっている四人の女が、道幅いっぱいになって歩いている。革をまとったイギリス人のオートバイ乗りが、刈り取られた牧草地の急斜面のなかに全速力で飛びこんでいく。

兵士たちは人の気配のない長い村を突きぬけていく。戸口という戸口はすべて開いている。柱時計の鳴る音が家のなかから聞こえてくる。道端に老婦人がお婆さん用の肘掛け椅子に坐っている。

「私は待っているのよ」彼女は言う。

彼女の小さな荷物の包みは足もとに置かれている。鍋の取っ手がはみ出ている。

「通してくれ。端に寄るんだ」

参謀部の車が兵士たちを追い越していく。車が大揺れするので、クッションの上に坐っているフランスの将軍が飛びはねている。皮膚が赤いその将軍は、両手でケピをおさえている。

その村を過ぎると、砂漠のような平原と夕闇と熱い息づかいの大砲があった。黒い泡がまるで壁のように沸き立っている。長い砲弾が前進し、空を通過し、海の方に飛んでいく。牧草地や木立や村がある広大な大地は、兵士たちの足音の下で、ごぼごぼと音をたてている。

「素晴らしい漆喰だ」ラ・プールは言う。「しかも、上からおりてくる結構な鏝《こて》によって混ぜ合わされている。俺たちはもう右も左も分からない」

風が海から吹いてくる。鼻をつく海草の匂いを運んでくるその風は冷たい。

「休憩だ。装備は身につけたままで休め」

兵士たちは長いあいだ、じつに長いあいだ休止していた。少しずつ彼らは地面に横たわるようになっていった。前方にある農家が炎上し、夜の闇のなかで熟しすぎた花のようにゆっくりと散乱していった。

「どうした?」ラ・プールは訊ねる。

「何も」オリヴィエは言う。

風は花の咲いているソラマメの匂いを運んでくる。

生け垣のなかで、マルシヤルグがそっと口ずさんでいる。

黄金色の小麦の歌を聞きにいこう。

「悪い知らせの手紙を持っているんだ」オリヴィエは言う。

夜明けになると、赤い空を背景にして、箱や包みを持った男たちがやって来るのが見えた。莢、手榴弾、チョコレート、カマンベール、大きな肉切り包丁、アルコールの入っている手桶などが運ばれている。

指揮官が柳の木立から姿を現し、草地を歩いている。彼は、ヘルメットをベルトに吊るしている無帽のイギリス人将校に先ほど出会ったばかりである。昨日バイクで通り過ぎていった老将軍は、野原を走っている。彼らはこの将軍を待っている。三人で話し合う。イギリス人将校は空の一端を示している。彼はステッキの先で地面に図を描きはじめる。指揮官と将軍は、彼が描いている図の上にかがみこんでいる。将軍はケピを脱ぎ、指を広げて頭を掻いている。

イギリス人将校は空の一端を指し示す。彼が突き出した指の先にあたる、向こうの方の丘の曖昧模糊とした表面から煙が出ているのが見える。

兵士たちは、道路の端で縦列を作り、背をかがめ銃を手に持ってふたたび出発する。

大きな村が腹を引き裂かれ、内臓を原っぱにまき散らしている。その村の前で休憩となる。正午である。女がたったひとりで街道を走っている。大きな砲弾が、左手にある木製のもろい風車に当たり炸裂する。砲弾は、水が溜まっている黒い底にいたるまで草原に大きな穴を開ける。水は艶々した輝きを見せてほとばしり出る。馬の死骸が小川の流れを塞いでいる。

兵士たちは夜を待っている。大尉がオリヴィエとラ・プールの前まで大きな足で歩いてきた。オリヴィエは白い手紙を手に持っている。大尉は二人の前に立ちはだかった。

「君たち……」彼は言う。

それ以上の言葉は髭で覆われた彼の口から出てこない。彼は二人をしばらく見つめている。夜の闇が、夜に付随するありとあらゆる要素を伴って、彼のうしろに立ちのぼってきている。彼の顔を照らすのは、もう砲撃による金属的な明るさだけである。

「立ちあがるんだ！」

彼のあとについて、彼らは鉄のような空の下に入っていった。

「ル・ケメルだ！」

樹木の混じっていない土が、煙の下で揺れ動いている。

二人のイギリス兵が、両腕を垂らしたまま走っている。

「ここだ、ここだ！」と中尉は叫ぶ。

イギリス兵たちは走りながら合図をしている。彼らは何か名前をわめいているが、その声は砲弾の音でかき消されてしまう。砲弾はル・ケメルの鐘楼から発射されている。

「奴らは手榴弾を運んできたぞ」

「だめだ、そこじゃない」彼らは言う。

「俺たちは折れ曲がったぞ」

「村の出口で、散開隊形をとるんだ」

砲弾が夜を押し開いて息を吹きかけてくる。向こうの下には、谷間、樹木、公園、池、城館などがある。ついで闇夜になり、土が落下してくる。木の枝が軋み、スレートが歌い、池は泥だらけの大きな手で大地に平手打ちをくらわせる。

「穴を掘れ」ラ・プールは言う。

彼はオリヴィエの近くに横たわった。

棒状の炎と閃光が、天秤の竿のように、うしろの方にある村や野原を打ちつける。まるで殻竿の棒が打ちつけるように。

夜が、太陽を浴びた麦藁のような色になって、飛んでいく。

「奴らはやってくるぞ」ラ・プールは言う。

「そうじゃない」口が土につくほどうつ伏せになって、中尉は言う。「イギリス兵たちがまだ前で持ちこたえている」

大尉の声は闇のなかから出てくる。

「前進だ！」

兵士たちは跳躍する。低い生け垣が腹を打つ。

「止まれ！」中尉は言う。「連絡係！」

「ここにいます！」バルヌーは言う。

「大尉は？」

「前方に出かけました」

「前進せよ。どうなっているか見てこい」

バルヌーは走って戻ってくる。

「中尉殿、百メートル進んだところにイギリス兵たちがいます。彼らは『フランス兵？』と私に訊ねたので、『そうだ！』と答えてきました」

「では、こちら側は？」

「何もありません。針金が張ってあります。通過することはできません」

「フランス兵は？」暗闇からこう訊ねる声が聞こえる。

イギリス人将校だ。言葉を探しながら彼はゆっくり説明する。

「右手前方、三百メートルのところにフランスの大隊がいます」

「では、右の方に前進だ！」

そこは街道の斜面だ。

「ドゥス少佐、参りました」

「レノー中尉、参りました。第六中隊です、司令官殿」

「俺たちがどこにいるか、分かるか？」

「分かりません、司令官殿」

「つまり、みんなは何をしているんだ？　どちらに進むのがいいんだろうか？　右だろうか？　前だろうか？　それとも左だろうか？　前線はどこにあるんだ？　ここなのかい？　君たちの大尉は？　大尉はどこにいるんだね？　何時なのかな、レノーさん？」

「九時です、司令官殿」

「七時に攻撃をしかけるべきだった。それで？」

「前方の塹壕には兵が誰もいません」バルヌーは言う。

「何だって？　彼は何と言っているのかな？」司令官は訊ねる。「そうなのか！　進もう。おそらくこちらだよ」


　急に太陽が出てきた。ケメル山は、まるで炭焼き場のように、四方八方から煙を出している。兵士たちは柳の街道を歩んでいる。柳にはすでに春の息吹きが訪れている。美しい友情の芽吹きが開いている。

弾丸が何発も柳の枝に当たり炸裂する。草の皮膚はすっかり傷ついてしまっている。池が静かに立ち去っていく。池の水が穴のなかに立ち去り、大地に沈みこんでいく様子が見えている。

砲弾が飛んできて、襲いかかり、飛び跳ね、木々の枝を引きちぎり、大地の下で唸り、泥のなかを転げまわり、独楽《こま》のように回転し、そしてそこで静止する。兵士たちはスコップで次から次へと穴を掘る。彼らの脚のあいだにはいつも池がある。その池の水はどこかに流れていきたくて、あるときはこちらへ、別のときにはあちらへという風に、何も分からないままに流れていく。彼らは池の水を押しやり、池を叩く。池は戻ってきては、呻く。兵士たちは池をスコップで叩く。砲弾がその近くに突き刺さる。兵士が池の上に横たわるとすぐに、池はその男の膝から顔にいたるまで全身を、池の冷たい舌でなめはじめる。

三百メートル離れた向こうに風車が見える。いくらか左の方に、小さな石の塊がある。それはかつては鳩小屋だったのだ。

「あそこにひとり、向こうにもひとりいる！」ジョリヴェは叫ぶ。あの石の堆積のなかに男がいるのだ。男が立ち上がるのが見えたばかりだった。男は腹まで姿を現す。「ちくしょう！　銃をよこせ。狙いをつけてみよう」

男が現れる。ジョリヴェは発砲する。

しばらくすると、男はまた姿を見せる。

ジョリヴェは発砲する。

しばらくすると、男はふたたび姿を見せる。

ロケット弾による攻撃をおこなった。それはひと握りの葉がばらばらと襲いかかるような具合だった。

ジョリヴェは叫ばなかった。ヘルメットが飛ばされてしまったとき、彼は手を額に持っていった。石の堆積がある方向に彼は倒れた。

志願兵のグリヴェロは、猫のように跳躍してよじ登る。彼はしばらくのあいだそこにかがんだままでいる。そして彼は立ちあがる。

「おりろ、おりろ！」

腹に大打撃を受けた彼は粉砕される。彼は血で赤く染まった両腕を翼のように広げる。

フラシャは、濡れた下着のように、穴のなかに流れていく。

「ここだ！」

彼は横腹に触る。

「見てくれ！……」

「違う。端っこだ……。手を当てろ。ずらかれ……」

シャルモルは血とワインを吐きだす。彼は一歩進む。立ち止まって、自分の口から何が流れ出たのか見届けようとする。何発かの銃撃が彼を追撃する。

「大尉？　大尉？」

彼は司令官の連絡代行者である。

「攻撃だ！　攻撃しろ！　みんなに言うんだ、攻撃しろと！……」

二人のイギリス兵が、ウサギのように、急な方向転換を繰り返しながらホップ畑の方に走っていく。ひとりは丸くなって転がり、その場にとどまる。もうひとりは走り抜けていく。

「中尉のレノーだ。指揮をとるのは私だ。大尉は殺された！」

連絡代行者はもう動かない。うずくまっている。両脚と両手を万力のように振り絞って、彼は蒸留酒の水筒を締めつけている。彼の頭には穴があいている。口からよだれと血が長く垂れさがっている。

オリヴィエは手榴弾を投げつける。

「えい！」

「しゃがみこむんだ！」

二丁の機関銃が、爪でひっかくように、人間と地面を引き裂く。

「前進だ！」

中尉は頭を下げて走る。彼は頭を地面に突き立てる。そのまま動かない。しばらくすると、彼は身体をねじり、顔を空に向け口を開けたまま、長々と横たわる。

伍長が這ってこちらに向かってくる。

「お前は、誰だ?」

「バルヌーです!」

「分かった。指揮をとるのは俺だ。ところでお前は、誰だ?」

彼は男たちの装備を身につけている胸のまんなかを手で触ってみる。

「穴のなかにいる者たちのところに移動させるんだ」

「もう死んでいます」

「前進だ!」


オリヴィエはもう動かない。機関銃は彼の近くの地面を掘っている……。しばらくの静寂。風がひと束の叫び声と爆竹の音を運んでいく。

百四十連隊の生き残りの兵士たちは、右側に攻撃していく。

目の前にごく小さな草の茎がある。手首を大きく動かして、オリヴィエはその草の方に滑っていく。

そこから、まるで山のような身体が見えている。人間の背中だ。

「ラ・プールだろうか?」

それは呼吸をしていない。あまりにも地面から盛り上がっているので、死んでいるにちがいない。その死体の陰に隠れて、彼は這って進む。外套を引っ張ってみる。確かに死んでいる。彼は仰向けに倒れて、血の塊を吐き出している。伍長だ。口髭はもう土に同化してしまっている。

オリヴィエは這って進む。彼は冷たい肉の塊のなかに手で寄りかかる。大尉だ。

そこに横たわっている大尉は、無防備で空虚だ。大尉は手を噛んでいる。

「諸君!……」彼はよくこう言ったものだ。

「おお!」野原に立っている男が叫ぶ。

立っている彼はひじょうに背が高いので、空まで届くかと思えるほどである。

「シャブラン!　立ち上がれ、もう終わったよ……」

オリヴィエはそっと立ち上がり、周囲を見渡す。

「何だって?　終わったんだって?……」

彼はラ・プールのかたわらに立っている。もうひとり別の男が、死者たちをまたぎながら向こうからやってくる。バルヌーだ……。

そのとおりだ。もう終わったのだ。大いなる静寂。もう物音が何もない。不意にものすごい静寂が訪れてきたので、煙が歩いていく物音が聞こえるほどである。

「いったいどうなってしまったんだ?」オリヴィエは訊ねる。

「ほら、見てみろよ」バルヌーは言う。彼は手で大地と彼らが立っているケメル山の稜線を指し示す。稜線は、死者たちの重荷を載せて、空のなかを静かに漂っている。「俺たちはもう三人だけだ」

下の谷間では、灰色の男たちが草地のまんなかを走っている。

「やつらは攻撃しているんだ！」

弾幕射撃［突撃を支援するための射撃］や、機関銃や、銃撃なしに、彼らは攻撃している。彼らの前方のそのあたり一帯はすっかり片付けられている。

あるのは死者たち、引き裂かれた大地、火に包まれている村だけである。手綱が足にからみ逆上した馬が牧草地で踊り狂っている。

あらゆる穴から、あらゆる谷間から、バイユールの方に通じる平原の広い範囲にわたり、別の兵士たちの大群の先頭の大きな集団が溢れ出てきて、草のなかに流れこんでいく。

「さあ、行こう」ラ・プールは叫ぶ。

火事の煙は地面にへばりついている。武装を解除したフランス兵がひとり煙のなかから走り出てくる。小さな燠の奔流が、濃密な大気に運ばれて、ぱちぱち音をたてる。

「バルヌー！」

「シャブラン！」

彼らは穴から穴へと跳躍していく。

彼らの二百メートルうしろから、灰色の人間たちの最初の波が草地に進みでてくる。彼らは疲れている。彼らは腕の先に銃をぶら下げている。

彼らは村に入っていく。

「前進だ。助かったぞ！」バルヌーは叫ぶ。


百メートル向こうにある街道は、樹木で飾りたてられ、木立から農場へまっすぐ伸びている。雨がしとしと降っている。黒い十字架をつけた四機の飛行機が雲のなかから出てくる。ツバメのように、腹で地面をかすめそうになるほど、飛行機は低空飛行をする。くちばしでつつくような具合に、飛行機から機関銃が数発発射される。

「ひと休みしよう」ラ・プールは言う。

猛烈な閃光が前方の生け垣を押し開く。出発の合図だ。

イギリスの砲台だ。車輪、断片になってしまった管、空になった薬莢、毛虫の繭のような砲弾。腹をえぐられた馬たち、捩れた首。顔を地面に伏せた人間たち。空を噛んでいる黒い顔。脚。粥状の肉。車輪のホイールの上に飛び散っている人間の脳髄。

こうした雑多なもののまんなかで、大砲が発射されている。操作しているのは、ベルトまで裸になっている二人の砲兵である。彼らは将校の死体の上を歩いている。二人で砲弾を持ち上げるために、彼らは大きな靴で将校の顔を踏みつぶしている。

砲台で砲弾が炸裂する。砲弾が飛んでくる音は聞こえなかった。バルヌーは頭をかがめる。彼は手で頭を触ろうとするが、腕は肩より上にはあがらず、だらりと垂れてくる。バルヌーはオリヴィエの上に倒れかかる。

星型に割れ目のはいった頭から血が吹きでる。

「前進だ！」

街道は死滅した小川のようだ。車や、腹を裂かれた馬や、人間たちの腐敗物で覆われている溝のなかの大砲、機関銃、大きな穴のあいた鉄板、ビールの樽、ガレット［丸くて平たいケーキ］の箱、砂糖入りパン、煙草の入った箱。こうしたものが散乱している。

「野原を横切ろう！」

すでに二度、オリヴィエは走るのをやめて、足元を見つめた。脚のあいだを流れているのはいったい何だろう？　とりわけ牧草地では、草の下は、まるで水まきしたようだ。しかも相当濃密なので、その筋が見えている。ネズミだ！　無数のネズミだ！　炎上した壁や大穴をあけられた納屋のあらゆるところから出てきたネズミ。崩れ果てた村のネズミ。戦闘と死体から出てきたネズミ。死体は、大地の激しい動揺によって黒くて広い水たまりのなかに放り出されている。

向こうでも、牧草地から出てきたネズミたちは、斜面を乗り越え、畑のありとあらゆるくぼみで、木タールピッチのような輝きを見せ、震えている。

御者のいない馬車が、全速力で疾走する二頭の白い馬に引っ張られて暴走し、大地の中央に飛びだした。馬車はかしぎ、荷枠で雑草をそぎ落とし、左側に傾き、煙のように土と水を跳ね飛ばして、ついに横転する。空中にある車輪は、それでも全速力で空転している。轅《ながえ》のあいだに横たわっている二頭の馬は、相変わらず空中を疾走し、その蹄で空を踏みつぶしている。

「おお!」腕を上げながら、ラ・プールは叫ぶ。

彼らは走るのをやめる。空と大地が唸りながら震えた。煙と火に包まれた凶暴な木が、その葉叢の巨大な影を人間たちに投げつける。イギリス兵の砲台が炸裂した。

向こうの方にある村から、ドイツ兵たちがはみ出てくる。雲が、まるで手のように、すべての指を離してその上で踊っている。その手は空の茂みを揺さぶり、むしり取る。数発のロケット弾が、まるで星のように、落下する。

「左だ! 左だ!」とオリヴィエは叫ぶ。

彼らの前に広がる草地を、三頭の重々しい馬が速歩で走っている。逃げ出してきた農耕馬だ。馬具をつけていない光り輝く小さな雌馬が、子馬の前で踊ってみせる。男たちを目にした雌馬は、男たちが近づいてくるのを待っている。ラ・プールの前に来ると、頭を揺り動かし、笑い、並足で走ってみせる。子馬はオリヴィエに向かって斜に構えて踊る。

大破してしまったすべての農家から、動物たちが流れ出てきた。動物たちは木立の林縁や、柳の木々の下や、樹木のあいだなどに集まり、そうした茂みの下で震えながら小刻みに歩いている。

ラ・プールとオリヴィエと雌馬と子馬と三頭の農耕馬たちは、みんなでその地方の左の方に速歩で入りこんでいく。動物たちのすべては立ちあがり、二人の男の方に駆け寄る。

「前進だ、シャブラン、前進だ！」

オリヴィエはヘルメットを、ついで上着を投げ捨てた。引き裂かれた彼のシャツは、まるで罠のように、彼の両腕を叩いた。

「前進！　前進して、大丈夫かい？」

「いいぞ！」

砲弾の束が噴射してきて、雲を引き裂く。

「プリーヌ！」オリヴィエは叫ぶ。

彼は子馬の頭に飛びつき、身体を使って子馬を地面に横たえる。

「さあ、これで前進だ！」

広い農場が牧草地の傾斜の飾りになっている。

大きな馬に乗ったラ・プールは、木立の方に歩き、羊や雌山羊たちの前に出る。オリヴィエは雌馬を待ち伏せている。雌馬は腰を振って逃れる。農場の方に二回跳躍したあと、たてがみを逆立てて農場に向かって流れるように疾駆する。オリヴィエは雌馬を追って走る。

雌馬は草のなかに四つの蹄鉄を突き立てて、そこでじっとしている。そして身体の全体で後退する。喘ぎながら、地面を見つめている。オリヴィエは雌馬に向かってそっと前進する。

それは正面の全体をフジに覆われた、庇《ひさし》の小さな農場である。蝶番が外れてしまったドアから、マットレス用の羊毛が吐き出されている。大きな鋼鉄の破片で頭を切り裂かれた若い女が、乳房をむきだしにして、壁際に長々と寝そべっている。

「これは、また!」オリヴィエは叫ぶ。

雌豚が頭を挙げて、肉を噛み砕いている。小さな赤い目でオリヴィエを見つめ、鼻面にしわを寄せる。猛犬がやるように、大きな歯をむき出しにしてみせる。オリヴィエはさらに二歩進む。雌馬は足で草を叩いている。

死んでしまっている裸の幼児が雌豚の足もとにいる。雌豚はすでにその肩を食い ちぎり、胸を食べてしまった。今度は、まだ白い小さな腹の上に身をかがめている。そして腹に噛みつく。子どもの内臓を飲みこむために、雌豚は口を大きく開けて咀嚼している。

オリヴィエは手をポケットに入れた。彼は叫べない。骨という骨のすべてが震えている。その地方で使われている大きなナイフを彼は取り出す。それはパンとチーズを切るナイフだ。ナイフの柄を握りしめると、オリヴィエはもう震えていない。

雌豚は彼をにらむ。彼の方に一歩進みより、唸る。彼は何も言わず、ナイフを握りしめる。雌豚は前進する。彼は待っている。そして豚に飛びかかり、ナイフを突きたてる。ナイフは一撃のもとに突き刺さる。ナイフを握りしめている指のあいだから、血がほとばしり出る。豚は四肢を踏んばり頭を使って彼をはじき飛ばし、転倒させる。彼は豚の下になっている。豚は彼の肩に歯を立てようとする。彼はナイフを引き抜き、豚の首にナイフを突き刺す。もう一度、鶴嘴を振るうように、ナイフを首に突き刺す。彼が突き刺している肉体は、水をぶっかけられた燠のように、呻く。彼は全力を振り絞る。力いっぱいに腹を突き刺す。彼は血を浴びて目が見えない。血と呻き声と喘さで覆いつくされる。それでも、彼は力を振り絞って突き刺す。血を浴びた目がぬるぬるする。ナイフがきらめくのが見える。それでも彼は攻撃を続ける。

雌馬は彼らのまわりで土くれを舞い上げて踊る。ついに、両手で、かれは雌豚の喉をすべて切り裂いてしまう。

しばらくのあいだ、オリヴィエは地面に寝そべり、肺いっぱいに空気を吸いこむ。彼の上には、上空が、少しばかりの青い空と、ゆっくり流れているじつに軽やかな雲が見えている。平和だ！平穏だ！

彼は立ちあがる。息絶えた雌豚は草の上で空《から》になっている。彼はフジを、死んでいる女を、そして雌馬を見つめる。

彼は血を浴びている。肩を動かしてみる。大丈夫だ。皮がむけているだけである。雌馬に呼びかけてみる。

「おい、おい！」

雌馬は全身を震わせながら近づいてくる。そして彼の前で立ち止まる。そのたてがみを手でかっちりとつかみ、馬の身体に体重をかけて、彼は中庭から牧草地の方に出ていった。

ラ・プールは黒くて大きな馬にまたがって戻ってきた。オリヴィエは白い雌馬に寄りかかって牧草地を下りてきた。

「負傷したのかい？」両腕を上げてラ・プールは叫ぶ。

「そうじゃない」オリヴィエは頭を振って合図する。

彼は雌馬の沸き立つような心地よい温かさを脇腹に感じている。

「雌豚と闘ったんだ。子供を食っていたからだよ」

「速く」ラ・プールは言う。「ギャロップで走らないと。奴らはルマンジェルを越えてしまったぞ。あそこにも、向こうにも、あの向こうにもいる」

火の縁飾りが、三方向で空をかじっていた。

馬の背にまたがっているオリヴィエとラ・プールには、荒涼とした土地が見えている。炎上している納屋は、茶褐色の濃厚な煙の血を噴き出している。ソラマメの畑は動転している。まるで重い花を運河や溝のなかに放りこんでしまおうとしているようだ。

柳の茂みは土地がくぼんでいる方にかしいでいる。家々が倒壊してしまったステンヴォールドは、煙を吐きだし喘いでいる。小さな町の向こうでは、走っている逃走者と動物たちの黒い波が、うねるような田園のなかで、泡立っている。

大きく揺れ動く飛行機が雲に穴をあけたかと思うと、翼を十字架状にして柳の茂みに落下する。大きな砲弾が右手の黒い牧草地を掘りおこす。ステンヴォールドの鐘楼が崩れ、鐘が瓦礫のなかで跳躍しながら音をたてている。

「ギャロップだ！」

馬の背に身体をぴったり寄せて、樹木や火や噴出する大地のただなかを、彼らは馬に運ばれるがままに身を任せる。

ステンヴォールドを過ぎると、彼らは馬を乗り捨てた。オリヴィエは白い雌馬に血をつけてしまった。

「さあ、行け」馬の尻を叩いて、オリヴィエはこう言う。

雌馬は子馬とともに跳躍していった。大きな馬が雌馬を追う。生け垣に潜んでいた二頭の羊が、馬たちのあとを小走りに走っていく。

オリヴィエとラ・プールは牧草地のなかを、カッセル山の小さな隆起を目指して、まっすぐ前方に歩いていく。ドイツ兵たちはまだステンヴォールドの遠く向こうの方にとどまっている。ここではあたり一面の土地は今大きく開かれている。つまり万事がむきだしになっている。

ひとりの司祭が置時計を手に持って道路を横切っている。イギリスの大砲を載せた車が全速力で通過していく。馬たちを鞭打っているのはフランス人の砲兵たちだ。外套をまとわず無帽の大佐が草地を大股で歩いている。左手で、蓋を開けたイワシの缶詰を持っている。彼はパンを缶詰の脂のなかに漬けて頬張る。木の向こうでうつむいているイギリス人将校は、誰にも邪魔されないで、パイプに火をつけている。こうしたものがすべてカッセル山に向かって進んでいる。

オリヴィエとラ・プールは、今、午後のこの重い時間帯を持ち運んでいる。この大地のありとあらゆるところで、ドイツ兵たちが戦わずに前進してきている。草や石の上や樹木のあいだを行進してくるたくさんの男たちの重々しい物音の他には、もういかなる音も聞こえてこない。

「これで、すべてが破壊されてしまった」ラ・プールは言った。

オリヴィエは唇の端に蒼白い笑顔をちらっと浮かべた。

「うまくいくだろう! 何とか終わりになるだろうよ……」

そして、空と大地を隔てている筋骨たくましい赤い煙の下で樹木が身をかがめているあいだに、不意に前方のすべてがざわめき輝き軋みはじめた。

「左に向かって、列を作って、散開隊形で、一歩離れて!」

きれいでバラ色で元気のよい新鮮なアルプス猟歩兵隊が、ホップ畑から現れ出て、武器のかちあう音とともに進軍してくる。彼らは銃剣を構えている。いかなる背嚢も持たず、手榴弾の房をベルトに吊るし、湿っている草のなかで脚を高くあげて、彼らは軽快に歩いてくる。

「左に向かって、整列して!……」

別の兵隊たちが、泡のようになって、野原を進んでいる。

青い歩兵たちがあちこちの木立からはみ出てくる。オリヴィエはむきだしの両腕をあげる。百メートルの幅で、イギリス兵の大砲兵隊がギャロップで前進してくる。人間、大砲、馬のりべてが新しい。櫛をかけられた馬の毛はまるで油のように輝いている。

赤い飛行機の茂みがカッセルのうしろから噴出し、煙のなかに突入していく。

ターバンを巻きマフラーをはためかせている槍騎兵が、布類の音とともに疾走する。

「混乱の極みだ！」歯を食いしばってラ・プールは言う。

「左に向かって、整列して！……」

木立がアルプス猟歩兵隊の重量感のある縦隊を吐き出す。野原に到着すると、縦隊は蝶番のところから機械的に分かれ広がる。散らばったまま縦隊は、前にあるすべてのものをかき集めながら、前進していく。

「左の方へ、整列して！」

「散開隊形で！」

「砲兵隊！　砲兵隊！」

「前進しろ！」

「これで終わると思うかい？」ラ・プールは言う。

積み上げられた堆肥の上に坐って、スコットランド人がコルヌミューズ［バッグパイプの一種］を吹いている。

「何連隊だ？」アルプス猟歩兵隊の伍長が、オリヴィエの近くを通りすぎるときに、訊ねる。

「百四十連隊です」

「死者は多かったのか？」

「全員死亡しました……」

フィッフル［六孔から八孔の小型フルート］を吹いている兵士たちは、イギリス人の連隊の前を後ろ向きに歩いている。彼らはゆるやかで鋭い曲をポプラの木々の向こうで演奏している。その音楽は、装備の菱形模様の奥にある兵士たちの腹の中央に訴えかけ、彼らを前に引っ張る。身体が牛のように重いので、彼らは頭を下げ膝を見つめながら前進する。彼らがかなりの速度を出して進んでいくと、フィッフルの奏者たちは彼らをやり過ごし、一隊を前に行かせ、後ろからついていく。

満ち潮のように定期的な太鼓がとどろく。激情を秘めたラッパが農場の壁の向こうではじけ、コルネットの響きは、長い外套を着こんでいるベルギー兵の小隊を耕地から引き離す。騎兵隊のトランペットが全速力で森の向こう側に進んでいく。馬たちはいなない。オリヴィエが乗っていた白い雌馬は、自由になったので興奮して、竜騎兵たちのあとを誰も乗せずに疾走していく。大きく扇状に開いている砲兵隊は、視界の果てまで、平原の突き当たりまで樹木と農場に取り囲まれた状態で広がっていく。

イギリスの歩兵隊は、泥の流れのように濃密な陣容で登っていく。フランス兵士たちの青い大群は草地の稜線を素早く登り、いくつかの丘があり煙が漂っているところに向かう。

「戦場へ！」ラ・プールは言う……。

地平線の奥底の、あの空が大地と混じり合っているところでは、機関銃が、鍋のなかで油がはじけるように、ぱんぱん音をたてはじめている。

十　子羊に神の祝福がありますように……

ジュリアはレ・ガルデット農場のドアにもたれかかっている。彼女は思い切ってなかに入れないのであった。

灯りがついている部屋から、長い呻き声が聞こえてきた。長い、じつに長い呻き声だ。その呻きは次第に大きくなっていく……。

そこで、ジュリアはともかく家のなかに入ってみた。彼女は片手を身体の前に伸ばした。まず挨拶のために、そして、椅子を倒して急に立ちあがったオリヴィエから身を守るために。

「静かにしていてよ」ジュリアは言った。「もう終わるはずだったのよ。ジョゼフはあんたより分別があったわ。『行くんだ。もう終わりだよ！』私にこう言ったのよ」

「もう遅すぎる」歯を噛みしめてオリヴィエは言う。

長い呻き声が階段からしみ出てくる。

「よく聞きなさい」ジュリアは言う。「遅すぎはしないから。私に任せるのよ！……」

「お入り、ジュリア」爺さんは言う。「鍋はそこにある。塩はここだ。自分の家にいると思ってすべてを用意してくれ。それで、お前は、そこに坐るんだ。彼女には構うな。彼女の言う通りだよ。まずジョゼフに原因があったというわけではないんだ。お前に原因があったはずだよ。心の問題については、シャブラン家の私たちに対して誰も文句など言ってこなかったよ。坐るんだよ！」

「ありがとう、爺ちゃん」ジュリアは言う。

彼女は鍋を取りはずす。そしてその鍋を一番下の鉤にかける。蚕用の乾燥したヒース［蚕が繭《まゆ》を作るための簇《まぶし》として乾燥したヒースが用いられていた］を火に継ぎ足した。そして彼女は息を吹きかける。炎は大急ぎで燃えてくる。

「さあ、燃えるのよ」彼女は言う。そして頬を膨らませてたっぷりの息を吹きかける。

「ちょっと上に行ってきてくれ、ジュリア」爺ちゃんは言う。「まだいくらか余裕があるかどうか見てきてくれ。キツネの罠を見にいかねばならんのでな。さきほど鳴き声が聞こえたんだよ」

ジュリアがふたたび下りてくる。

「一時間かそれくらいだわ。大丈夫。あの娘《こ》はけなげに耐えているから」

「それじゃ、あそこまでちょっと駆けつけてくることにしよう」爺ちゃんは言う。

暖炉の向こう側では、夏の夜に向かって開かれている窓の下で、女の子が籠のなかで眠っている。

大きな頭がクッションにめりこんでいる。毛布は放り出してしまっている。二本のか細い脚が籠から垂れ下がっている。生命のない二本の脚だ。オリヴィエはその二本の脚を見つめている。

「この子はいつまでも烙印《らくいん》をつけていくだろう！」彼は言う。

「時間の烙印をね」火の前でひざまずいているジュリアが言う。

「君たちの意地悪さの烙印だよ」オリヴィエは言う。

ジュリアは立ち上がり、すでに決まってしまっていることに対して闘う人間が行うあのものうい仕種を腕でしてみる。

「私じゃないわ」彼女はつぶやく。

オリヴィエは哀れな二本の小さな脚を見つめる。

「分かっているよ、ジュリア」しばらくして彼は言う。「彼女は俺に言ったよ……。君が思いやりの気持で、助けたいという感情でやったということは、よく分かっているよ。ただ、うまくいかなかっただけのことだ」

「どうしろと言うのよ、オリヴィエ？　私たちはみんな動転していたのよ。それに誰があんなに手紙を書いたのよ？」

オリヴィエはジュリアに向かって顔をあげる。そして彼女を見つめる。彼女は彼の前にいるとまるで裁判されているようだ。

「君には感謝している、ジュリア……」

今では鍋のなかで沸騰している湯の音しか聞こえない。

「君には感謝している。おかげで俺は二人の命を救うことができた。おかげで君たちすべてを救うことができたんだ。見てくれ、ジュリア！」

彼は右手を彼女の方に差し出し、それを開く。指は三本しかない。親指、人差し指、小指だ。手の中央は、犂に切り取られてしまったように、なくなってしまっている。

「ケメル山での夜のことだ！」彼は言う。「君には分からないことだよ。俺たちにも何が何だか分からない。君には話しておくよ。俺たちは二人だった。戦闘が再開していたのだった。夜の闇のなかで、ひっくりかえっている荷車の下に光があるのが見えた。車輪のあいだにテントの布があり、光はその下にあった。俺たちは近づいた。そこにいる人たちがこう言っているのが聞こえてきた。

『それじゃ、あんたのところではどんな具合かね？』

『いいことばかりじゃないぜ。受け取った手紙によると、がきははしかにかかり、女房はあまり具合がよくないということだ。何とか家事はこなしている』

『一杯やろうじゃないか。そのうち万事うまくいくさ』

そこで、俺はテントの裂け目からのぞいてみた。そのなかで男はひとりだけだった。ひとりの男しかいなかったのだ。奴は自分の心配事と話し合っていた。自分でワインを注いでいたのだったた……」

オリヴィエは人差し指だけを立てた。

「……奴は自分との闘いを闘っていた。ああ！　もうひとつ別の闘いは、その周りで再開されていた。それは俺たちの闘いではなかった。奴の闘いでも、俺の闘いでもなかったのだ」

「誰の闘いでもないわ！」

「そこでだ、聞いてくれ、ジュリア。よく聞くんだよ。ああ！　これということもなく、自然にあのようなことになったのだ。それはよく理解できる。夜、仲間と歩いていた。俺は彼に『ラ・プール』と話しかけた。きみの手紙を持っていたので、彼にこう言った。『彼女は妊娠した。そして、驚いたことだが……、どうしてだか、手紙を書いてきたのは、義理の姉なんだ。荷車の下にいるあの男のようだ。』そこで、よく聞いてほしい。君だけに言っておきたい。俺の手をよく見てくれ。俺は砲弾が掘った穴のなかに入った。ラ・プールは、十メートルほどのところにある、もうひとつ別の砲弾の穴に、銃を持って入った。俺はライターで火をつけた。火の灯っているライターを持っている手を、穴の上に挙げた。奴は俺の手に銃弾を見舞った」

「何ということ！」ジュリアは叫んだ。

「仕方がないんだ。誰にでも起こることだ」

「さて、あいつはこんなものを残していったぞ」家に入ってきて、爺ちゃんは言った。

彼はテーブルの上に狐の脚を投げる。

「罠がこの脚に噛みついた。キツネは骨を歯で噛みきった。そしてやっとのことで罠から逃れることができた。大した勇気だよ！」

台所のむき出しのテーブルの上に、ジュリアは粗塩を用意した。まっ白で、乾いており、乾燥とその精気で精彩のある粗塩の塊だ。その粗塩で、まもなく、生まれてくる新生児を洗うだろう。オリヴィエはその塩を見つめている。かつてのある日、男としてまだ残っている男らしいもののすべてをその塩は、彼の前で、あらわしていたこともあった……。


ドアのところで誰かが訊ねている声が聞こえる。

「ここは今でもシャブランさんのお宅でしょうか？」

「今でもそうだが」すぐさま振り向きながら、爺ちゃんは答える。「今でもそうですよ。さて、この人はどこからやってきたのかな？」

ひとりの男が入ってきて、帽子を脱ぐ。

「この人物はこの辺の人間じゃない。だが、彼はシャブランのことを記憶している。仲間よ、今晩は！」と男は言う。

彼は手を挙げて挨拶する。

「この方は羊飼いだ」丸められた外套と大きな杖を見てから、爺ちゃんは言った。

「ただの羊飼いじゃなくて、筋金入りの羊飼いですよ」男は言った。

爺ちゃんは眉の下で目を細めて男を見つめる。

「トマ！　あんただと分かったよ」

「そのとおり、俺です」トマは言う。「生身の俺ですよ。きれいな上着を着ているので、俺だとすぐには分からなかったんですかね？」

「そうじゃない、トマ。楽にして、まあ坐ってくれ。ここは自分の家だと思ってくれ。私が勘違いしたのは、あんたの美しい上着のせいじゃない。この前に出会ったときから随分と時間が過ぎたからだよ。だけど、たしかに、私は戦争が終わったのであんたが来るのを待っていたんだよ。もう昨年のことになるが、羊の群れがこの高原にあがってきたとき、『トマがまだ生きていれば、あの雄羊を受け取りにやって来るだろうに』と考えたものだ。そのあと、あんたはもう死んでしまったと考えてしまったというわけだ」

「いや、俺は死んでなんかいない。俺はクロー［アルル近郊の平原］では死ぬわけにはいかないんだ」羊飼いは言う。

しばらくのあいだ、彼は何も言わずに、節くれだった手の先できれいな上着の青い毛屑をそっと払っている。

「ここまであがってきたのはそのためだ。これが最後だよ」

「今年で最後だな」微笑んで爺ちゃんは言う。

「最後だよ、シャブラン」羊飼いは言う。「脚が言うことをきかないし、息も切れるし、言葉も忘れてしまう。淀んだ水のように、指導力も腐ってくる。俺は親方にお願いした。『また寛大なお許しをいただきたいのですが。羊飼いの親方としての役割は免除していただいた上で、山に登らせてくださいい。羊の群れを追っていくだけでも、もう歳をとりすぎています。』親方はこう答えましたよ。『お前はここにいれば、面倒はみるよ。』そして、親方は事情を飲みこんでくれた。『分かった、トマ。登ってくるがいい』こう言って彼は俺の手を握ってくれましたよ。お嬢さん、奥さん、農場の坊や、みんなに別れの挨拶をした。サロン［サロン＝ドゥ＝プロヴァンス］で羊の群れに追いついた……。そして今ここに来ているってわけだ」

「支払いをしたり、死んだり！　そういうことをするにはまだまだたっぷり時間があるさ」爺ちゃんは言う。

「きちんと死ぬにはそんなに時間がありあまっているってわけでもないさ。時間はうまく使わないとね」羊飼いは言う。

「ジュリア、今夜はお前が主人でもあるんだから、グラスを出してくれ。腹が膨らんでいる壜は右側の戸棚のなかだ」

三人はそろって立ちあがった。

「素晴らしい男よ！」オリヴィエの肩に手を置いて、羊飼いは言う。

ジュリアは彼らにグラスを手渡した。三つのグラスに順序よく注いでいった。まず羊飼いに、ついで爺ちゃんに、そしてオリヴィエに。彼らはそこに立っている。手に持った蒸留酒は震えている。

「友情のために乾杯！」爺ちゃんは言う。

羊飼いは周囲を見渡す。ジュリア、オリヴィエ、アメリ＝ジャンヌの頭がはみ出している籠を。

「ここは何ともはやたくさんの人がいるんだな！」

「いろいろと苦労してきた甲斐があったというもんだ」爺ちゃんは言う。

「シャブラン、命は血でもって作るんだ！」

大きな叫び声が二階の部屋から聞こえてくる。長い棘のような女の声だ。世界中を切り裂くのに充分の声である。

「あれは、あんたの嫁ではないのかい？」ジュリアを指して羊飼いは言う。

「ちがう。俺の嫁は上で頑張っている」

「分かった。あの呻き声は、親父さんよ、俺にはよく分かる。あれは希望のわめき声だよ。注意する必要はない。俺も、時には、ああいうことを口にするんだ。だからいささか気が触れていると思われたりする」

彼はオリヴィエの方に向き直る。

「若者よ」彼は言う。「あそこに見えているのが娘だとすれば、あんたには間もなく息子が生まれることを俺は願っているよ。あんたのような息子が。それ以上でも、それ以下でもないような男の子だよ。そこからいろんなものを築きあげていくんだよ」

「ジュリア！　ジュリア！」階段の上から母親が叫ぶ。「早く上がってきて。もう生まれるわ」

「お前もだ、行こう」オリヴィエの肩をつかんで爺ちゃんは言う。「あんたもだ、羊飼いよ。待っているあいだに、あんたの雄羊を見にいこう」

彼らは家畜小屋のドアを開く。オリヴィエは角灯を持ち上げる。

「アルラタン！」羊飼いは呼びかける。

そうすると、すぐさま、羊飼いの声に対して、雄羊は愛情のこもったしわがれた歌で応えた。腐った草の葉と羊毛の脂の蒸気が踊っている小屋のなかのそのつややかな暗闇から、光が差しこんでいる境のところまで、臆病な足取りで雄羊がやってくるのが見えた。赤茶けた羊毛の大きな嵐のなかを、光はそこまで差しこんでいた。海の旋風を思わせる雄羊の広い角の上に光は寄りかかっていた。絡み合う海の波の下にいるような具合に、ほとんど漆黒の闇のなかに、雄羊はいる。

ゆっくりと羊飼いは麦藁の上にひざまずく。

「やっとお前を見つけたぞ」彼は低い声で言う。「おいで、お前さん。太陽のように美しいぞ。おお、巻き毛だ！　アルルの雄羊よ！　塩を舐めるように海岸に連れていったときには、マグロたちの群れを怖がらせたお前だ。美しい太陽よ！　お前がひと浴びした海から出てきたら、『エジプトからやってきた雄羊だ！』などと叫ぶ者も出てくるだろうよ！」

雄羊は近づいてくる。頭の向きを変え、角をもたせかけようとする。そして、鼻面を羊飼いの首ことが分かる。

の上に置いた。雄羊は大きく息をする。時として、それが喜びをあらわすための息づかいだという

「あんたはよく世話をしてくれたよ」羊飼いは言う。

「ありがとうよ」爺ちゃんは言う。

「俺以上の世話の仕方だ」

「そんなことはない。あんた以上なんてとんでもない。人懐っこい雄羊だよ。まわりにいるこいつの家族を見てくれよ。こいつはあんたを待っていたにちがいない。丸々と孕んでいる四頭の雌羊を俺たちのところに残してくれたよ。素晴らしい挨拶だ」

羊飼いは立ちあがる。

「シャブラン、あんたの小屋の麦藁のなかで、俺の雄羊を抱きしめていると、冷たい死の気配がかすかに感じられたよ。俺があんたにこの雄羊を託した時のことを、あんたは覚えているかい！俺は、よく覚えている。あのことはすべて熱い鉄のようになって刻印されているもんだから。『あんたの慈悲を見せてくれて、ありがとう』とあんたは俺に言った。覚えているだろう、爺ちゃん。あんたは俺が厳しいと思っていた。俺は自分ではうまくやっていると思っていた。自分の慈悲を人に見られるのは、いつでも怖すぎるからな。だけど、それは悲しい真実だよ。俺が街道でやっていたように、羊の群れを大量殺戮に連れていくもんじゃない。人間たちを否認する方がましだよ。ああ、こんなことはもうおしまいにしよう！……」

家の方から、「オリヴィエ！」、「爺ちゃん！」、「やってきてよ！」などと、木の葉のざわめきに混じって喜びの叫び声が聞こえてくる。母親が窓を開いて呼んだ。マドロンの小さな健康な声もまた、部屋の奥から呼んでいる。

「うまくいったぞ」爺ちゃんは言う。

彼は女たちに闇夜を通して訊ねる。

「五体満足か？」

「可愛い赤ちゃんよ！」という答えが返ってくる。

「さて、俺は雄羊をもらっていこう」羊飼いは言う。「あんたには感謝している。あんたたちはこれから喜びに向き合う必要があるようだ」

「もっといてくれよ、羊飼いさん」オリヴィエは言う。「子どもの父親である俺があんたにお願いする。俺たちは最初は不幸だった。あんたが目にしたあの子の脚は命が通っていない。おそらく、今度は、幸福が家のなかに入ってきてくれるだろう。もう少しここにいて、あんたの知っていることを教えてほしいのだ」

「喜んでそうしよう」

ジュリアが戸口のところに来ている。エプロンをたっぷり使って何かを運んでいる。

「何かな？」爺ちゃんとオリヴィエが同時に訊ねる。

「大きな男の赤ちゃんよ」

「見せてくれ」

彼女は腕の広さまでエプロンを開く。赤ちゃんはそのなかで、ひと握りの草の上にすっ裸のよま横たわっている。

爺ちゃんは、皺のあいだにもたっぷりと血が満ちあふれている、その真新しい身体に手を当てる。腿の付け根にあるイチジクに手を広げて触れる。

「なるほど男の子だ。何もかも揃っている」

雄羊が進みでてきて、子羊でも見るように赤ちゃんを確認しようとする。

「やりたいようにさせてやってくれ」羊飼いは言う。「人間が誕生するときに、動物が居合わせるのは験《げん》が良い印なんだ。大地にもうひとつ生き物が増えるわけだから。それじゃあ、若い人、あんたに羊飼いの贈り物をさせてもらうことにしようかな?」

「そうしていただこう」オリヴィエは言う。「この子に贈り物をしてやってほしい。俺たちにできることならどのような幸運でも受け入れたいものだ」

羊飼いは両腕を籠のようにして子どもを抱く。

彼は子供の口に息を吹きかける。

「草の緑」彼は言う。

彼は子供の右の耳に息を吹きかける。

「世界の物音」彼は言う。

彼は子供の目に息を吹きかける。

「太陽。

雄羊よ。ここにおいで。この子が、お前のように、導く者に、あとをついていく者ではなくて前を行く者になるように、この子に息を吹きかけるがいい。

こんどは俺に息を吹きかけるんだ」

「子供よ」羊飼いは言う。「俺は生涯のあいだずっと羊たちの指導者だった。幼い子よ、お前の父親の愛想のよさのおかげで、人間という大きな群れのなかにお前が入っていこうとしているこの瞬間に、お祝いを伝えるために、私は羊の群れの端っこにいるお前を探しにやってきた。

それでは、まず最初にこう言おう。これは夜だ。これは樹木だ。これは動物だ。間もなくお前は日の光を見るだろう。お前には何でも分かっている。

そして、俺はこう付け加えておこう。

もしも神が俺の言うことを聞いてくださるのなら、お前はゆっくりと愛することができるようになるだろう。お前のいかなる愛においてもゆっくりと。犂の腕を握り、毎日少しずつより深く掘り進んでいく者のように。

お前は涙を決して目から流してはいけない。涙は、葡萄のように、運命が裁断してくれる場所から流すのだよ。そうすれば、お前の足元に生命が生まれ、お前の胸に苔が生え、お前の周囲に健康が満ちあふれるだろう。

お前は広い肩幅で自分の道を切り開いていくのだ。

他の人間の荷物を何度も担いだり、泉のように道端にいたりすることも、やすやすとできるようになるだろう。

そして、お前は星々を愛するようになるだろう！」

「すばらしい」親父は小さな声でつぶやく。

「風邪をひいてしまうわ」

「いいから、女よ、いいから。希望というものがどういうものなのか、これからこの子に教えておく必要があるんだから！」

羊飼いは子供を自分の頭の上まで高々と両手で持ち上げる。雄羊は、彼の晴れやかな二本の角のあいだにある地平線に向かって喉を鳴らす。そうすると、その愛の唸りに呼応するかのように、夜が上空で明るくなる。

「サン＝ジャンだ！　サン＝ジャンだわ！　見てごらん！」ジュリアが叫んだ。

羊飼いたちの星「サン＝ジャンの星も、羊飼いたちの星も、いずれも金星のことである」が夜の闇のなかに昇ってきていた。

訳者解説

はじめに

最初に発表した『丘』(一九二九年)が、当時の文壇の大御所的存在アンドレ・ジッドに絶賛されるという幸運に恵まれ、ジャン・ジオノ(一八九五―一九七〇)は作家として幸先のいい文壇デビュを果たした。数年後、勤務していた銀行の統廃合という事情もあり、また他にも就職の可能性を探ったが好ましい勤め先を見つけることができず、一九二九年、ジオノは作家として立つ決心をした。このとき、ジオノは『丘』と次の作品『ボミューニュの男』(一九二九年)というわずか二作品の作者であるにすぎなかった。ジオノは、もちろん銀行に勤務していたときにも詩を作ったりしていたのだが、それまでの経験から自分の作家としての天分は充分なものであると自覚していたのであろう。結果的には、このあと、傑作を矢継ぎ早に発表していくことになるので、ジオノの予想通り、豊かな作家生活がジオノを待ち受けていたと言うことができる。

『大群』(一九三一年)が発表された頃の作家ジオノの状況をもう少し詳しく調べておこう。

まず『丘』において、ジオノはオート＝プロヴァンスの南端に位置しているマノスク(ジオノが生涯にわたり居住していた町)の近辺にある寒村での住民たちの意識に焦点を当てることになった。幼い娘の発病、村にひとつしかない水源の枯渇、火の手が集落のすぐ近くまで迫ってきた大規模な山火事。こうした連続する災難に住民たちは何らかの因果関係を見つけようとする。折しも高齢とアルコール中毒のため臥せっており、医師から匙を投げられてしまっている老人が何だか奇妙なことを言いはじめた。お前には山や樹木が動いているのが見えないだろう。そんななまくらな目では、肝心なものは何も見えない、と彼は娘婿に口走る。それを不思議に思った村の男たち四人は知恵を出し合う。間もなく命が尽きようとするあの老人は村人たちを死出の道連れにしようと企んでいるにちがいない。その前にあいつを殺してしまおうなどと相談したのであった。妄想は時として膨張し暴走し、とんでもない方向に向かう。自然のまっただ中で、まるで大海を漂流する筏に乗っているように、世間から離れて暮らしている村人たちは、自然界の度重なる激変に翻弄され、まがまがしい決意をもう少しで実行するところであった。

　続いて発表された『ボミューニュの男』(一九二九年)では、人里離れた高地の村で育った青年の純真高潔が強調されている。天空に限りなく近い山の中の寒村で育った青年に対比されているのが大都会マルセイユ出身の男である。この男は狡猾で、田舎の人間を騙すのは朝飯前だった。ジィノが生涯を過ごしたマノスク近辺の娘は、彼にそそのかされてマルセイユに出かけ、娼婦として働かされ、挙句の果てに父親が誰とも分からない乳飲み子を連れて故郷の農場に戻ってくる。そのことを極度に恥じた両親は娘を地下室に閉じこめる。その女性を恋する高地出身の青年アルバンの恋の成就を援助するのが、このあたりで雇われ農民として働いているアメデである。アルバンとアンジェールの恋の手助けをしたアメデは、「私はありとあらゆるところに所属する人間である。根本的には、私は大地に所属している」(注1)と言う。大地に根ざした男は裕福ではないが底知れぬ力を秘めている。若者たちの恋を実らせることによって世界の歯車の秩序の回復に尽力したアメデは、頑迷固陋な農場の住人たちにも光明をもたらした。

作家で立とうと決心をしたジオノが次に発表したのは『二番草』(一九三〇年)という農業と寒村の復活を物語る作品であった。住人たちが次々と立ち去ってしまった廃村間際の寒村で、狩猟の獲物を糧として暮らしていた男が、ふとした僥倖によって自分とともに暮らしてくれる女性とめぐり合う。安定した夫婦生活のためには農業にいそしむしかないと判断し、彼は小麦作りに励むようになる。友人たちの援助や鍛冶屋だった老人が提供してくれた見事な犂が大いに役立った。ジオノは自然界の諸要素が主人公たちに雄弁に働きかけていく様子を楽しそうに描写している。主人公が丹精込めて作った小麦は、秋の物産市でみんなの注目を浴びることになった。それを見たある男は、ぜひとも隣人になりたいといって、主人公たちの村に一家五人で引っ越してくる。そしてこの寒村にも人々の明るい声が響き渡るであろうという予感とともに物語は幕を閉じる。

以上の三作品を、ジオノは「牧神三部作」と名付けている。マノスクの十キロ以上北の一帯では、自然の諸要素が濃密で、それほど多くの人間が暮らしているわけではない。そのあたりはいわば牧神が跳梁している一帯であるとジオノは主張しているのである。事実、森林の合間にある村は小さく、住民の数が五十人や三十人、時には十五人などということもあるのだ。要するに、人間が自然を支配しようとしてもどうにもならないことが多い領域だということになる。

「牧神三部作」に続いて発表されたのが『大群』(一九三一年)である。そして、このあとは傑作が次々と発表されていく。『青い目のジャン』(一九三二年)、『憐憫の孤独』(一九三二年)、『蛇座』(一九三三年)、そしてこの時期を代表する長篇物語『世界の歌』(一九三四年)と『喜びは永遠に残る』(一九三四年)へと続いていく。

『大群』は、作家として豊かな未来を自覚しつつあったジオノが、満を持して自分の戦争体験を投入しようと試みた作品である。戦争体験者に共通する現象だと思われるが、戦争の辛さ、厳しさを体験した者は、大抵、戦争をあまり語ろうとしない。ジオノにとっても同様であった。足かけ五年にわたって二等兵として戦争に関わらざるをえなかったジオノがいかほど戦争を憎み、また恐れていたかということは、『服従の拒絶』という作品の冒頭を読めば一目瞭然であろう。

私は戦争を忘れることができない。戦争は忘れたい。時として二日か三日のあいだ戦争のことを考えないこともあるが、急に戦争を思い起こし、戦争を感じ、戦争の物音が聞こえ、ふたたび戦争を耐え忍ぶようになってしまう。そして私は恐怖を覚える。今宵は七月の美しい一日の終わりの時刻である。私の眼下にある平原はすっかり赤茶けている。間もなく小麦の刈り取りが始まるだろう。大気と空と大地は不動で静かである。二十年が過ぎ去った。そしてこの二十年来、さまざまな苦しみや幸せを体験してきたが、戦争をきっぱりと洗い流すことはできない。あの四年間の恐怖は相変わらず私の身体のなかにある。私は戦争の刻印を持ち運んでいる。戦争の生き残りはみな戦争の刻印を押されている。(注2)

戦争を遠くから、あるいは高みから傍観しているような知識人や支配者層の戦争観ではなく、長年にわたって砲弾のあいだを逃げまどい戦場の泥の中を這いまわった二等兵の身体に沁み込んでいる戦争観だということが了解されるであろう。ジオノ自身、ここに書かれているように戦争のことは忘れたかったが、なかなか忘れ去ることができなかったのであった。だから、戦争を扱った作品は意外に少なく、長篇物語『大群』に加えて数篇のエッセー(注3)と『イヴァン・イヴァノヴィチ・コシアコフ』(注4)があるだけである。戦争の体験はあまりにも生々しく強烈過ぎて、天性の小説家と形容することができるジオノにしても、客観的な態度で戦争に向き合うことはかなり難しかったのであろう。

ジオノという作家が戦争を含めて社会に対してどのような態度を示していたかということをここで振り返っておきたい。父親が高齢だったという事情もあり家計を助けようという意図のもとに、ジオノは高校を中退し銀行員になった(一九一一年)。それ以降一九二九年まで銀行員として働いたジオノには、一介の労働者として、その地方の住人たちの現実がよく見えていた。

事あるたびにジオノは警鐘を鳴らしている。例えば、マノスクの十五キロ北のリュルスで生じたイギリス人一家三人の殺人事件に関して、犯人とされたドミニシを審問していた裁判を傍聴したジオノは、判決が出た直後に『ドミニシ事件覚書』(注5)(一九五五年)を発表し、その裁判は公明正大なものではなかったということを克明に証明している。

事件の現場のすぐ近くに住んでいた農民をあまりにも安易に犯人と特定し、死刑を言い渡した裁判に対してジオノはこう書いている。「私はガストン・Dが有罪ではないと言っているわけではない。彼が有罪だということは証明されていないと指摘しているだけである。裁判長、陪臣員、裁判官、法院検事、検事、彼らの誠実さと公明正大さに疑問の余地はない。しかし彼らは被告人が有罪であるという確信を心のなかに持っている。彼らの心のなかの確信に私は納得するわけにはいかない、と言っているのである。(注6)」

農民の生活や考え方に通じていたジオノは、確信を持ってこの裁判の落ち度を詳細に指摘した。ジオノの本はかなり有効に働いたと推測できる。死刑判決を受けた農民ガストン・ドミニシは、数年後(一九六〇年)ドゴール大統領から恩赦を受けて出獄することができた。ジオノの本を読み、ドミニシが無罪だと確信したジャン・ギャバンは映画『事件』(一九七二年)において名演技を見せた。なお、祖父の無罪判決をかちとるためにガストンの孫は再審を求めているが、その要求は今のところ(二〇二〇年現在)受け入れられていない。要するに、ガストン・ドミニシが受けた殺人犯という汚名はいまだにドミニシ一家から拭い去られてはいないのだ。

環境問題に関してもジオノは敏感であった。

マノスクのすぐ南を北東から南西に向かって流れ、数十キロ西でローヌ河に合流するデュランス河の約百キロ上流のセール゠ポンソンで大規模なダムが建造されるという計画が発表されたとき、ジオノはダムの建設がもたらす害悪をいち早く予告している。アラン・アリウの協力を得てジオノが書いた『オルタンス、あるいは清流』(注7)では、ダムが自然環境を破壊するのに加えて、ダム湖の底に沈んでいく村の住人たちの歴史が抹殺されてしまうだけではなく、その住人たちの人間関係がずたずたに引き裂かれ破壊されるということを、オルタンスという娘の苛酷な運命に託してジオノは語っている。自宅がダム湖の底に沈む見返りに彼女の父親が受け取ったかなりの額の金額を、父親の死後、オルタンスの親戚の者たちが狙って彼女にいろいろと手を出してくるのだが、そうした勘定高い親戚の人たちの手を何とかかいくぐって彼女がたどり着いたのは、デュランス河の上流で羊を飼って生計を立てている金銭には関心のない小父さんのもとであった。ここでもデュランス河の清らかな流れを堰き止めてはいけないということと、羊を見守り自然のなかで暮らすことの素晴らしさが語られている。なお、この作品は映画化された(一九五八年)。日本で上映されたときのタイトルは「河は呼んでいる」であり、その主題歌を覚えておられる方も多いのではないかと思われる。

戦争

ジオノと戦争との関わりは深い。一九一五年一月から一九一九年十月にいたるまで、ジオノは二等兵として戦争に召集された。ヴェルダンの激戦など無数の戦闘を体験した。百二十名あまりの部隊で五名しか生き残らなかったような血なまぐさい戦闘もあったという。毒ガスを吸引し入院したこともあるジオノは、奇跡的に終戦を迎えることができた。しかし長年にわたり戦闘のトラウマに苦しむ。

そのジオノが第二次世界大戦が勃発しそうな様相のなかで戦争に猛反対したのは、よく分かる行動である。一連の平和主義的行動の結果、ジオノは反戦活動の罪で、一九三九年九月二十一日から十一月半ばまでマルセイユのサン＝ニコラ要塞に監禁される。さらに、予想もできないことだが、ナチス協力者という嫌疑をかけられ(と言われたりするが、詳細は不明である)、もう　度投獄されることになる。一九四五年八月の終わりから翌年二月二日まで、セール＝ポンソン湖を見下ろす丘の上の村サン＝ヴァンサン＝レ＝フォールの監獄に七か月にわたり収容された。書類の罪状の欄は白紙のままであった。しかし、共に戦争反対の運動をしてきたはずのかつての同志たちのなかには激しくジオノを非難する者も現れた。弁明も反論もいっさいすることなく固く口を閉ざしたジオノは、戦争の不条理を思い知らされることになった。これ以降、ジオノが政治に口を挟むことはなくなる。

こうした戦争体験が関係していると想像できるのであるが、戦前の作品ではオート＝プロヴァンスの自然を雄弁に讃えていたジオノ特有の文体は、戦後になるとやや影を潜めるようになっていく。そして社会の片隅でひっそりと暮らしているような人物が主人公になる物語が多くなる。ただし、ジオノが本来持っていたと思われるロマンチックな心情を完全に抑えることはできず、純粋で高貴な魂の持ち主アンジェロを主人公とする軽騎兵シリーズ(注8)を発表することにより、ジオノは精神の平衡を保っていたのであろうと訳者は考えている。

誰が何のために戦争を始めるか?

経済が停滞してくると、あるいは世の中に変わったことが少なく人々が刺激を求めるような雰囲気になってくると、戦争は起きる。戦争とともに、国威発揚のため、国民は精神的にまた物質的に活発にならざるをえない。国の権力を握っている人たちは、正義の戦いとか、腹黒い隣国を打ちのめすための戦いなどと言って戦意の高揚に努める。それまで政府の言うことをそれほど信用していなかった国民と言えども、隣の国が敵であると指摘されたら、何となく一致団結してその敵国を打ちのめしたくなったりしてしまう。サッカーや野球などで、日本のチームが外国のチームと対戦すると、つい日本チームの応援をしたくなってしまうのと同じような現象だと私は思っている。まことに浅はかで情けないことだが、私たちは簡単に愛国者になってしまうのである。権力者たちは、じつに巧妙に私たちのこの手の弱みにつけこむ。その手際は百戦錬磨の手品師の技にも匹敵するであろう。

戦争はいつでも、老人や資本家や政治家によって構想され、準備され、その幕を切って落とされる。つまり、自分が失ってしまった男らしさを後悔している男たちによって戦争が行われるのは明白な事実なのである。戦争を説明するための、それ以外の一見したところ高尚な動機はすべて付随的なものにすぎない。本当の動機、それは楽しむことにある。指揮権力の所有を楽しみ、邪魔するもののない全面的な支配を楽しむことにあるのだ。その楽しみは、自分の力を喪失してしまった老人の凄まじくもあり不条理でもある快楽へと発展していく。老人は国家のありとあらゆる権力を操作することができるだけでなく、そうした権力のすべてを思うがままに自分に奉仕させることさえできるようになる。つまり、財政の遊びを楽しみ、地位の力強さを味わい、屈服させ、征服する。政治家たちを形容するのに「名誉ある」という言葉を使うことができるとすれば、最高に名誉ある政治家たちは自分たちが中枢にいる人物であるという観念を楽しむことができるわけだ（注9）。

すでに若さを失ってしまい自分では戦うことができなくなっている政治家や経済界の大物たちが、自分たちの身体は使わずに、弁舌巧みに人々を説き伏せ、若者たちを戦場に送りこむ。平和や自由や正義を勝ち取るための戦いといったスローガンが国を挙げて唱えられることであろう。

戦争を扇動する者たちは、自分の身体を使って戦争するわけではない。若者たちを扇動して戦場に向かわせるのである。ありとあらゆる弁舌を駆使して若者たちの正義感や勇気に訴える。彼等は行動に向いていないだけに、若者を誘導する術には長けている。しかも、教育現場で働いている教師たちが生徒たちに戦場に赴くよう奨励したりする。さらに町会の偉いさんたちや、婦人会のような組織なども、軍人や政治家に迎合して戦争を煽り立てる。軍人や政治家や教師たちは、若者たちの将来のことなど真面目に考えているわけではないし、若者の両親や兄弟姉妹や家族の構成員のささやかな幸福のことなど真剣に考えたりすることはほとんどない。みな、自分の名声欲や利益や世間体のために行動する。弱者はいつでも踏みにじられるのだ。

このことは、私たちが今暮らしている日本でもあるいはフランスでもアメリカでも一向に変わることはない。政治家や実業家の大多数は自分の政治生命や自分の利益しか考えていない。一般大衆は、戦争に駆り立て、無駄金を浪費させ、馬鹿ばかしいテレビ番組で満足させておけばよいのだ。選挙の際に自分たちに投票するように巧みに仕組むことしか考えていないのである。彼らの多くは政治という彼らの仕事(ゲーム)を円滑にこなすために、あたかも国民のためにやってあげていますよと思わせているだけなのだ。それが多くの政治家の仕事であり、政治家の真実である。

彼ら[政治家たち]のなかに、生きるということがどういうことなのか実際に知っているような人物がひとりでもいるだろうか?　あなたの心配事を共有してくれるような人物がひとりでもいるだろうか？　そう、あなたが心配していること、つつましく生きているあなたたちの苦労、つまり自然に暮らしている人間の苦労の数々、こうしたものを共有できる人物がひとりでもいるだろうか？　戦争と平和を掌握しているこうした人間たちのなかに、平和があなたにもたらしてくれるものと、戦争があなたから取り上げてしまうものを、感覚的に理解できるような人物がひとりでもいるだろうか？　つつましい生活者であるあなた、大地の上に暮らしている簡素な人間であるあなた、この地球に住んでいる純朴な生活者、自然な人間であるあなた。戦争があなた自身から取り上げてしまうもの、戦争があなたの内部において破壊してしまうもの、戦争であなたが失ってしまうもの、こういうものを理解できるような人物がひとりでも政府のなかにいるだろうか？　誰もいないのである。政府のなかの誰ひとりとして、そんなことを知っているはずがない(注10)。

だから、若者がいくら戦争にエネルギーを投入しても、その向こうに待っているものは何もない。平和も、正義も、平穏な生活もない。命を賭けて戦ったのに、何の報酬もない。いいことは何もない。若者は、戦争を煽り立てる者たちに服従するだけである。服従の先に自由や平等や平和や独立などが待っているような妄想を抱くよう操縦されるだけである。肯定的なもの、生産的なものは全く何もない。次の引用文で、ジオノは若者たちに「君たち」と呼びかけている。

しかし現実には、戦争の向こうで君たちを待っているものは何もない。戦争の向こうには何もないのである。君たちはごく単純に「奉仕する」だけである。戦争が保護するのは戦争だけである。戦争が作りだすのは戦争だけである。真実は極度に単純である。あまりにも単純な真実を何度も繰り返し言い続けねばならないので、精神は狼狽を隠すことができない。戦争は、じつに単純なことに、平和の対極にある。破壊行為は、破壊する対象を保護することはないし、それを構築することもない。君たちは戦争によって君たちの自由を守るつもりなのだろうか？

戦争は、すなわち、君たちの自由の全面的な喪失を意味している。自由の全面的な喪失が、どうやって自由を保護することなどできるだろうか？　君たちはずっと自由のままでいることを望んでいるのだが、君たちはただちに服従しなければならない。君たちが絶対に勝利を得ようと望めば、君たちは絶対に服従しなければならないからである。君たちは、それは勝利を獲得するまでの束の間の服従だと私に言う。言葉は安易に信用してはいけないよ。いったい誰の勝利だと君たちは言うのかね？　君たちは隊列を組み足並み揃えて行進し、「頭右《かしら》」の動作を行い、武器を勝利の門［凱旋門］の下にいたるまで掲げ続けることになるはずだ。そういう君たちの勝利だとでも言うのかい？　とんでもない。君たちが武器を掲げている相手、「頭右」の号令に合わせて君たちが敬礼している相手、こういう人物たちのための勝利だよ。君たちは戦争によって君たちの自由を守った、君たちは自由の戦争に勝ったなどと言うが、実際には、君たちはこれ以上は考えられないほどの全面的服従の状態に置かれている。君たちはそれは「束の間の」服従だと言うが、その束の間の服従を誰が終息させると言うのだね？　服従を終息させるのは君たちではない。何故なら、君たちはもう自由ではないのだから。君たちの上官たちの善意がそれを終息させるのだろうか？　ところで君たちは自分たちの自由が上官たちに従属していることを容認している。そして、その自由が従属しているのなら、君たちにはその自由を守れるはずがない。君たちは避けようとしていた危険のただなかに落ちこんでしまっていることになる。それ故に、戦争は自由を守ることなどできないのである。戦争は戦争そのもの以外の何物も守ることができない。そして、戦争が君たちに枉や紐や目隠しの布を見せつけるとき、戦争はひたすら自分自身だけを守っているのである。(注11)

一時的に国は活気を取り戻すかもしれない。しかし、次第に戦争の残忍な真実が人々に重くのしかかってくるはずだ。若者たちの多くは死んでいき、あるいは精神や肉体に致命的な損傷を受けて帰郷する。国土は疲弊し、人々は疑心暗鬼となり、日々の糧にさえ不足するようになる。誰もが戦争の終結を望むようになってくるとしても、それを口にすることは時には死を意味することもあるので、黙って政府に服従するしかない。心の中で密かに終戦を願いつつ、戦局を黙って見守るしかなすすべがなくなってしまう。このような地獄が待ち構えているのである。

要するに、ジオノはこのような戦争観を抱いていた。そのジオノが書いた唯一の戦争に関わる長篇物語『大群』にもそうした考えが反映されているはずである。それに、この作品には、戦争についてのジオノの血がにじむような思いがこめられていると私は思っている。

羊の群れと兵士の群れ

この物語は羊の大群の描写で始まっている。

ジオノが暮らしていたオート＝プロヴァンスでは羊はきわめて重要な動物であり、人々の生活と羊との関りがきわめて緊密だからである。オート＝プロヴァンスの住人たち（出征する二人の青年をも含めた住人たち）の視点から戦争を描いたところに、この作品の独創性があると私は考えている。

オート＝プロヴァンスでは、今年は二番草までとれるなどと普通の会話で人々は話す。牧草の生育が順調で、最初に刈り取ったあとも牧草が伸び、二度目の刈り取りが可能だということに人々は満足しているのである。三番草まで今年は可能になったなどと言う。さらに、春になり牧草が茂り羊が新鮮な牧草を食べると、その子羊は美味しいし、羊の乳のチーズは養分がたっぷり詰まっているのである。雨がふんだんに降る日本では考えられないことだが、プロヴァンスは雨がそれほど降らないのである。

従軍中の兵士たちのさまざまな姿を描写しながらも、ジオノは、兵士たちが出征していったあとの農村の状況を描こうとしている。だから、この物語は「死んでしまった男と、生きている女に、この書を捧げる」という献辞の言葉が掲げられている。事実、兵士の多くは農村から徴兵されるのが通例で、若い男たちがいなくなってしまった農村では、女や老人たちが畑を守るということになる。

この物語の羊飼いはアルル出身だと書かれている。じつはアルルからはるかアルプス山地にいたるまでアルル市に所属する羊の道が現在でも存在する。リエス（マノスクの約二十キロ東の町）のトリュッフ農家のご主人に、彼らのトリュッフ農園の横の小径（幅十メートルくらい）がアルル市の羊の道だとうかがったことがある。

さて、羊の群れは最初次のように登場してくる。

年老いた羊飼いは、すでに遠く向こうの方で道が傾斜しているところまで進んでいた。羊たちはじつにゆっくりと彼の後をついていっていた。ほとんど同じ体つきの羊たちが、泥の波のように、押し合いへし合いしていた。そして、羊たちの毛のなかには山の大きな蜜蜂たちが、死んでいるのか生きているのか判然としないが、閉じこめられていた。花や棘なども毛についていた。まだ緑色の草が羊たちの脚にからみついていたりした。羊たちの背の上をよろけながら歩いている大きなネズミもいた。一頭の青い雌ロバが群れのなかから外に出て、両脚を拡げて立ち止まった。ロバの子が、大きな頭を揺り動かしながら前に進み、乳房を探し、首を伸ばして口いっぱいに乳を吸いはじめた。尻尾が震えている。雌ロバは、森のなかの石のように苔むした美しい目で、男たちを見つめていた。時おり雌ロバは鳴いている。ロバの子があまりに

もせかせかと乳を吸ったからである。（一四頁）

この羊たちの大きな群れを見守っている羊飼いは二人しかいないということが分かってきた。また、群れのなかの前の方の羊たちは比較的元気だが、うしろの方の羊たちは憔悴しきっている様子だった。「羊たちは今では病気だった。この延々と続く大群、羊たちのこの病気、街道で濫費されていくこの命、こうしたものに人々はもう耐えられなかった。／すべての羊たちの腹には血がこびりついていた。くしゃみをして頭を振った羊は、もうろうとしていた。」（二〇頁）羊たちが苦しそうに歩いていくのを見守る沿道の住人たちは堪えがたい気持を隠すことができない。身体から血を流し、地面に倒れてしまう羊もいる始末である。そうした羊の大群を見守るヴァランソルの村の住人はこんなことを言っている。

「大きさから判断すると」靴職人が戻ってきてこう言った。「密度から判断すると、小川の流れあるいはむしろ大河の流れのようなので、この群れはまだかろうじて半ばのあたりだろう。それに、今朝の八時から群れはずっと流れているということも少し考えてみろよ。椅子に坐って眠っているあの羊飼いと先頭を歩いていった例の羊飼いの二人だけだぜ。こんなに大きな群れなのに。犬はいなかったし、ロバも一頭も見なかった。ということは、俺たちが何か不吉な時代に入りこんでしまったということの印ではないだろうか？」（二一頁）

何故こんな大群を引き連れているのかということを、ヴァランソルで一服した羊飼いのトマが説明する。戦争のせいで若者たちはみな戦場へと狩りだされてしまった。残るのは年寄りの羊飼いだけで、しかも数が圧倒的に足りない。そこでトマは爺ちゃんに一頭の負傷した雄羊を引き受けてもらえないだろうかと頼む。もちろん爺ちゃんは気持よく引き受ける。そのあと羊飼いはまるで人間に言うようにこの羊に、この人物の言うことをよく聞いて馬鹿なまねはしないようにと言いふくめる(四〇—四一頁参照)。

こうした挿話で開始された物語の最後で、この老羊飼いが預けた雄羊を受け取りにくることになる。冒頭と結末が首尾よく羊の挿話で結びつくよう構成されている。

第三章になると、ヴァランソル高原から出征したレ・ショラーヌ農園のジョゼフが登場する。彼は、太腿に致命傷を負って歩けないジュールを看病している。負傷兵たちを運んでいく車が一杯なので、待っているようにと言われた二人は、救援の車が戻ってきてくれるのを待っている。近くに、もう一人、もっと重症の兵士も倒れている。つまりジョゼフは二人の負傷兵を見守っていることになる。

ジュールは死臭を嗅ぎつけてやってきたと思われる鴉を怖がっている。もちろん、致命傷なので相当な痛みに必死に耐えているのである。このジュールはいろんなことを口走る。もしも無事に帰還することができたら、ぜひとも自分の郷里のディジョンの家へやってきてくれと彼はジョゼフを誘っている。その家と言うのは、母親がアイロンかけの仕事をやっていて、三人の女の子が一緒に働いていているということだ。これは明らかにジオノが子供だった頃の自宅の様子を活用している。(注12)

そのジュールが貯水槽の水を水筒に満たしている場面で、彼はショラーヌ農場のことを思い出したりするが、すぐさま意識のなかに戦場の光景が浮かんでくる。「水の音が彼の頭のなかで流れた。その音を聞いていると、彼の目の前に、兵士たちや、シートをかぶせた荷車や大砲などの群れの大がかりな影像が浮かんできた。荷車や大砲の群れは、まるで羊たちの群れのように、道幅いっぱいになって波打つように進んでいった。そして男たちは羊のようにそれぞれの部隊に編成されていた。あちこちに放置されている死人たちは、街道の斜面で処刑されたのも同然のありさまだった。」(五〇—五一頁)

兵士から羊が連想され、兵士は戦死というよりも「処刑」されてしまったようにジョゼフは感じている。

それも当然のことで、重傷者を迎えにくると言っておきながら、車は一向に戻ってくる様子はないからである。兵士も一頭の羊にすぎない。アルルの羊は手厚くヴァランソルの老人のところに預けられたが、瀕死の兵士がそんなに手厚く看病されるなどということは、戦場では、ほとんどないからである。

このあと、呼んでも返事がないので、ジョゼフに捨てられたと勘違いしたジュールは必死になってジョゼフを探そうとして場所を移動していた。ジョゼフは疲労のあまりすぐに眠りこんでしまうので、返事できないこともあるのだ。
そのうち向こうの兵士は死んだ。腐臭が漂ってきた。死んでしまった砲兵から匂ってきていると思ったが、ジョゼフがジュールの傷の包帯を取り除いてみたところ、傷は予想を絶するほどひどい状態であった。傷の手当てもいいかげんなものだったに違いない。「そこには一面ワインの澱のようなものが詰まっている。沸騰まぎわの濃厚なミルクのように動き、泡立っている。」（六六頁）ジョゼフは事の重大さを知ってしまった。このあとジュールは空想の世界のなかに入っていった。「まるで棒杭のように身体が硬直してしまっているジュールは、頭を後ろにのけぞらせた。彼の視線は目の上の方に向いており、まるで自分の髪の毛を見つめているようだ。目を開いたまま彼は眠りこんだ。眠ったまま、彼は長いあいだ空気を咀嚼していた。大気を噛んでいた。大気を味わっていたのだ。唇のあいだから、分厚くて白い舌がゆっくりと動いているのが見えていた。ついに彼は自分の頭のなかに広がっている広大な世界へと旅立っていった。彼はこんな風に話しはじめた。」（六七頁）
譫言《うわごと》を言うジュールに対して、ジョゼフも必死になってヴァランソルの生活について他愛もないことをいろいろと話す。ジョゼフの必死の介護の甲斐もなくジュールは死んでしまう。ジョゼフはジュールの徽章をもぎ取り、ポケットに入れて、闇のなかを歩きはじめる。
敵が撃ってくる砲弾にあたった兵士たちは、次々と死んでいく。印象的な場面があちこちにちりばめられている。

運河に架かっている橋を兵士たちの群れは渡った。しかし、まだ渡り切っていない兵士がいる。ひとりの兵士がその架け橋にぶら下がっている。「彼は橋の上によじ登ろうとしているが、背負っている背嚢が邪魔になっている。彼が投光器で照らされているのが見える。架け橋は死者でいっぱいである。その重みで橋がたわんでいる。」(一五〇―一五一頁)

その光景を見たジョゼフは助けにいこうとして、身体をもたげる。「すぐさま、投光器の光の塊が、彼の身体に張り付いた。そのまわりに弾丸の群れが集中し、夜の闇が歌った。彼は身を伏せ、身体を縮めた。もう動けなかった。」(一五一頁)機関銃は、情け容赦なく、架け橋の上で立ち往生している兵士を打ち砕く。「機関銃は架け橋の木材と死者の肉体をかみ砕いている。」(一五一頁)撃ち砕かれた兵士は運河に落下する。「人間の重量に押しつぶされた水面が開く。解放された架け橋は上下に揺れて小さな呻き声をたてる。」(一五二頁)

群がって死んでいる死者たちのところへ、鴉やネズミたちが群がってくる。鴉は死者の身体をつついて、その肉をついばむ。

死者たちは動いていた。腐った肉の溝のなかで、筋が緊張していた。夜明けの薄明のなかに、腕がひとつゆっくりと持ち上げられていた。肉付きのいい黒い手を空に向けて直立させ、その腕はじっと静止していた。あまりにも膨れあがった腹はついに破裂してしまい、男は地面の上で身体を捩っていた。紐のすべてが緩んでしまったために、身体は震えていた。その男は少しばかりの生命を取り戻していた。彼は生前に歩いているときにやっていたように肩を波打たせていたのだった。他の男たちと混じっていても、彼の奥さんはその歩き方で彼だということを判断できたのである。そうすると、ネズミたちは彼から立ち去っていった。しかしながら、彼の肩を波打たせていたのは彼の精神に生命が宿っていたからではなくて、死体の仕組みでそうなっているにすぎなかった。だから、しばらくすると、彼はふたたび泥のなかに倒れてしまい、動かなくなった。そうすると、ネズミたちがふたたび戻ってきた。(一五四頁)

平和なときにはとてもありえないこのような光景があちこちで展開されている。それが戦争なのだ。

戦場では、無数の兵士が死亡し、負傷する。死者は放置しておけるかもしれないが、負傷者は、何としても、介抱する必要がある。しかし、戦場における医療事情が良好なはずはない。手当を待っている悲惨な負傷兵たちの描写はすさまじい。

死んでしまっている兵士、あるいは手術する値打ちのない兵士は、いったん外科医の前に運ばれても、すぐさまそこから運び出される。あまりに多量の血が流れているために、足元が滑ってしまう外科医は、地面に土をばらまいて足が滑らないようにする(一七八頁参照)。そして、負傷兵が次々と運びこまれてくるので、救護室は今では一杯になってしまっている。外科医は、歩ける者は向こうにある病院に移動してほしいと負傷兵に告げる。外科医の助手を務めているファーブルはその「血と人間の殺戮現場」(一七七頁)を目撃している。しかし実際のところ、満足に処置できないこの場所を去って、病院に向かってほしいと言うしか方策は何もない。外科医は、少しでも元気をつけるために、負傷者たちに蒸留酒をふるまうよう勧めている。


「離れ離れにならないように。みんな、一緒に行くんだ。ヴレニは、まっすぐだから」

「きみは走れるかい?」ファーブルはジョゼフに訊ねた。

「何とか」ジョゼフは言った。

彼には分かっていた。ヴレニは向こうにあり、森を通っていけばよい、池のそばに病院がある。

「大丈夫だ」ジョゼフは言う。

前方にある堰は、砲火があるし射向束を備えている。

「運河を越えたら、走るんだ」ファーブルは言う。

彼は、巻いた包帯で重々しくなっている負傷兵たちが立ち去って行くのを見つめている。運河を越えると、彼らは走ろうとした。しかし遠くまで走ることはできなかった。やがて彼らは歩きはじめた。ときおり煙が彼らの姿を覆いつくしてしまった。背をかがめて、彼らは砲弾と砲火の大包丁の下に入っていった。

「気の毒なことだ!」うんざりしたような分厚い唇のなかでファーブルは言った。(一八〇頁)

負傷兵たちは、こうして「砲弾と砲火の大包丁の下に」入っていくのであった。こうした異常とも思えるようなことが、戦争のなかではごく普通に当たり前に行われている。

あまりに異常な光景が連続するので、また極度の緊張を持続させる必要も時としてあるので、精神の異常をきたしてしまう兵士も続出する。大尉のピストルをこっそり持ち去り、自殺してしまった看護兵もいた。「頭に弾を撃ち込んでいた。彼は右腕を下にして横たわっていた。顔は折れ曲がっている肘に隠れて、見えなかった。ピストルは血だらけだった。」(二四六頁)大尉はそのピストルの血を拭い、分解し、油を差し、元の鞘に収めた。そのピストルを使ってひとりの兵士が死んだのだが、何もなかったかのように、戦場の日常がふたたび流れていく。

ラ・プールに案内されたオリヴィエは、その大尉の個室をうかがっている。大尉は自分の娘に語りかけていた。もちろん、そんなところに娘がいるわけはない。大尉はひとり言を言っているのだ。

「ねえ、娘よ! かがり縫いはもうおしまいにしろ。こちらにおいで、お前。さあ、こちらへ!」(二七四頁)こんな風に、兵士たちの意識が少しずつ常軌を逸していく。

なかには繊細な感受性を失わずにいる兵士もいる。細やかな精神を持っている兵士にとって戦争はきわめて辛い試練であっただろうと想像できる。すべての兵士に戦争は堪えがたい経験の連続だと思われるが、柔軟で優しい心の持主には戦争はとりわけ厳しかったはずである。

みんなと違った行動をとることが多いと自覚しているルゴタスは、「君は俺の頭がおかしいと思わないか？」（一一七頁）とオリヴィエに訊ねるが、「いや、そういう風には見えないよ」（一一七頁）と応えたあと、オリヴィエは次のように続ける。「あんたには好きなように話してもらっていた。しかし、それは俺もあんたと同じように考えているからなんだ。俺も大地から生まれてきた人間だよ。あんたほど歳はとっていないけど、俺だって周囲の環境とうまく折り合ってやっていける。そんなことを理解できるのは俺たちだけだよ」（一一七頁）

そのルゴタスは、ある時（オリヴィエの幻影のなかで）、オリヴィエにマツカサを持ってきてくれた。「聞こえるだろう。樹木や、リスが！　この音をよく聞いてくれ……」（二六七頁）と話しかける。耳をすましたオリヴィエには豊かな世界を知らせる音が聞こえてきた。「オリヴィエは呼吸を止めた。そして耳をすました。その音は、ありとあらゆるきらめきを放ちながら、小川のように彼のなかに流れこんできた。その音は、彼の心のなかで、森のようにわきたぎった。唇に土が感じられた。風が頭のなかを通りすぎていった。」（二六七頁）このマツカサにとどまらず、ルゴタスは蛇やトカゲのことなどもオリヴィエに話して聞かせる。そうした言葉はオリヴィエの心の奥深くに届き、共感を引き起こすのであった。

「また、このトカゲは麦打ち場の小麦用のローラーのそばの草のなかで丸くなっていた。卵から孵化したばかりのトカゲの子供だが、すべての爪に早くも水滴がついているのですっかり緑色になっている。さらにすみれ色の部分もあり、そのすみれ色が隠れてしまっているところには草陰の薄暗さが見えている。そして小さなヘビは、小川のまんなかを泳いでいるところだった。首をもたげ、小さなヘビにふさわしい小さな美しい怒りをあらわにしているそのヘビは、水鳥と形容できるほどだった。俺はそのヘビの中央をつかまえた。ヘビは頭と尻尾で俺の腕を叩いた」

「ルゴタス！　ルゴタス！」低い声でオリヴィエは叫んだ。「俺も同じことを俺たちの小川でやったことがある。俺もヘビをつかまえた。まるで鳥のようだった。緑色の尾を回転させていたので、それはまるで翼のようだった。俺もそんなことをやったよ。ルゴタス！」

（二六八―二六九頁）

兵士たちは自分が現在いる場所が分からないことがあり、またどう進んでいったらいいのか不明なことも多い。指揮官が殺されてしまい、指揮する兵士がいなくなることもある。しかもあちこちから絶えず敵が発砲する弾丸が飛んでくる（三一五頁参照）。地面を這って進むオリヴィエの前で、伍長も大尉も死んでしまっている（三一九頁参照）。

砲弾に撃ち砕かれた兵士や車や馬や食料などが乱雑に広がっている。

猛烈な閃光が前方の生け垣を押し開く。出発の合図だ。

イギリスの砲台だ。車輪、断片になってしまった管、空になった薬莢、毛虫の繭のような砲弾。腹をえぐられた馬たち、捩れた首。顔を地面に伏せた人間たち。空を噛んでいる黒い顔。脚。粥状の肉。車輪のホイールの上に飛び散っている人間の脳髄。

こうした雑多なもののまんなかで、大砲が発射されている。操作しているのは、ベルトまで裸になっている二人の砲兵である。彼らは将校の死体の上を歩いている。二人で砲弾を持ち上げるために、彼らは大きな靴で将校の顔を踏みつぶしている。

砲台で砲弾が炸裂する。砲弾が飛んでくる音は聞こえなかった。バルヌーは頭をかがめる。彼は手で頭を触ろうとするが、腕は肩より上にはあがらず、だらりと垂れてくる。バルヌーはオリヴィエの上に倒れかかる。

星型に割れ目のはいった頭から血が吹きでる。

「前進だ!」

街道は死滅した小川のようだ。車や、腹を裂かれた馬や、人間たちの腐敗物で覆われている。溝のなかの大砲、機関銃、大きな穴のあいた鉄板、ビールの樽、ガレットの箱、砂糖入りパン、煙草の入った箱。こうしたものが散乱している。(三二一―三二二頁)

中でもオリヴィエが雌豚と闘う場面は印象的である。ある農場にたどり着いたオリヴィエは、「大きな鋼鉄の破片で頭を切り裂かれた若い女が、乳房をむきだしにして、壁際に長々と寝そべっている」(三二五頁)のを目撃する。すでに死んでしまっている裸の幼児に噛みついている雌豚の姿が目に入った。反射的に行動に出たオリヴィエは、その豚に歩みより、ナイフを突き立てる。豚も反撃してくる。そして激しい格闘の末、雌豚を倒す。「豚は彼の肩に歯を立てようとする。彼はナイフを引き抜き、豚の首にナイフを突き刺す。もう一度、鶴嘴を振るうように、ナイフを首に突き刺す。彼が突き刺している肉体は、水をぶっかけられた熾のように、呻く。彼は全力を振り絞る。力いっぱいに腹を突き刺す。彼は血を浴びて目が見えない。血と呻き声と喘ぎで覆いつくされる。それでも、彼は力を振り絞って突き刺す。血を浴びた目がぬるぬるする。ナイフがきらめくのが見える。それでも彼は攻撃を続ける。／雌馬は彼らのまわりで土くれを舞い上げて踊る。ついに、両手で、かれは雌豚の喉をすべて切り裂いてしまう。」(三二六頁)

作者ジオノは戦争に関わる物語を書くにあたり、激しい戦闘を連続して描写するという手法は極力避けているように私には思われる。ヴァランソル高原出身の二人の若者、ジョゼフとオリヴィエの目に見えてくる戦場の様子がこれまでかなり淡々と描かれてきた。ところが、物語も終わりの方を迎えると、ジオノは戦争の凄まじさを、やはり、伝えておこうと考えたのであろう。すでに引用した戦闘(三二一―三二二頁参照)に加えて、次のような光景が描写されている。

その前に伍長に「何連隊だ？」（三三二頁）と訊ねられたオリヴィエは「百四十連隊です。全員死亡しました」（三三一）という会話があるが、この百四十連隊というのは、ジオノが実際に所属していた連隊の番号である。

フィッフルを吹いている兵士たちは、イギリス人の連隊の前を後ろ向きに歩いている。彼らはゆるやかで鋭い曲をポプラの木々の向こうで演奏している。その音楽は、装備の菱形模様の奥にある兵士たちの腹の中央に訴えかけ、彼らを前に引っ張る。身体が牛のように重いので、彼らは頭を下げ膝を見つめながら前進する。彼らがかなりの速度を出して進んでいくと、フィッフルの奏者たちは彼らをやり過ごし、一隊を前に行かせ、後ろからついていく。

満ち潮のように定期的な太鼓がとどろく。激情を秘めたらっぱが農場の壁の向こうではじけ、コルネットの響きは、長い外套を着こんでいるベルギー兵の小隊を耕地から引き離す。騎兵隊のトランペットが全速力で森の向こう側に進んでいく。馬たちはいななく。オリヴィエが乗っていた白い雌馬は、自由になったので興奮して、竜騎兵たちのあとを誰も乗せずに疾走していく。大きく扇状に開いている砲兵隊は、視界の果てまで、平原の突き当たりまで樹木と農場に取り囲まれた状態で広がっていく。

イギリスの歩兵隊は、泥の流れのように濃密な陣容で登っていく。フランス兵士たちの青い大群は草地の稜線を素早く登り、いくつかの丘があり煙が漂っているところに向かう。

「戦場へ！」ラ・プールは言う……。

地平線の奥底の、あの空が大地と混じり合っているところでは、機関銃が、鍋のなかで油がはじけるように、ぱんぱん音をたてはじめている。（三三一―三三二頁）

以上で、この物語の戦場の場面はすべて終わり、最後のヴァランソル高原の農場へと場面は転換する。

最後の場面を見る前に、ジョゼフとオリヴィエが出征してしまったあとのヴァランソル高原がどうなっていったかをまず検討していくことにしよう。それがこの物語の主要なテーマでもあるので。

兵士たちの留守を守る女や老人

ジオノは農民についてこんなことを書いている。もちろん以下のように書いたのは一九三九年のことだから、『大群』を発表した一九三一年にも同じ考えだったとは言えないが、この考えに沿うようにしてヴァランソルにおける留守農園の描写が行われていると考えられる。

私たちの仕事は、私たちの生活や、私たちの家族の生活から、自然に生まれてくるものなのである。私たちが戦場に出発しても、畑は荒れ果てるわけではない。女たちが畑を耕し、小麦の種をまき、小麦を刈り取りはじめるとしても、また、七歳や八歳の子どもたちが勇敢にも自分たちより二十倍も巨大な動物たちを御して働かせはじめるとしても、彼らは愛国心のためにそうしているわけではない。大地を相手に行う労働こそ私たちの生活だからである。何が起ころうとも、死にいたるまで、身体が苦しんでも、隅から隅まで身体のなかをまわり続ける血液と同じである。戦争のあいだ私たちがいなくても、大地は小麦を作り続けるということを彼ら［政治の支配者たち］はよく知っている。だが、労働者がいなくては、工場が弾丸を作ることはないだろう。私たちが何かを準備するようなことはないからである。私たちは手仕事をするわけではない。私たちは生活するだけなのだ。私たちにはそれ以外のことはできないのである。私たちは自分の生活を労働と休息に分割しているわけではない。私たちの労働、それは大地である。私たちの休息、それは大地である。私たちの生活、それも大地なのである。私たちの手が犂の柄や鎌の取っ手から離れるとき、私たちのそばにある手が私たちが熱く握りしめていた場所に置かれるであろう。それは女たちの手だったり子供たちの手だったりする。私たちの生活がこうした特徴を持っているので、私たちは馴れなれしく扱われ、何のためらいもなくすぐさま全員が兵舎の方にかき集められてしまうのである。私たち農民は、軍隊の前線であると同時に中枢部でもある。私たちが前進していく後方で脳髄が炸裂し、腹が切り裂かれるのは、私たちの部隊でのことなのだ（注13）。

ここでは、フランス人のなかでも農民が好んで戦争に狩り出されるということが書かれている。

物語の中でも徴兵検査の情景が描かれている（一六四―一六七頁参照）。農村から、男たちがいなくなっても農産物の生産がすぐさまゼロになるわけではない。女や老人や子供たちが男たちに代わって農地を耕し、農作物を生産するからである。例えば、村長に会おうと思い村を歩いている爺ちゃんの目に見える畑は次のように描写されている。「草原には青年の顎鬚のような珍しい小麦が生えている。黄色くて貧血症のその小麦はここでは茂みになり、向こうではまばらである。この小麦は女の手で種をまかれたものである。子供の小麦だ。人間たちがいっさいの知恵と技能を喪失してしまって以来、雑草がのさばりかえっている。知恵のある人たちや健全な手の持ち主たちを死の向こうに大挙して追いやってしまって以来、こんな風になってしまっている。」（一六二頁）

　ジオノのこの物語でも、ジョゼフに代わってジュリアは耕作地に出かけていく。小麦畑にやってきたジュリアは、鎌を砥石で研ぎ、よく切れるようになった鎌を持って小麦のなかに踏み出していく。「こうして今では小麦の束が並んでいる。じつに見事に並んでいる。全力を投入して、鎌の先端をいくらか持ち上げると、刈り取られた茎が滑り落ち、それは美しいレース状に切り株の上に落下する。ジョゼフの手がやっていたのと同じくらい上々に事が運んでいる。この腕のなかにも充分な力が潜んでいたのだ！／かがみこみ、両脚を広げ、牛の角が自分の腹に当たるのを感じながら、その平らで大きな鎌の刃を左右に動かして均衡を保ちながら彼女は前進していく。鎌の刃は、まるでツバメのように、地面をかすめて小麦を刈り取っていく。」（一八七―一八八頁）

一応、ジュリアは小麦の刈り取りには満足しているのだが、その時やってきた肉屋のギュスターヴと話し合った結果、豚を彼に処理してもらうことに決める。というのは、その豚の調子があまりよくないのである。死んでしまわないうちに息の根を止めて肉にしてもらえば、それなりの価値がある。しかし、死んでしまってからでは、もう遅い。すぐ取りかかるのが大事なのだ。「俺が豚を殺し、氷室に入れる。病気のことなど心配いらない。兵隊さんたちが食べるんだから」(一八九頁)などとギュスターヴは言う(注14)。

豚小屋に入ったギュスターヴは、初めのうちこそ豚を扱うのに苦労していたが、そのうちに慎重に態勢を整えて、豚に向き合う。ギュスターヴと豚の駆け引きをジュリアは息を凝らして注視している。「ジュリアは身体の奥底で息を凝らしている。歯を剥きだしにした豚の鼻面が近づく。ギュスターヴは動かない。彼は自分の声を出している。自信があるのだ。彼は自分がすることを心得ている。ただ蜘蛛の巣を見ているようなものだ。垂れ下っている手に噛みつき、引き裂こうと構えている大きな歯が、ギュスターヴの脚のすぐ前まで接近している。古くなっている骨のついた肉片は、ぱくりと噛まれると、剥がれてしまうだろう。豚は口を開ける。[彼の口からもれる]歌がズボンと手に沿って敷き藁の上へと流れていく。」(一九二―一九三頁)

次第にギュスターヴが優勢になり、豚を追い詰めていく。ギュスターヴには経験に裏打ちされた確固とした自信があるのだ。

豚は後退する。男は一歩前進する。豚は家畜小屋に入る。男はそれを追う。ジュリアは大きく息を吸いこんで胸を膨らませる。火の炸裂を思わせるその光景に彼女はすっかり魅了されている。彼女にはもう何が何だか分からない。彼女の存在はもう無でしかない。彼女は空気で身体を膨らませてそこにじっとたたずんでいる。もう何も考えることなく、身体が膨れている。太陽が彼女の頬を焼く。彼女は湿った手のひらで頬に触れる。

男だ！　男だ！　この支配力こそ、まさに男の仕事だ！

先ほど彼女は、麦を刈り取っていたときにつけていたベルトを外したばかりである。外してしまったのにもかかわらず、彼女は今でも腹の下で、水がいっぱい入っている雄牛の固い角が揺れているような感触を感じている。（一九三頁）

男勝りのジュリアも、やはり仕事する男の力強さを認めざるをえない。

のちほどジュリアの夫ジョゼフは片腕を切断された状態で村に帰ってくるが、まだ生きているだけいいと言うこともできる。戦死する兵士があとを絶たないのである。オート＝プロヴァンスやプロヴァンスの町や村を訪ねていくと、広場などの一角に必ず立派な戦没者慰霊碑が建っており、多数の戦死者の名前が刻まれている。戦争の悲惨さを忘れてしまわないためにも慰霊碑は貴重であるが、私たちはともすれば過去のことは何でも忘れてしまうのだ。

この物語では、戦争で命を落とした兵士の通夜が描かれている。アルチュールは戦死したと、村役場を通じて、家族には伝えられたが、遺体は戻っていない。つまり遺体なしのアルチュールの通夜が執り行われている。フェリシが母親だ。村の老婆マルトが式を司る。マルトとフェリシが「二人して死者の枕元で通夜をしている。」（一〇二頁）あまりにも悲しくて痛ましい儀式のため、集まってきた村人たちは一切口をきかない。


ル・ブレ・デショの老婆マルトが立ち上がり、フェリシに近づいた。

「塩の壷はあるかしら？」彼女は言った。

「あそこに用意してるわ」こう言って、彼女は暖炉の片隅を指差す。

老マルトはその壷を取ってくる。彼女はフェリシと反対側のテーブルに近づき、フェリシと同じ高さに身を置く。彼女たちは二人して死者の枕元で通夜をしているようだ。みんなは待っている……。咳をするのもこらえている……。濃密で徹底した沈黙がすべてを覆いつくしている。

「戦死したアルチュール・アマルリックのここにはない亡き骸の通夜を私たちはしています」と老マルトは唱える。「みなさんが、大地の塩であったこの人物に対してその友情に思いを馳せますように……」

彼女は塩壷に手を入れる。そこから一握りの塩を取り出し、むきだしのテーブルの中央にその塩を置き、それで小さな塩の山を作る。衣服の下からオリーヴの果核でできた大きなロザリオを取り出し、彼女はテーブルの近くでひざまずく。（一〇二―一〇三頁）

そこに参列している高原の住人たちは、マルトにならって死者を慰める言葉をつぶやく。「みんなが、大地の塩であったこの人物に対してその友情に思いを馳せますように！」（一〇三頁）

恋人のマドレーヌの姿を見ることができるからという思惑があったのでその葬儀に参列したオリヴィエは、もちろん、みんなと同じ弔いのつぶやきの他にはひと言も言葉を発することができない。マドレーヌとは視線を交わすだけである。これから出征していくオリヴィエを見送る女たちは、それぞれ従軍している自分の息子や夫や恋人に思いを馳せ、その名前を口ずさむ。「可愛そうなジャン！」（一〇五頁）、バルテルミ、アンドレなど。

そして、私たち読者の心にも、アルチュールの母親の嘆き声がいつまでも聞こえてくる。

「ああ！　可愛そうなアルチュール！」フェリシは叫ぶ。「私がお前を見ることはもう絶対にないだろう。お前はあの世に行ってしまった。お前に触れることはもう絶対にないだろう。可愛そうなアルチュール。せめて私がそばにいて、お前の目を閉じてやることができたらよかったのに！　土の上で、まるで獣のようにひとりっきりで死んでいったとは、可愛そうなアルチュール！　ここでは、お前は何でもあり余るほど持っているし、私がこんなにもお前を愛しているし……、それに、ちょうど私たちは私たちの暮らしを始めたばかりだったのに！」「みんなが、大地の塩であったこの人物に対してその友情に思いを馳せますように！……」マドレーヌの大きな唇が向こうで動いている。

「オリヴィエ」彼女がこう言うのがオリヴィエには見えた。（一〇四―一〇五頁）

このあと、爺ちゃんはオリヴィエをデュランス河まで送っていく。二人は向こうにマノスクの駅の灯火が見えているところまでやってきた。そこから二十分ばかり歩くと駅に達する。互いに壜に入っているワインをラッパ飲みして別れの儀式とする。爺ちゃんはライターに火をつけ、オリヴィエの顔をしっかりと見る。この別れの場面は多くの青年とその肉親たちが何度も繰り返してきた光景であろう。


「俺はここまでにする」爺ちゃんは言う。「待ってくれ。お前の顔をしっかり見ておきたい」彼はライターに火をつける。暗闇のなかで、小さな丸い光が、互いに向き合った二つの顔を照らし出している。

「俺が言うことをよく覚えておくんだ」爺ちゃんは言う。「必要以上のことに手を出すんじゃないぞ。大事なのは、戻ってくることだからな……」

火は消えた。彼らは闇に包みこまれた。彼らは互いの身体をしっかり抱きしめるために両腕で力強く抱き合った。
そして、そのあとすぐに、オリヴィエの足音が聞こえなくなってしまった。彼は地面が柔らかな道を立ち去っていったからである。（二〇六―二〇七頁）

ジオノは出征していく友人のルイ・ダヴィッドを見送ったときのことを唯一の自伝的物語『青い目のジャン』で書いているが、(注15)ジオノ自身が出征していった場合も恐らく父親に見送られ、こんな感じだったのであろうと想像できる。大勢の若者がこうして戦場へと向かっていった。「大事なのは、戻ってくることだからな……」という爺ちゃんの悲痛な忠告を私たちは忘れないようにしたいものである。

ジュリアに知らせが届いた。受け取った手紙によると、ジョゼフが右腕を失ってしまったというのだ。この不幸な知らせにジュリアは堪えられない。ジュリアは馬小屋に逃げこむ。そしてこの大不幸を彼女は反芻する。「ジョゼフは腕を切り取られたのだ！　そんなことが、ありうるのだろうか？　どういう風に腕を切ったのだろうか？　あの人は苦しんだにちがいないわ！……ああ、ジョゼフ！　可哀想なジョゼフ！……そして今ではあなたの右側には何もないの？　もう腕がないんだ？」（二一五頁）
幸せだった昔の日々をジュリアは思い出す。ダンス・パーティーでジョゼフと踊ったことなどが鮮明に脳裏に浮かんでくる。そしてジョゼフには腕がなくなったという信じがたい現実がずっしりとジュリアに突き刺さってくる。

あの人の腕、あの腕が切り取られてしまったんだ！　私の腕、私を抱きかかえてくれた私の腕。ワルツを踊っても何をしても、あんなに熱く、あんなに固く、あんなに頑丈だった腕！　私の身体を愛撫してくれたあの手！

はじめて彼が私のこの頬や目や口に触れたのはあの手によってだった。秣置場でのことだった。丸い屋根窓から見える七時の夕べの光は、杏のように紫色だった。私たちは秣のなかに坐っていたので、押しつぶされた秣の匂いがたちこめていた。そして私たちはあの幸福で重々しくなっていた。蟻の巣のようなところであの喜びに私たちは酔いしれていた。そして、あの喜びは私たちの指の先にいたるまで身体中を走りまわっていた。彼がはじめて私に触れたのはあの手によってだった。あの手はこうして近づき、私の頬に触れた。あの手は頬の膨らみにくまなく触れた。私の口や目にも触れたのだった。そしてそのあと、あの人が私のことを知ったのもあの手によるものだった……。（二一七頁）

一時的な帰宅許可をもらったのであろう。オリヴィエがヴァランソルの農場に帰ってきた。彼の目はうつろである。彼の頭が依然として戦争に支配されていたからであろう。オリヴィエの恋人マドレーヌに母親はこう言った。「最初の夜のうちは、あの子はものすごい勢いでベッドから飛び上がっていたのよ。私は起き上がって、あの子を毛布で覆ってやろうとして、話しかけたの。だけど、あの子には何も聞こえなかった。彼は歯を食いしばって呼吸していた。」(一三四頁)ヴァランソルに帰ってきたオリヴィエは、戦争の恐怖を引きずり、うちのめされていたのであった。意識は朦朧としており、視線は定まらない状態なのだ。そして何かに極度におびえている。

そのオリヴィエに生命を与えるためにマドレーヌは自分が持っているすべてのものを与えた。そうすると、オリヴィエの心身に生命が脈づきはじめた。戦争で憔悴しきっているオリヴィエは、全身で震え、飢えと渇きに支配されていたのであった。

彼女はすべてを与えた。みずから進んで、充分な同意とともに、自分が持っている物のすべてを愛する者に与えるという素晴らしい喜びを味わいながら……。従うことなのだ！あの最初の逢い引きのときに見ておく必要があったものを、ふたたび見るということはもう決してありえないのだ。あのときのオリヴィエはまるで打ちのめされた馬のように全身で震えていた。あのオリヴィエは飢えと渇きで満ち満ちていた。あの男は死と戦闘によってすっかり憔悴しきっていた。

彼女はパンだった。「私を食べてちょうだい！」彼女はこう言った。唇はすっかり熱くなり、身体は開いて、彼女は進んで歯の下にやって来た。身と皮を併せ持っているパンであった。軽いところも重いところもあった。彼に混ざり合い、彼に全身で合体し、彼の心を和らげ、彼を養い、彼に真新しい女の肉体から乳を吸わせるのだ。平和と喜びで満ちあふれた自分の乳を彼に与え、自分の身体を彼に与えるのだ。彼女こそ、男の大いなる飢えと不幸を鎮めるためのパンなのだから。（二三三頁）

男が長期間いない状態で暮らしていると、欲求が高ぶってきたりして、何かと誘惑があるものだ。ジュリアは、ふと出会った昔の知り合いの男に身を任せることになる（二三六―二三八頁参照）。ジョゼフが帰ってきたあとも、男がジュリアを求めて訪問してくるが、彼女は何とか追い返すことに成功した（二九九―三〇〇頁参照）

その他にもいろいろな事があったが、かつて爺ちゃんに雄羊を預けていったアルルの羊飼いがその羊を受け取りにやってきたし、マドレーヌは無事男の子を出産した。羊飼いは、求められるままに、生まれたばかりの新生児に誕生を祝うための言葉を述べる。

この羊飼いの言葉が、この物語の全篇を見事に終結させることになっていると言えるであろう。

「子供よ」羊飼いは言う。「俺は生涯のあいだずっと羊たちの指導者だった。幼い子よ、お前の父親の愛想のよさのおかげで、人間という大きな群れのなかにお前が入っていこうとしていることの瞬間に、お祝いを伝えるために、私は羊の群れの端っこにいるお前を探しにやってきた。それでは、まず最初にこう言おう。これは夜だ。これは樹木だ。これは動物だ。間もなくお前は日の光を見るだろう。お前には何でも分かっている。

そして、俺はこう付け加えておこう。

もしも神が俺の言うことを聞いてくださるのなら、お前はゆっくりと愛することができるようになるだろう。お前のいかなる愛においてもゆっくりと。犂の腕を握り、毎日少しずつより深く掘り進んでいく者のように。

お前は涙を決して目から流してはいけない。涙は、葡萄のように、運命が裁断してくれる場所から流すのだよ。そうすれば、お前の足元に生命が生まれ、お前の胸に苔が生え、お前の周囲に健康が満ちあふれるだろう。

お前は広い肩幅で自分の道を切り開いていくのだ。

他の人間の荷物を何度も担いだり、泉のように道端にいたりすることも、やすやすとできるようになるだろう。

そして、お前は星々を愛するようになるだろう！」（三四五―三四六頁）

こうして戦争中のヴァランソルの住人たちの生活、ヴァランソルから出征した二人の兵士ジョゼフとオリヴィエが体験してきた戦争、そして物語の初めに登場した羊の大群の物語がほどよい調和のなかで完結する。
羊の大群と兵士の大群、両者ともによき導き手がいないせいで意味もなく動きまわった。そして多くの羊や多くの兵士が死に向かっていった。生涯を通じて羊の群れを導いてきた老羊飼いは、羊と空の星を証人にして赤ちゃんの誕生を祝福する。「人間が誕生するときに、動物が居合わせるのは験《げん》が良い印なんだ。大地にもうひとつ生き物が増えるわけだから。それじゃあ、若い人、あんたに羊飼いの贈り物をさせてもらうことにしようかな?」(三四四頁)
動物や植物、そして天空の星々、さらに人間、そうした要素がすべて渾然一体となって存在する世界、これこそジオノがこれまで描こうとしてきた「世界の歌」が鳴り響く、自足した余裕のある空間である。

*

『大群』の翻訳に際して、次の二冊をテクストとして用いた。
Jean Giono, *Le Grand Troupeau*, folio, Gallimard, 2014,
Jean Giono, *Le Grand Troupeau*, Œuvres romanesques complètes de Jean Giono, Pléiade, Gallimard, pp.539-724.
本文の注は割注[……]としてすべて本文に組み込むことにした。

これまで翻訳してきたジオノ作品、『憐憫の孤独』、『ボミューニュの男』、『二番草』、『青い目のジャン』、『本当の豊かさ』の場合と同様、今回もフランス語やフランス文化に関して訳者が理解するのに困難を覚えたところは、プロヴァンスの友人アンドレ・ロンバールさんの協力を仰いだ。アンドレは、プロヴァンスの独創的な画家セルジュ・フィオリオの画業の素晴らしさにいち早く注目し、『フィオリオに挨拶するために』(注16)や『私たちにはフィオリオがいる！』(注17)などの著作があるほか、フィオリオさんに関するブログを二〇一四年来発表し続けている。また、ジオノの文学に詳しく、この地方の自然や文化や人々の暮らしなどの諸事情に精通している。

質問状を送ると、まるで山彦のようにすぐさま返ってくる回答は明快そのもので、語学的な意味だけでなく文化的な背景を明らかにしてくれるのがじつにありがたい。大抵の場合、それで問題が解決するのだが、それでも疑問点が残る場合は再度の説明を求めることがある。それに対しても気持よく説明を送ってきてくれる。心強いのは、アンドレが苦労して回答しているという雰囲気がまったくないということである。だから、私もためらわずに彼の助言を求めることができる。さらに、アンドレは、私の質問箇所に相当するジオノのテクストを詳しく読むことによって、ジオノの文学をより深く味わい、その多彩な豊かさを実感することができているなどと言ってくれるのが私には嬉しい。

さらに、今回は、マノスク在住の版画家エリザベート・サルモンさんの見事なフレスコ画をカバー表紙に使用することができた。「インクで描く書名――ジオノの想像世界を同時代人画家たちが散歩する――」と題された展示会(注18)(二〇二〇年七月四日―九月二十七日、ノートル＝ダム・ドゥ・ロミジエ、マノスク)に展示されたエリザベートさんのフレスコ画の大作『大群』(縦一八〇センチ、横三六〇センチ)を利用させていただけないだろうかと問い合わせたところ、快く了承していただいた。改めてお礼を申し上げておきたい。二〇一八年に私たちがマノスクに滞在していた機会に食事をともにすることがあった彼女が、この展示会のパンフレットを送ってきてくれたのが幸運のきっかけとなった。

これまで何冊もジオノ作品を出版してくださっているのに加えて、今回もジオノのこの大作の現代的意義を認めて出版を引き受けていただいた彩流社社長の河野和憲氏には心からのお礼を申し上げたい。フランスでは大作家でありながら、日本では『木を植えた男』を除けばまだまだ知名度が低いジオノを何とか日本の読書界に紹介しようという気概をお持ちいただいているのを心強く思っている。迅速にして的確な編集作業をしてくださった編集部のスタッフの方々にも感謝の気持を表明しておきたい。

家内の直子には、今回も、長大な作品の隅から隅まで校正の目を光らせてもらった。訳者ひとりではどうしても見落としてしまう誤りを丹念に精読して見つけてくれたので、不本意な誤りを随分持をあらわしておきたい。献身的な協力を惜しまず本作りに協力してくれる直子に心からの感謝の気持をあらわしておきたい。

戦後何年もたってもまだまだ戦争体験を思い出してうなされると述懐しているジオノの気持は、戦場を離れる許可を得て一時帰宅したが呆けたようになっていたオリヴィエの姿（二三二―二二四頁参照）に投影されていると私は考えている。そのオリヴィエが出征していくとき、「俺が言うことをよく覚えておくんだ。必要以上のことに手を出すんじゃないぞ。大事なのは、戻ってくることだからな……」（一〇七頁）という爺ちゃんの言葉は忘れないようにしておきたい。

戦争はあまりに残酷であまりに無慈悲である。戦争を体験した者は、それを伝えようとしても、その状況を知らない人にはなかなか本当のことは伝わらない。体験者と戦争を知らない者のあいだには極端な温度差が実在するからである。だから、戦争体験者の多くは口をつぐんでしまう。ジオノもおそらく沈黙を保ちたかったのであろう。しかし、作家として戦争の一端を人々に伝えておく使命のようなものを痛感していたに違いない。そこでまとまった作品としては一度だけこの『大群』においてジオノは自分の戦争体験を雄弁にまた真摯に語ることができた。戦争文学の名作のひとつとして後世に残る物語であると私は確信している。

山本　省

二〇二一年一月二十五日　信州松本にて

注

（1）ジャン・ジオノ『ボミューニュの男』、山本省訳、彩流社、二〇一九年、四一頁。

（2）Jean Giono, *Refus d'obéissance*, Récits et essais, Pléiade, Gallimard, 1989, p.261. 訳文は拙訳である。

（3）『服従の拒絶』に収録されている次の四篇。『ヴェルダンへの接近』、『サン＝カンタン攻撃の前夜』、『私を発見する者は誰でも私を殺すだろう』、『ル・ケメルの戦闘』。以上の四作は『大群』に収まりきらなかった作品だと注記されている。

（4）『イヴァン・イヴァノヴィチ・コシアコフ』はジャン・ジオノ『憐憫の孤独』（山本省訳、彩流社、二〇一六年）に収録されている（六九―九四頁）。

（5）Jean Giono, *Notes sur l'affaire Dominici suivies de Essai sur le caractère des personnages*, Journal, poèmes, essais, Pléiade, Gallimard, 1995, pp.671-729.

（6）Ibid, p.704. 訳文は拙訳。

（7）Jean Giono et Alain Allioux, *Hortense ou l'eau vive*, Éditoons France-Empire,1995. これは二〇二頁から成る本であるが、その最初の頁から六七頁までは「ジャン・ジオノ小説全集」（プレイヤッド版）の第五巻に収録されている。Jean Giono, *Hortense*, Œuvres romanesques complètes de Jean Giono, Tome 5, 1980, pp.797-854. そしてこの『オルタンス』が執筆されたのは一九五八年だと明記されている。ただし、それ以降の文章が「ジャン・ジオノ小説全集」に収録されていないのは、多忙だったジオノが、物語の全体の構想などは指示しながらも、執筆はアラン・アリウに任せたからである。

（8）『アンジェロ』、『ある人物の死』、『屋根の上の軽騎兵』、『狂おしい幸福』の四作品がある。中でも傑作の『屋根の上の軽騎兵』は邦訳（酒井由紀代訳、河出書房新社、一九九七年）があるし、映画にもなり話題を呼んだ（日本での上映は「プロヴァンスの恋」というタイトルで行われた）。

（9）Jean Giono, *Recherche de la pureté*, Récits et essais, Pléiade, Gallimard, 1989, p.649. 訳文は拙訳。

（10）Ibid, pp.653-654.

（11）Ibid, pp.650-651.

（12）ジャン・ジオノ『青い目のジャン』、山本省訳、彩流社、二〇二〇年、二一―二六頁、五〇―五一頁参照。

（13）Jean Giono, *Lettres aux paysans sur la pauvreté et la paix*, Récits et essais, Pléiade, Gallimard, 1989, p.532. 訳文は拙訳。

（14）体調の悪い豚の扱いをめぐる物語がある。ジャン・ジオノ『フィレモン』、『憐憫の孤独』所収（一三三―一三八頁）。

（15）ジャン・ジオノ『青い目のジャン』、三一七—三一八頁参照。

（16）André Lombard, *Pour saluer Fiorio*, précédé de *Rêver avec Serge Fiorio* par Claude-Henri Rocquet, La Carde éditeur, 2011.

（17）André Lombard, *Habemus Fiorio!*, La Carde éditeur, 2015.

（18）*Titres à l'encre, Promenade contemporaine dans l'imaginaire de Giono*, Atelier Empreinte 04, exposition de gravures, Notre-Dame de Romigier à Manosque, du 4 juillet au 27 septembre 2020.

【著者】ジャン・ジオノ（Jean Giono）

1895年-1970年。フランスの小説家。プロヴァンス地方マノスク生まれ。16歳で銀行員として働き始める。1914年、第一次世界大戦に出征。1929年、「牧神三部作」の第一作『丘』がアンドレ・ジッドに絶賛される。作家活動に専念し、『世界の歌』や『喜びは永遠に残る』などの傑作を発表する。第二次大戦では反戦活動を行う。1939年と1944年に投獄される。戦後の傑作として『気晴らしのない王様』、『屋根の上の軽騎兵』などがある。1953年に発表された『木を植えた男』は、ジオノ没後、20数か国語に翻訳された。世界的ベストセラーである。20数か国語に翻訳された。

【訳者】山本省（やまもと・さとる）

1946年兵庫県生まれ。1969年京都大学文学部卒業。1977年同大学院博士課程中退。フランス文学専攻。信州大学教養部、農学部、全学教育機構を経て、現在、信州大学名誉教授。主な著書には『天性の小説家　ジャン・ジオノ』、『ジオノ作品の舞台を訪ねて』など、主な訳書にはジオノ『木を植えた男』、『憐憫の孤独』、『ボミューニュの男』、『二番草』、『青い目のジャン』、『本当の豊かさ』（以上彩流社）、『喜びは永遠に残る』、『世界の歌』（以上河出書房新社）、『丘』（岩波文庫）などがある。

Sairyusha

大群《たいぐん》

二〇二一年二月二十五日　初版第一刷

著者――ジャン・ジオノ
訳者――山本省
発行者――河野和憲
発行所――株式会社 彩流社
〒101-0051
東京都千代田区神田神保町3-10大行ビル6階
電話：03-3234-5931
ファックス：03-3234-5932
E-mail：sairyusha@sairyusha.co.jp

印刷――明和印刷（株）
製本――（株）村上製本所
装丁――中山銀士＋金子暁仁

ISBN978-4-7791-2736-6 C0097
http://www.sairyusha.co.jp